AF204751

DINO MINARDI
EIN ESPRESSO FÜR DEN COMMISSARIO

PELLEGRINIS ERSTER FALL

ROMAN

KAMPA

Für den Blick hinter die Verlagskulissen:
www.kampaverlag.ch/newsletter

KAMPA POCKET
DIE ERSTE KLIMANEUTRALE TASCHENBUCHREIHE
Gedruckt auf säurefreiem und chlorfrei gebleichtem Papier
zur Unterstützung verantwortungsvoller Waldnutzung,
zertifiziert durch das Forest Stewardship Council. Der
Umschlag enthält kein Plastik. Kampa Pockets werden
klimaneutral gedruckt, kampaverlag.ch / nachhaltig informiert über das unterstützte CO2-Kompensationsprojekt.

Veröffentlicht im Juni 2024 als Kampa Pocket
Alle Rechte vorbehalten
Copyright © 2019 by Dino Minardi
Für die deutsche Erstausgabe
Copyright © 2019 by Kampa Verlag AG, Zürich
GPSR-Kontakt: Schöffling & Co. Verlagsbuchhandlung GmbH,
Kaiserstraße 79, D-60329 Frankfurt am Main
gpsr@kampaverlag.ch
Der Verlag behält sich eine Nutzung des Werkes für Text-
und Data-Mining im Sinne des § 44b UrhG ausdrücklich vor.
Dieses Werk wurde vermittelt durch die
Michael Meller Literary Agency GmbH, München.
Covergestaltung: Lara Flues, Kampa Verlag,
Covermotiv: Cover illustration by Derek Anderson and Joel Anderson.
© Anderson Design Group, Inc. Used by permission from ADGstore.com
Satz: Tristan Walkhoefer, Leipzig
Gesetzt aus der Stempel Garamond LT /2. Auflage 2025
Druck und Bindung: GGP Media GmbH, Pößneck
Auch als E-Book erhältlich
ISBN 978 3 311 15540 9

www.kampaverlag.ch

*Für Priska und
ihren Schwager Pippo*

Dienstag, 15. Mai

Un caffè al banco

Die Kaffeemühle übertönte kurz, aber ohrenbetäubend alle anderen Geräusche in der *Bar della Funicolare*. Marco Pellegrini schloss die Augen und inhalierte genießerisch das Aroma der frisch gemahlenen Bohnen. Er liebte es, wenn er den Tag so beginnen konnte, allein hinter der Theke des Familienbetriebs, die runden Tische und Stühle in der Bar noch leer. Nur er und Lucio Battisti im Radio, das neben den Aperol-Flaschen im Regal über der Spüle dudelte. Ein Relikt mit Kassettendeck aus den Neunzigern, von dem sich niemand so recht trennen wollte.

Der Lärm erstarb, und Lucio Battistis Stimme gewann wieder die Oberhand. Aus dem Lager rumpelte es, auf dem Hof hinter der Bar schlug jemand eine Autotür zu und startete den Motor.

Pellegrini stellte drei Untertassen auf die Theke und legte Löffel darauf. Während der *caffè* in zwei vorgewärmte Tassen gluckerte, räumte er mit einer Zange die soeben angelieferten *cornetti* in die Auslage, legte einen zusammen mit einer Papierserviette auf einen Teller und stellte ihn neben die Untertassen. Gerade als die Maschine mit einem sanften Zischen den letzten Tropfen ausspuckte, ging die Tür auf, und die beiden Carabinieri traten ein.

Emilio Folisi nahm seine Mütze ab. »*Ciao*, Marco! Wie geht's?«

»*Salve*, Emilio, Salvatore. Setzt euch. Ich bin sofort so weit.«

Salvatore Bianchis gewaltiger Schnurrbart bebte, als er seinerseits ein »*Buongiorno!*« durch den leeren Raum schmetterte, dass Pellegrini meinte, die bodentiefen Fensterscheiben klirren zu hören. Er legte die aktuelle *La Provincia* auf die Theke und bereitete den dritten *caffè* zu. Bianchi ließ sich mit einem tiefen Seufzer auf den Barhocker fallen, legte einige Münzen auf die Marmorplatte und griff nach dem *cornetto*, während sein Kollege sich auf die Theke stützte, die Schlagzeilen überflog und gleichzeitig reichlich Zucker in seine Tasse rührte. Pellegrini begutachtete kritisch die Crema, bevor er seinen *caffè* in einem Zug austrank. Heiß und schwarz. *Perfetto!*

Keiner der Männer sagte ein Wort, bis alle drei ihren *caffè* getrunken hatten.

Dann grinste Pellegrini breit. »Wie lange noch, Salvatore?«

»Vier Monate und achtzehn Tage.« Bianchi warf sich in die Brust und wischte mit dem Zeigefinger die Krümel aus seinem eisgrauen Schnurrbart.

»Ich kann es auch kaum erwarten, dich endlich loszuwerden.« Folisi schüttelte den Kopf, tat wie jedes Mal, als sei er dieses Rituals überdrüssig. Er hatte noch gut zwanzig Jahre bis zur Pensionierung.

Pellegrini lachte und hob fragend die Augenbrauen.

Folisi blätterte auf die letzte Seite. »Keine Katastrophen außer den üblichen. Alles wird immer schlimmer, die Politiker schwatzen klug daher und ändern doch nichts.«

Zufrieden nickte Pellegrini. Mit etwas Glück konnte er auf einen ruhigen Tag in der Questura hoffen. Dagegen hatte er nichts einzuwenden, im Gegenteil. Nicht mehr lange, bis die Hochsaison begann und die Touristenschwärme in die Stadt einfielen. Dann war es mit der Beschaulichkeit vorbei.

Er sammelte die Tassen und das Kleingeld ein und legte den Kassenbon auf die Theke, der dort wie immer liegen bleiben würde, bis Paolo später aufräumte. Die Bar hatte offiziell bereits seit sechs Uhr geöffnet, aber um diese Zeit kamen nur wenige Gäste. Der erste Schwung Einheimischer auf dem Weg zur Arbeit war bereits wieder aufgebrochen, die Touristen waren noch nicht unterwegs. Eine der wenigen Ausnahmen waren die beiden Carabinieri. Sie bekamen ihren *caffè*, solange Pellegrini zurückdenken konnte, morgens um kurz nach halb acht. Und seit er vor gut vier Jahren nach einer längeren Auszeit zurück nach Brunate gekommen war, war es für ihn eine lieb gewonnene Tradition geworden, mit ihnen gemeinsam den ersten *caffè* des Tages zu trinken, wann immer es ihm möglich war.

Er trocknete sich die Hände an einem Küchentuch, das er ordentlich über eine Stange ausbreitete. Dabei warf er einen prüfenden Blick auf die verspiegelte Rückwand der Bar und unterdrückte den Impuls, mit den Fingern seine dunklen Locken zu glätten. Es war ohnehin sinnlos, er sollte besser mal wieder zum Friseur. Anschließend krempelte er die Ärmel nach unten und schloss die Manschetten, bevor er zuletzt nach Schlüsselbund und *telefonino* griff und beides in den Innentaschen seines Jacketts verstaute. Franca hatte einmal behauptet, die Jacke wäre seine Handtasche. Ganz unrecht hatte sie damit nicht, obwohl er das ihr gegenüber niemals zugeben würde.

»Paolo, ich muss los. Bis morgen«, rief er in Richtung Lager.

Der Barista erschien im Durchgang, mehrere Lavazza-Pakete im Arm. Sein »*Arrivederci*, Marco!« ließ keinen Zweifel daran, dass er es nicht sonderlich schätzte, Pellegrini *hinter* der Theke anzutreffen. Wobei sogar Paolo sich inzwischen fast an das morgendliche Ritual gewöhnt hatte und die Zeit nutzte, um angelieferte Waren zu verstauen. Mit welchem Recht könnte er auch dem Sohn des Hauses verbieten, die Espressomaschine zu bedienen?

Pellegrini legte sich das Jackett über den Arm, grüßte in Richtung der Carabinieri und verließ die Bar. Die beiden würden vermutlich noch eine Weile sitzen bleiben und einen zweiten oder gar dritten *caffè* trinken, bevor sie ihre Runde in Brunate begannen. Sie hatten es selten eilig. Der kleine Ort hoch über dem Comer See war nicht gerade ein krimineller Brennpunkt. Salvatore Bianchis Posten, so hieß es, würde vermutlich nicht neu besetzt werden, wenn er nach über vierzig Dienstjahren ausschied.

Pellegrini schlenderte pfeifend quer über die Straße zur Station der Standseilbahn, die Brunate mit Como verband. Der Tag war sonnig und windstill, nur ein paar Vögel zwitscherten in den Bäumen. Eine kurze Treppe führte von der Straße steil hinauf zum Bahnsteig. Die rote *funicolare* wartete bereits mit geöffneten Türen auf die Fahrgäste. Wie immer stieg Pellegrini vorne ein und schaute auf den See. Dunkelblau und spiegelglatt schimmerte das Wasser in der Morgensonne. Er lächelte versonnen. Was für ein Glück er doch hatte, hier zu leben und zu arbeiten.

Hätte er geahnt, dass er eine gute halbe Stunde später, kaum dass er die Questura betreten hatte, von einem aufgelösten Vice Ispettore Fabio Cunego empfangen werden würde, hätte er sich mehr Zeit gelassen.

»Mord?« Pellegrini massierte sich mit Daumen und Zeigefinger die Nasenwurzel. Richtig, er war Commissario der Polizia di Stato von Como, der ab und zu in der Bar seines Vaters die Espressomaschine bediente, und kein Barista. Es gab diese Tage, an denen er sich wünschte, es wäre anders, und heute schien ein solcher zu werden.

»Mord«, wiederholte Cunego und konnte seine Aufregung nur schwer verbergen.

Pellegrini sah es ihm nach. Der Ispettore war noch nicht ganz trocken hinter den Ohren, erst vor einem halben Jahr befördert worden. Er machte sich recht gut, war trotz seines jungen Alters mit Routineaufgaben schnell unterfordert. Er sollte sich nach Mailand versetzen lassen, da war vermutlich mehr los.

»Ein Student, in seiner Wohnung. Im Schlaf erwürgt.«

Pellegrini seufzte. »Gut, schauen wir uns das mal an.«

D a hätten wir auch zu Fuß gehen können.« Pellegrini schlug die Tür des hellblauen Alfa Romeo zu und legte den Kopf in den Nacken, um an dem Gebäude hinaufzusehen. Die Mehrfamilienhäuser in der Gegend um die Via Napoleona lagen kaum einen Kilometer südlich der Questura. Keine besonders noble Gegend, aber bestimmt nicht die schlechteste Wohnlage.

»Schon erstaunlich«, bemerkte er. »Zu meiner Zeit lagerten Studenten leere Weinflaschen, Pizzakartons oder ihre Fahrräder auf dem Balkon, aber bepflanzten sie ganz bestimmt nicht mit Geranien.«

Cunego nickte zustimmend. »Das ist keine Gegend, in der man Studentenbuden erwarten würde.«

Auf dem Parkplatz vor dem Haus standen ein weiterer Polizei-, ein Notarzt- und ein Krankenwagen, doch außer zwei neugierigen Kindern und einer alten Frau war niemand zu sehen. Pellegrini und Cunego gingen über den Hof zum Eingang des Hauses, der von der Straße abgewandt lag. Die Tür stand offen und war mit einem Keil blockiert. Pellegrini zählte dreißig Briefkästen.

»Wann kam die Meldung rein?«

»Höchstens fünf Minuten bevor du gekommen bist. Ich hätte dich sonst angerufen.«

»Das sollte kein Vorwurf sein. Welche Etage?«

»Zweite.«

Treppenhaus und Aufzug mündeten in eine offene Galerie, die einmal um das gesamte Gebäude herumführte und von der die Wohnungstüren abgingen. Pellegrini bemerkte eine Bewegung hinter einem Fenster, als sie an der ersten Wohnung vorbeigingen. Gegenüber der Tür standen ein Kinderfahrrad und ein zusammengeklappter Buggy.

Die Tür zur zweiten Wohnung stand offen. Eine Frau mit Sonnenbrille auf der Nase und tiefschwarzen Haaren, die sie zu einem Knoten am Hinterkopf hochgesteckt hatte, tippte auf ihrem Handy herum und rauchte. Neben ihr auf der Brüstung lag eine Rolle Flatterband.

»Claudia! Seit wann bist du von deinem Lehrgang zurück?«, rief Pellegrini überrascht.

»Ich bin gestern Abend mit dem letzten Zug angekommen. Habe nicht sehr viel geschlafen.« Sie steckte ihr *telefonino* in die hintere Tasche ihrer Jeans, zog noch einmal an der Zigarette und schnippte den Stummel über die Brüstung. Pellegrini warf ihr einen missbilligenden Blick zu.

»Tut mir leid, Commissario.«

Er winkte ab und schaute sie stattdessen fragend an.

»Alle Prüfungen bestanden. Du darfst mich ab sofort Ispettrice nennen.« Sie lächelte stolz und schob sich die Sonnenbrille in die Haare.

Beim Anblick ihrer Augenringe lächelte er mitleidlos. »Herzlich willkommen zurück, Ispettrice Spagnoli. Du kannst gleich beweisen, was du gelernt hast. Wer feiern kann, muss auch arbeiten können.«

Sie nickte tapfer, ohne zu widersprechen.

Pellegrini wies sie auffordernd in Richtung Tür. Insgeheim entschied er, heute etwas nachsichtiger mit seiner Mitarbeiterin zu sein. Sie hatte ihm noch nie Grund zur Klage geliefert. Cunegos neidischer Blick entging ihm ebenfalls nicht. Claudia Spagnoli hatte ihn im Dienstgrad wieder überholt.

Pellegrini hatte geschworen, sich zum Streifendienst nach Brunate versetzen zu lassen, notfalls sogar zu den Carabinieri, sollte einer der beiden im Rahmen ihres internen Karrierewettstreits an seinem Stuhl sägen. Jetzt fragte er sich, ob dieser Moment nicht viel früher kam, als ihm lieb war. Como war klein, der Bedarf an Polizisten im gehobenen Dienst begrenzt.

Er schob den Gedanken beiseite und folgte Spagnoli in die Wohnung: schmaler Flur, eine Regenjacke und ein Sweatshirt an der Garderobe, darunter Chucks und Wanderschuhe. Das sah schon eher nach einem Studenten aus.

»Wie war es sonst so?«, hörte er Cunego fragen.

Fahrradhelm, Umhängetasche in einer Ecke, daneben ein größerer Rucksack.

»Großartig. Allerdings hatten wir Temperaturen von dreißig Grad und mehr. Die Prüfungsräume natürlich nicht klimatisiert. Gehirngrillen statt Gehirnwäsche.«

Ein schlecht geputzter Spiegel, darunter ein Regal mit Schlüsseln, einigen zerknüllten Kassenbons, einem abgegriffenen Portemonnaie und zwei Briefumschlägen.

»Ich war Lehrgangsbeste im Schießen.«

»Alle Achtung.«

Pellegrini juckte es in den Fingern, das Portemonnaie an sich zu nehmen, wollte es sich aber nicht mit der Spurensicherung verscherzen.

»Was soll dieser Unterton, Fabio? Traust du mir das nicht zu?«

Gereizt drehte Pellegrini sich zu den beiden um. »Könnt ihr eure Sticheleien bitte in die Freizeit verlegen?« Er bedachte vor allem Spagnoli mit einem bitterbösen Blick, dem sie rasch auswich, indem sie so tat, als grübelte sie über die Position der Regenjacke.

Kopfschüttelnd trat Pellegrini durch die erste Tür und

entdeckte einen Mitarbeiter der Spurensicherung, der offenbar versuchte, sich einen Überblick zu verschaffen. Es war ein Wohnzimmer mit Küchenzeile und einem Zugang zum Balkon. Und nur ein schwerer Sessel und das Sofa standen noch da, wo sie vermutlich hingehörten.

»Ein Kampf?«

»Sieht ganz danach aus. *Buongiorno*, Signor Commissario. Kommen Sie rüber, aber passen Sie auf, wo Sie hintreten.« Er wies auf den hinteren Teil der Wohnung. »Der Dottore ist im Schlafzimmer bei der Leiche.« Der Mann reichte ihnen Gummihandschuhe und Plastiküberzieher, die Pellegrini und seine Mitarbeiter über ihre Schuhe streiften.

Auf Zehenspitzen umrundeten sie einen zerstörten LCD-Fernseher, stiegen über einen Toaster und gelangten in einen weiteren Flur. Glas knirschte unter ihren Sohlen. Pellegrini blieb mit dem Fuß in einem Ladekabel hängen. Er legte es zur Seite.

»Schon irre.« Cunego hatte seine Stimme gesenkt. »Dem Anruf nach war ich davon ausgegangen, dass das Opfer im Schlaf getötet wurde.«

»Spricht etwas dagegen?«, widersprach Spagnoli. »Es kann ein Raubmörder gewesen sein, der sich an der Einrichtung ausgelassen hat, weil er nichts von Wert gefunden hat. Ich habe von einem Fall gelesen, da haben Einbrecher mitten in den Raum geschissen und …«

»Es reicht, *Ispettrice* Spagnoli!«, fuhr Pellegrini sie an. Er hoffte inständig, dass die aufgekratzte Stimmung seiner sonst so besonnenen Kollegin nur der Feier am Vorabend geschuldet und nicht von Dauer war.

Der Flur war abgesehen von einem Schrank mit Schiebetüren leer. Weitere Türen führten in ein Bad und in ein Arbeitszimmer mit einer Couch, Bücherregalen und einem

Schreibtisch, über dem zahlreiche Schwarz-Weiß-Fotografien hingen. Auf den meisten waren fröhlich lachende junge Leute abgebildet.

Am Ende des Flures war das Schlafzimmer. Das Rollo war runtergezogen, und die Deckenlampe brannte. Der Raum war so, wie Pellegrini es bei einem Studenten erwarten würde: ein riesiger Kleiderschrank von Ikea, getragene sowie saubere Kleidung über den Raum verteilt, eine halb ausgeräumte Sporttasche, eine verstaubte Kommode mit einem kleineren Fernseher.

Dottor Giovanni El Gato stand über das Opfer gebeugt und murmelte vor sich hin. Pellegrini mochte den großväterlich wirkenden Mann mit der blank rasierten Glatze. Bei ihm konnte man sich darauf verlassen, dass er weder Informationen zurückhielt noch wild herumspekulierte.

Er trat an das Bett heran und war erleichtert, dass sich seine Begleiter mit weiteren Kommentaren zurückhielten. Der Tote machte einen friedlichen Eindruck. Wären da nicht die tiefdunklen Male am Hals und die rosafarbenen Schaumbläschen in den Mundwinkeln, hätte man meinen können, er schliefe. Ein junger Bursche, Anfang zwanzig vielleicht, dunkelblonder Haarschopf und Dreitagebart.

El Gato richtete sich auf und ließ die Schultern mit einem hässlichen Knacken kreisen. Dann zog er seinen Handschuh aus und gab Pellegrini die Hand.

»*Salve*, Signor Commissario. Ich kann Ihnen noch nicht viel sagen.«

Pellegrini lächelte. »Sagen Sie mir, was Sie wissen.«

»Der Tote wurde von seinem besten Freund Giulio Mori als Ivan Pescatori identifiziert. Student der Mathematik im dritten Semester und Mieter dieser Wohnung.«

Cunego nickte zur Bestätigung. »Giulio Mori ist auch der, der uns angerufen hat.«

»Wo ist er?«, fragte Pellegrini.

»Wir haben ihn zur Beobachtung ins *Ospedale Sant'Anna* gefahren«, erklärte El Gato. »Der Anblick seines toten Freundes hat ihn wortwörtlich umgehauen. So was habe ich schon lange nicht mehr erlebt.«

»Hoffen wir, dass *er* so etwas nicht noch mal erlebt. Weiter, bitte.«

»Todeszeitpunkt, den Leichenflecken nach zu urteilen, vor zehn bis maximal zwölf Stunden. Sie haben das Wohnzimmer gesehen. Der Bursche hat Kampfspuren am gesamten Körper. Er hat sich mit mindestens einem Gegner geprügelt, vielleicht war ein zweiter im Spiel, das werden wir anhand der Hautpartikel und Haarspuren feststellen. Am Ende hat ihn jedenfalls jemand zu Tode gewürgt. Den Würgemalen nach waren beide ungefähr gleich groß.«

»Mann oder Frau?«

»Schwer zu sagen. Jedenfalls niemand mit Riesenpranken, normale Größe. Es kann genauso gut eine etwas kräftigere Frau gewesen sein.« El Gato warf Spagnoli einen prüfenden Blick zu, als schätzte er ab, ob sie in der Lage wäre, jemanden zu erwürgen.

Wäre sie, zweifellos, dachte Pellegrini bei sich, aber natürlich über jeden Verdacht erhaben. Sollte Cunego eines Tages tot aufgefunden werden, sähe das anders aus.

El Gato räusperte sich. »Der Kampf fand im Wohnzimmer statt, aber der Tote liegt hier im Bett, und zwar ordentlich zugedeckt.«

»Könnte er selbstständig ins Bett gegangen und dann erst verstorben sein?«

»Sehr unwahrscheinlich, aber nicht ganz ausgeschlossen.«

Pellegrini nickte. »Was können Sie uns noch sagen? Gibt es Einbruchsspuren?«

El Gato zögerte. »Nein. Es sieht danach aus, als habe das Opfer den Täter hereingelassen.«

»Also kannte er seinen Mörder«, schlussfolgerte Cunego.

»Wenn du bei einem Pizzaboten von Bekanntschaft sprichst, ja«, widersprach Spagnoli. »Sagen wir, dass es jemand war, von dem seiner Meinung nach keine Gefahr ausging.«

Cunego stimmte widerwillig zu.

Pellegrini verkniff sich ein Lächeln. Cunego war häufig vorschnell, ließ sich aber belehren, manchmal sogar von seiner Konkurrentin.

»Da ist noch etwas.« El Gato ließ seinen Blick durch den Raum schweifen. »Die ganze Wohnung ist voll mit Fingerabdrücken.« Er stockte und schien darüber nachzudenken. Die Verwirrung des Gerichtsmediziners spiegelte sich in den Gesichtern der Kollegen wider.

»Und?«, wagte endlich Spagnoli zu fragen. »Ist das nicht normal?«

»Wie? … Aber nein, keineswegs.« El Gato lachte und konzentrierte sich wieder auf das Gespräch. »Besser gesagt: Natürlich ist das normal, wenn es eine überschaubare Zahl wäre. Was denken Sie, wie viele Personen gehen in einer solchen Wohnung ein und aus?«

»Eltern, Geschwister, Freunde, ein paar Nachbarn«, überlegte Spagnoli laut.

»Vielleicht dreißig oder vierzig, wenn er mal feiert. Dann wird es aber selbst in diesem Wohnzimmer eng«, fügte Cunego hinzu.

Pellegrini nickte dem Dottore zu. Der seufzte laut und fuhr sich mit der Hand über die Glatze, bevor er den Handschuh wieder überstreifte.

»Dann hat er entweder sehr viel gefeiert, oder es gibt einen anderen Grund, warum hier so viele Leute waren.

Dagegen ist Ihr Albergo eine Einöde, Signor Commissario.«

»Schön.« Pellegrini lächelte säuerlich. »Ein toter Student mit außerordentlich großem Bekanntenkreis. Dann gibt es wenigstens für alle etwas zu tun.«

Pellegrini schickte alle Anwesenden aus dem Schlafzimmer und betrachtete den Toten eingehend. Es war eine Angewohnheit, die er seit seinem ersten Mordopfer, eine von ihrem gewalttätigen Ehemann zu Tode geprügelte Frau, angenommen hatte: eine kurze persönliche Respektsbekundung für einen Menschen, der sein Leben nicht lange genug hatte leben dürfen. In den allermeisten Fällen brachte es ihm keine Hinweise für die Ermittlungen. Stattdessen eilte ihm der Ruf voraus, er versuche, mit den toten Seelen Kontakt aufzunehmen. Natürlich war das völliger Unsinn. Vielmehr war es für Pellegrini selbst ein wichtiger Augenblick. Der Moment, die Herausforderung anzunehmen und alles daranzusetzen, den Schuldigen zu finden. Und manchmal gab es ein auf den ersten Blick unwichtiges Detail, das er unbewusst erfasste und das ihm später half, den Fall zu lösen.

Ordentlich zugedeckt sei der Tote gewesen, hatte El Gato gesagt. Wer hatte das getan und warum? Hatte der Täter gehofft, die Entdeckung so zu verzögern?

Der Dottore hatte die Decke zurückgeschlagen. Pescatori trug ein blaues T-Shirt, abgeschnittene Jeans – war das wieder modern? –, keine Socken und Schuhe. Besonders auffällig war ein faustgroßer blauer Fleck am Schienbein, vermutlich von einem Tritt. Rasierte, sehr kräftige Waden, vielleicht Läufer oder Radfahrer. Pellegrini hatte lange Zeit regelmäßig gerudert und sich auch an Triathlon versucht, nach beidem sah der junge Mann nicht aus.

Er zog einen Handschuh über, warf einen vorsichtigen Blick in die Sporttasche und fand hochwertige Laufschuhe sowie einen Badmintonschläger. Pellegrini richtete sich auf und rieb sich über die Stirn. Es war stickig in dem Raum, roch nach einer Mischung aus altem Schweiß, Ammoniak und Waschmittel. Er trat noch mal näher ans Bett. Eine Motorradzeitschrift auf dem Nachttisch, eine Armbanduhr, die Farbe der Bettwäsche verblichen. An der Wand ein Poster mit einer Ducati.

Keine Chance, der Tote sprach nicht zu ihm. Die Szene gab keinen Aufschluss darüber, was, außer dem Offensichtlichen, geschehen war. Pellegrini lächelte über diesen Gedanken und verließ den Raum. Sprechende Tote … falls es so weit kommen sollte, würde es für ihn ganz sicher Zeit für den Streifendienst in Brunate.

Er trat hinaus auf die Galerie, wo seine beiden Ispettori auf ihn warteten und sich anschwiegen. Spagnoli rauchte. Er reichte ihr Portemonnaie und Smartphone des Toten, die er von der Spurensicherung bekommen hatte.

»Claudia, nimm sein Leben auseinander, Freundeskreis, Studium, alles. Fühlst du dich fit genug, die Eltern zu benachrichtigen? Fabio, du schnappst dir ein, zwei Leute und klapperst die Nachbarn ab. Ich will wissen, wer in dieser Wohnung ein und aus gegangen ist. Ob jemand gestern Abend etwas gehört hat, das Übliche. Ich fahre ins Krankenhaus und rede mit diesem Mori. Wir treffen uns um zwei und tragen zusammen, was wir herausgefunden haben.«

Cunego wollte gerade antworten, als Pellegrinis Handy vibrierte.

»*Pronto.*«

»Agente Laura Rosso hier, Signor Commissario. Soeben ging ein Anruf in der Questura ein. Vermutlich haben sich

Kinder einen Spaß erlaubt, aber ich dachte, Sie sollten es dennoch erfahren: ein junges Mädchen mit starkem Akzent, sodass ich nicht einmal sicher bin, ob ich alles verstanden habe.«

»Ja?« Pellegrini zog fragend die Augenbrauen hoch. Cunego und Spagnoli nickten einvernehmlich. Sie wussten beide, was sie zu tun hatten. Er wandte sich ab und lief in Richtung Treppenhaus.

»Das Mädchen meldete einen Überfall in der Via dei Mille 11.«

»Wie bitte?«

Pescatoris Freundin? Eine Nachbarin?

Pellegrini nahm die Treppen, damit die Verbindung nicht abbrach.

»Ja. Sie habe gestern die Wohnung ihres Vermieters – so sagte sie – verwüstet aufgefunden und sei in Panik abgehauen. Jetzt mache sie sich Sorgen und will, dass wir nachsehen.«

»Ihre Sorge ist berechtigt, wir sind schon vor Ort.« Er erreichte die Haustür und trat hinaus. Obwohl es noch früh am Morgen war, stach die Sonne bereits. Es würde ein heißer Tag werden. Pellegrinis Blick fiel auf die Hausnummer: Es war die 9. »Wie sagtest du, ist die Adresse?«

»Via dei Mille 11.«

Pellegrini sah zu dem Haus auf der anderen Seite des Parkplatzes. Beide Gebäude waren baugleich. Entweder hatte sich die Anruferin in der Hausnummer geirrt oder …

»Hast du den Namen des Opfers? Wie kann ich die Anruferin erreichen?«

»Das ist es ja. Die Verbindung brach ab. Vielleicht unabsichtlich, oder es war doch ein Kinderstreich.«

Entweder hatte sie sich in der Hausnummer geirrt, oder hier war ein Serientäter unterwegs.

»Danke, Laura. Versuch bitte herauszufinden, wer die Anruferin war. Wir kümmern uns um alles andere.«

Pellegrini fluchte laut und legte den Kopf in den Nacken. »Cunego!«

Der Kopf des Ispettore erschien über der Brüstung. »Commissario?«

»Komm runter. Es gibt noch mehr zu tun.«

2

Missmutig schaute Pellegrini zwei Stunden später auf die Uhr. Inzwischen standen vier Polizeiwagen auf dem Parkplatz, darunter ein Kleintransporter, der als mobile Einsatzzentrale diente. Die Zahl der Zuschauer war auf ungefähr zwei Dutzend angewachsen. El Gato und sein Team waren mit der Leiche abgerückt und hatten einiges Aufsehen erregt. Auch danach harrten die Schaulustigen aus, reckten die Hälse über die Absperrung und hofften auf weitere Sensationen. Bisher vergeblich. Sie vertrieben sich die Zeit, indem sie fotografierten oder sich mit Anwohnern unterhielten, die aufgeregt erzählten, man habe bei ihnen ebenfalls nach einer Leiche gesucht. Unter den Wartenden waren auch zwei Journalisten. Den Älteren, Alfredo di Pietro, ein grauhaariger Mann mit Schnauzer, kannte Pellegrini seit Jahren, er war das lokale Zugpferd der *La Provincia*. Im Grunde war er erträglich, versuchte, nicht allzu aufdringlich zu sein, konnte aber eine unerschütterliche Geduld an den Tag legen, wenn er an Informationen herankommen wollte. Der zweite Journalist musste demnach vom *Corriere di Como* sein. Zum Glück hatte der Questore direkt den Pressesprecher mitgeschickt, der allen Fragen mit Gleichmut begegnete, sodass der Commissario und seine Leute ihre Ruhe hatten.

Pellegrini tigerte vor der offenen Tür des Kleintransporters hin und her. So viel Aufwand für einen anonymen Anruf. Aber natürlich mussten sie so reagieren. Es gab einen Toten, und solange sie nicht ausschließen konnten, dass es einen zweiten gab, war es ihre Pflicht, dem Hinweis nachzugehen.

Cunego kam auf ihn zu. »Nichts, Commissario.« Er wischte sich über die Stirn. »Wir haben noch fünf Wohnungen, in denen wir niemanden angetroffen haben. Eine Bewohnerin ist gerade auf dem Weg nach Hause.«

»Womit ihr sie ebenfalls von der Liste streichen könnt, sofern ihr niemand heute Vormittag eine Leiche ins Bett gelegt hat«, brummte Pellegrini.

Er zog seinen Autoschlüssel aus der Tasche. »Ich fahre jetzt zu diesem Mori ins Krankenhaus. Bringt das hier vernünftig zu Ende, brecht notfalls die verbleibenden Wohnungen auf, die Beschlüsse sind da. Lieber wäre mir aber, es ginge ohne Sachschaden.«

»Und ohne ein zweites Opfer.« Cunego nickte eifrig.

»Wenn irgendetwas ist, ruf mich sofort an. Ansonsten treffen wir uns heute Mittag, wie abgemacht.«

»Commissario, glaubst du, dass wir etwas finden?«

Pellegrini konnte seinem Ispettore ansehen, dass er sich das insgeheim wünschte, damit er zeigen konnte, wie gut er seine Arbeit machte. Natürlich versuchte er es zu verbergen, aber es gelang ihm eher schlecht.

»Nein, das glaube ich nicht«, erwiderte er. »Ich bin sicher, dass die Anruferin unser Opfer meinte und sich in der Hausnummer geirrt hat. Und deshalb fahre ich jetzt auch zu Giulio Mori. Vielleicht kann er mir ein paar Hinweise geben, die uns zu der Anruferin führen. Aber im Fall der Fälle verlasse ich mich auf dich, Fabio.«

»Kein Problem, Commissario.«

Wenig später ging Pellegrini so schnell wie möglich die Flure des *Ospedale Sant'Anna* entlang. Er hasste Krankenhäuser, und für seinen Geschmack führte seine Arbeit ihn viel zu oft an Orte wie diesen. Er hatte seine Ausbildung bei der Polstrada, der Verkehrspolizei, begonnen. Damals war er mindestens einmal pro Woche hier gewesen, hatte Unfallopfer abgeliefert oder verhört und Angehörigen erklären müssen, was passiert war.

Seit er zum ersten Mal von selbstfahrenden Autos gehört hatte, konnte er es kaum erwarten, dass sie sich endlich auf den Straßen durchsetzten. Entgegen der landläufigen Meinung, die computergesteuerten Fahrzeuge seien gefährlich, wusste Pellegrini, wer die größte Fehlerquelle war: der Mensch, ganz gleich, ob abgelenkte Autofahrer, sich selbst überschätzende Motorradfahrer oder sorglose Radfahrer. Nicht zu vergessen diejenigen, die der Meinung waren, dass Verkehrsregeln für sie nicht galten, die es in allen drei Gruppen und auch unter den Fußgängern gab. Pellegrini hatte überhaupt kein Problem damit, wenn jemand hin und wieder über eine rote Ampel ging, aber er hatte zu oft erlebt, wie sorgloses Verhalten andere gefährdete. Und am Ende landeten die dann in der Unfallambulanz von *Sant'Anna*, um von den Ärzten wieder zusammengeflickt zu werden.

Er fand das richtige Zimmer, klopfte und trat sofort ein. Ein junger Mann war allein im Raum. Er lag mit einem T-Shirt bekleidet auf dem Bett neben dem Fenster, die Decke über den Beinen. Seine Tasche stand auf einem Stuhl, seine Jeans hing über der Lehne.

»Giulio Mori?«

»Ja.«

»Commissario Pellegrini. Können wir uns kurz unterhalten?«

Giulio winkte ihm, auf dem Stuhl neben dem Bett Platz zu nehmen. Sein Gesicht war aufgequollen, an seinem Arm hing ein Tropf.

Er wies auf den Beutel mit durchsichtiger Flüssigkeit. »Das ist nur Kochsalzlösung. Sie sagten, mein Elektrolythaushalt ist etwas in Unordnung. Wenn der Beutel durchgelaufen ist, darf ich nach Hause.«

Pellegrini zog sein Jackett aus und setzte sich. Er glaubte, eine Alkoholfahne zu riechen, aber der Eindruck war nur flüchtig. Unauffällig musterte er den jungen Mann: dunkle kurze Haare mit Undercut, Dreitagebart, durchschnittliche Figur. Seine Statur passte zu den Angaben, die El Gato gemacht hatte.

Pellegrini schwieg, sah den jungen Mann zurückhaltend an, die Augenbrauen aufmerksam erhoben, um die Lippen die vage Andeutung eines Lächelns. Die meisten Menschen würden sagen, dass es keine Gemeinsamkeiten zwischen einem Barista und einem Commissario gibt. Pellegrini war da anderer Meinung. Beide mussten gut zuhören können, in den Leuten das Bedürfnis wecken, reden zu wollen, ohne dass diese sich dessen bewusst wurden. Die Unterschiede kamen erst zum Tragen, wenn alles gesagt war. Während der Barista die kleinen schmutzigen Geheimnisse gleich einem Beichtvater für sich behielt, war es die Aufgabe des Commissario, sich alle Informationen für die Ermittlungen zunutze zu machen.

Giulio senkte den Kopf und wich seinem Blick aus. »Er war mein bester Freund.«

»Es tut mir aufrichtig leid, Signor Mori. Mein Beileid.« Pellegrini bekam eine Gänsehaut. Eine hohle Phrase, mehr konnte er nicht bieten. Einst war er in derselben Situation gewesen. Wie oft hatte man solche und ähnliche Floskeln zu ihm gesagt? Ihn hatte damals niemand trösten können, daher versuchte er es in den meisten Fällen gar nicht erst.

Der junge Mann riss sich zusammen. »Wir sind aus Sondrio, kennen uns seit der Schule, sind zum Studieren nach Como gezogen. Ich wollte eigentlich nach Mailand, Bologna oder Florenz, aber Ivan wollte nicht weg von hier.« Er begann mit dem Schlauch zu spielen, der in seiner Armbeuge hing.

Pellegrini suchte auf dem harten Besucherstuhl nach einer bequemeren Position und entschied sich, weiterhin nichts zu fragen, sondern den Jungen reden zu lassen.

»Wir waren heute Morgen zum Lernen verabredet. Als er die Tür nicht aufgemacht hat, habe ich ihn angerufen. Ich konnte hören, wie sein Handy in der Wohnung klingelte. Also musste er da sein, er geht nie ohne *telefonino* aus dem Haus. Ich habe mehrmals gerufen und gegen die Tür gedonnert. Ivan ist nicht der Typ, der so tief schläft, dass er nichts mehr mitkriegt. Außerdem dachte ich, Danbi wäre noch da. Die hätte mich auch hören müssen.«

Pellegrini hob fragend die Augenbrauen. »Seine Freundin?«

»N…« Giulio wurde rot.

Da war es also, das erste kleine Detail, das nicht jeden etwas anging.

Der junge Mann atmete abermals tief durch. »Ivan hat keine Freundin. Er hat das Arbeitszimmer vermietet. Bei Airbnb, kennen Sie das? An Touristen, meistens Asiatinnen oder Amerikanerinnen. Danbi ist aus Südkorea, hatte für ein paar Nächte gebucht. Mehr weiß ich nicht.«

Pellegrini schlug die Beine übereinander. Er hielt diese privaten Übernachtungsangebote für ein unglaubliches Ärgernis. Sie blockierten dringend benötigten Wohnraum und nahmen den Hotels die Gäste weg. Als Sohn eines Hoteliers fiel es ihm schwer, seine Empörung zurückzuhalten.

»Das ist nicht illegal«, ermunterte er Giulio dennoch weiterzusprechen.

»Haben Sie sich nicht gefragt, wie er sich diese Wohnung leisten kann?« Er sprach von seinem Freund im Präsens, hatte noch nicht realisiert, dass er tot war.

»Sollte ich?«

»Ivan hatte mehr oder weniger die gesamte Saison Gäste.«

Klang da eine Spur Neid durch? Pellegrini rieb sich die Stirn. Damit war das Rätsel der unzähligen Fingerabdrücke gelöst. Nicht, dass die Ermittlungsarbeit dadurch weniger aufwendig wurde.

»Wie viele waren es seit Anfang des Jahres?«

»Weiß nicht, vielleicht ein oder zwei pro Woche?«

»Wenn Sie mir damit sagen wollen, dass er mit der Vermietung eine regelmäßige Einnahmequelle hatte, ist das ein Fall für die Guardia di Finanza.«

Da Pescatori tot war, würde die das kaum noch interessieren, aber vielleicht kam Pellegrini auf diese Weise ganz unkompliziert an die Nutzerdaten bei Airbnb heran.

»Und der letzte Gast? Die Koreanerin? Wissen Sie etwas über sie?«

»Nein.«

Die Antwort kam für Pellegrinis Geschmack zu schnell.

Giulio legte den Zeigefinger an die Unterlippe. »Sie hatte bis Donnerstag gebucht. Vielleicht war sie heute Morgen schon früh unterwegs und kommt noch einmal wieder.«

»Das würde uns die Arbeit erleichtern.« Pellegrini hielt es für unwahrscheinlich. Die Spurensicherung hatte in der Wohnung keine Hinweise auf eine zweite Person gefunden, weder Kleidung noch eine Zahnbürste.

»Können Sie sie beschreiben? Wissen Sie ihren Nachnamen? Alter?«

»Ich habe sie nur einmal getroffen. Höchstens fünfundzwanzig, kurze schwarze Haare, einen Kopf kleiner als ich. Dunkle Augen, Stupsnase, schmaler Mund. Nicht sehr sportlich, eher ein wenig mollig. Mehr weiß ich wirklich nicht.«

»Gut. Lassen Sie sich bitte einen Stift und Papier geben und machen Sie mir eine Liste mit Ivans Freunden. Sie dürften die Leute alle kennen, oder?«

»Wir hängen mehr oder weniger mit denselben Leuten ab.«

»Dann wissen Sie, was Sie zu tun haben. Falls Danbi sich bei Ihnen meldet, sagen Sie ihr bitte, dass wir ihre Aussage benötigen.« Pellegrini erhob sich. »Ich bitte Sie außerdem, in der Questura Ihre Fingerabdrücke abzugeben, damit wir sie mit denen in der Wohnung abgleichen können. Wenn Sie sein bester Freund waren, haben Sie sicher die Adresse seiner Eltern? Wo waren Sie eigentlich gestern Abend?«

Der junge Mann wurde wieder rot. »Ich habe mich mit ein paar Kumpels hinter dem Tempio Voltiano getroffen.«

Pellegrini nickte. Das kleine Museum über das Leben Alessandro Voltas, dem berühmtesten Sohn der Stadt, lag direkt am Seeufer, in einer Grünanlage, die bei Touristen wie Einheimischen als Treffpunkt beliebt war.

»Ivan wollte für Danbi eine ganz besondere Stadtführung machen. Er hatte geplant, später nachzukommen. Ich habe mir nichts dabei gedacht, als er nicht auftauchte. Was weiß ich, was die beiden noch gemacht haben.« Er grinste schief.

»Sie meinen, er hat dem einen oder anderen Gast die italienische Liebeskunst nahegebracht?«

»Das kam häufiger vor. Und Danbi gefiel ihm, ich kenne seinen Geschmack.«

»Charmant.« Das wurde ja immer besser. Pellegrini trat an das Bett heran, wünschte Giulio Mori gute Besserung und verabschiedete sich. Jetzt konnte er sehr deutlich die Fahne des jungen Mannes riechen. Er musste einiges gesoffen haben, und das erklärte vermutlich auch seine Ohnmacht.

Noch während Pellegrini über die Krankenhausflure lief, gab er Cunego die neuen Informationen telefonisch weiter und bat ihn, nach Pescatoris Vermietungsangebot zu suchen. Anschließend gab er der Questura die Daten der Koreanerin für eine Fahndung durch. Sie mussten sie so schnell wie möglich finden, aber mit den spärlichen Angaben war die Aussicht äußerst gering.

Pellegrini dachte darüber nach, was er von Mori erfahren hatte. Damit eröffnete sich eine Unzahl an Motiven und möglichen Tätern. Die Koreanerin, der das Opfer an die Wäsche wollte. Sie hatte sich gewehrt, ihn dabei erwürgt und war dann abgehauen. Ein verrückter Nachbar, den die ständigen Gäste störten. Der eifersüchtige Freund eines Mädchens, mit dem Pescatori etwas angefangen hatte.

Keine der Möglichkeiten fand Pellegrini zwingend überzeugend, aber es hatten schon Menschen für weniger getötet. Und obwohl er den Eindruck hatte, dass Pescatori und Mori echte Freunde gewesen waren, schloss er ihn nicht aus dem Kreis der Verdächtigen aus. Hatte Mori ihm wirklich alles gesagt? Es war Pellegrini zwischendurch so vorgekommen, als hätte er ihm etwas vorenthalten, doch es war nicht mehr als eine vage Ahnung. Bei dem Gespräch hatte es keinen Augenblick gegeben, an dem Pellegrini einen konkreten Verdacht gehabt hatte oder stutzig geworden war.

Ein Anruf seiner frisch beförderten Ispettrice riss ihn aus seinen Überlegungen.

»Bist du noch im Krankenhaus? Pescatori hatte einen Nebenjob. Vielleicht kannst du auf dem Rückweg dort vorbeifahren, es ist in der Nähe der Brauerei Malthus in einem Business Center.«

»Mach ich, kein Problem. Hast du die Eltern erreicht?«

Ein Seufzen war die Antwort. »Seine jüngere Schwester. Die Eltern machen gerade Urlaub in Schottland. Ich bin dran.«

Pellegrini beneidete sie nicht um diese Aufgabe.

3

Wenig später hielt Pellegrini auf einem Parkplatz vor einem Bürogebäude, auf dem eine riesige Werbetafel der *UBI Banca* prangte. Was hatte ein Student hier für einen Nebenjob? Zu seiner Zeit hatte man in Sportgeschäften Schuhe verkauft oder im Callcenter sinnlose Telefonbefragungen durchgeführt. Er betrachtete das Schild der Agentur, die Spagnoli ihm genannt hatte. *Alessăndro – Energy on a higher level* war darauf in schmerzhaft gelber Schrift auf blauem Grund zu lesen. Und kleiner darunter: *Asset Management and Investor Relations.* Pellegrini schüttelte verständnislos den Kopf. Er konnte sich nichts darunter vorstellen.

Ein ultramoderner Aufzug, in dem man nicht merkte, dass er sich überhaupt bewegte, beförderte ihn in den vierten Stock. Dort erwartete ihn ein großes Büro hinter einer Glaswand. Ein Empfangstresen mit zwei Arbeitsplätzen war das einzige Mobiliar. Mitten im Raum stand ein blaues Planschbecken, in dem Wasserspielzeug schwamm. Die rückwärtige Wand war komplett aus Glas und gab den Blick frei auf den wolkenlosen Himmel. Rechts und links hingen an blendend weißen Wänden übergroße Flachbildschirme, auf denen in Endlosschleife lautlose Kamerafahrten über das Meer und in den Himmel liefen.

Der Mann hinter dem Empfangstresen blickte auf, als Pellegrini eintrat. Er hatte kinnlange Haare und trug einen dunklen Anzug, dem gewagten lila-grünen Streifenmuster nach vermutlich von Etro.

»*Buongiorno*, was kann ich für Sie tun?«

Pellegrini zückte seinen Dienstausweis und stellte sich vor. »Sie haben eine studentische Aushilfe namens Ivan Pescatori, ist das richtig?«

»Ja.« Der Mann blickte auf seine Armbanduhr. Pellegrini konnte die Marke nicht erkennen, aber sie war vermutlich in einer ähnlichen Preisklasse wie der Anzug. »Ich erwarte ihn heute Nachmittag, ab drei Uhr. Hat er etwas angestellt?«

»Das nicht. Was sind denn seine Aufgaben?« Pellegrini schaute sich ratlos in dem fast leeren Raum um.

Sein Gegenüber stand auf und ging um den Tresen herum. Er schob eine Hand in die Hosentasche und reckte die Schultern selbstbewusst nach hinten, eine Pose, die Pellegrini nur zu gut kannte und nicht leiden konnte. Jede Geste, jedes Muskelzucken verlangte Anerkennung für die Macht, das Geld und den Erfolg. Und das Schlimmste war, dass die meisten Menschen sich davon blenden ließen.

»Paride Sini.« Er reichte Pellegrini die Hand und schüttelte sie unnötig fest. »Zu Ihrer Verfügung, Signor Commissario.« Pellegrini musterte den Mann genauer. Seine Aussprache war weder richtig weich italienisch noch hart deutsch, sondern irgendwo dazwischen. War er Schweizer, vielleicht aus dem Tessin? Sein Vorname verriet, dass sie ungefähr ein Jahrgang waren. Diese Abwandlung von Paris war Anfang der Achtziger in Mode gewesen. Pellegrini war einmal mehr froh, dass seine Eltern bei der Wahl seines Vornamens eher konservativ gewesen waren.

»Nun also, was macht Ivan für uns? Nichts Besonderes … Aushilfstätigkeiten, Botengänge, Handouts kopieren. Ein wenig die Homepage und unsere Social-Media-Kanäle betreuen. Und er fotografiert für uns. Natürlich nicht das Portfolio, mehr ein *behind the scenes*, um den Investoren das Team und unsere *values* näherzubringen.«

»Und was macht Alessăndro?«

»Nun, Sie haben doch sicher unseren Slogan gesehen? *Energy on a higher level.* Wir nehmen das wörtlich. *Offshore future fuel* ist das Zauberwort und unser *goal* eine perfekte *economy-ecology-balance.*« Sini warf den Kopf zurück und lachte. Wieder so eine unerträglich arrogante Überlegenheitspose.

Pellegrini verstand ausgezeichnet Englisch, aber für ihn klang das nach einem Haufen *bullshit.*

»Was *macht* Alessăndro?«, fragte er eine Spur schärfer.

»Kommen Sie, ich zeige es Ihnen.« Sini durchquerte den Raum, beugte sich zum Planschbecken hinab und zog eines der Wasserspielzeuge heran, eine von circa einem Dutzend schwimmender Waben. Außerdem dümpelten kleine Plastikboote auf dem Wasser herum.

»Alessandro Volta, einer der weltbesten Physiker seiner Zeit, erfand Ende des 18. Jahrhunderts die Batterie. Ein *milestone* in der *history* der Elektri…«

»*Madonna mia*, ich bin aus Como! Jedes Kind hier weiß, wer Volta war und was er Herausragendes geleistet hat. Kommen Sie zum Punkt!«

Sinis Lächeln war pure Arroganz. »Ich bin längst beim Thema. Und das wüssten Sie, wenn Sie zuhören würden, Signor Commissario. Natürlich kennen *Sie,* ein *comasco,* den bedeutendsten Sohn dieser Stadt, aber fragen Sie mal einen Amerikaner, warum die Einheit für elektrische Spannung Volt ist. Wie viele, glauben Sie, wissen überhaupt, dass eine Person der Namensgeber ist?«

Pellegrini zuckte mit den Schultern. Er wurde allmählich wütend. Dieser Sini war zweifellos geübt darin, sein Gegenüber an die Wand zu quatschen. Er dagegen wollte einen Mord aufklären, statt sich Wortgefechte mit einem selbstgefälligen Idioten zu liefern.

»Sehen Sie, Signor Commissario, die Menschen lieben Geschichten. Hier kommt Alessǎndro ins Spiel. Unser Auftraggeber hat eine Idee.« Er nahm das Spielzeug aus dem Becken und hielt es Pellegrini unter die Nase. Wasser tropfte auf den dunkelblauen Teppichboden. Es war eine dicke schwarze Platte. An jeder der sechs Ecken befanden sich ein Stab und darunter ein runder Ball, der ein wenig an ein schwarzes Marshmallow erinnerte.

»Das ist ein Modell einer Photovoltaik-Einheit, Maßstab eins zu fünfzig«, erklärte Sini nun ganz ernst. »Wir nennen sie Alessǎndro-Hives. Stellen Sie sich einen Teppich aus Hunderten davon auf dem Wasser schwimmend vor. Diese kleinen Bälle hier sind Luftpolster. Durch die Wabenstruktur und die Stelzen ist die Konstruktion flexibel und kann sogar auf starken Wellengang reagieren.« Er lächelte sein widerwärtig joviales Lächeln. »Das ist ein Teil der Idee. Der zweite Aspekt ist ein neuartiger Speicher. Sehen Sie, wie dick die Photovoltaik-Platte ist? Sie ist, vereinfacht gesagt, ein schwimmender Akku mit einer Oberfläche, die Sonnenlicht in Energie umwandelt. Batterien. Mit anderen Worten: Alessandro Voltas Idee im Gewand der Technik des 21. Jahrhunderts.«

»Und die Boote?«

»Die sind nur Dekoration.«

Er beugte sich hinab und schubste die schwimmende Wabe zurück zu den anderen ins Wasser. Es klickte leise, als sie gegeneinandertrieben.

»Wissen Sie, Signor Commissario, die meisten Ingenieure sind zweifellos intelligent, aber sie sind grauenhafte Geschichtenerzähler. Sie langweilen einen mit technischen Einzelheiten. Das ist nicht sexy. Um eine Idee umzusetzen, braucht man eine Vision, die die Menschen verstehen. Nur so gewinnt man Investoren. Mit anderen Worten: Wir geben der Idee *environment*, eine Umgebung, in der sie gedeihen, ein Gerüst, an dem sie emporwachsen kann.«

»Und Ivan Pescatori hat zusätzlich den Menschen hinter der Idee ein Gesicht gegeben, richtig?«

»Sehr schön gesagt.« Sini nickte wohlwollend wie ein Lehrer, der mit der Antwort seines Schülers zufrieden war. »Unter uns: Ich kann mit diesen Social-Media-Dingen nicht viel anfangen, aber es gehört zum Gesamtpaket, und Ivan macht das großartig. Da merkt man den Altersunterschied. Was ist denn nun mit ihm?«

»Er wurde heute Morgen tot aufgefunden.«

»Oh.« Endlich bröckelte Sinis Fassade. Er hob die Hand, ließ sie wieder fallen, starrte auf das Planschbecken. Seine Überraschung, sein Entsetzen schienen echt zu sein. Erst nach einer Weile kam er wieder zu sich. »Wie kann ich Ihnen behilflich sein?« Er stockte.

»Die Umstände legen nahe, dass Ivan Pescatori ermordet wurde. Können Sie mir etwas über die Leute im Umfeld von Alessăndro sagen?«

»Das war hauptsächlich ich.«

»Ist in letzter Zeit etwas vorgefallen?«

»Nichts. Er war ein freundlicher Kerl. Ich habe ihm viele Freiheiten gelassen, er war sehr zuverlässig. Ich konnte mich immer darauf verlassen, dass *deadlines* eingehalten wurden.«

Sini hob erneut die Hand und legte sie in den Nacken. Allmählich fand er zu seiner arroganten Körpersprache zurück. »Ich weiß nicht, was ich sagen soll.« Er zögerte. »Möchten Sie vielleicht einen *caffè*, Signor Commissario? Oder etwas Stärkeres, einen Grappa? Ich könnte jetzt einen gebrauchen.«

Pellegrinis Blick folgte dem ausgestreckten Zeigefinger zum Empfangstresen, wo er neben einem Drucker eine Kapselmaschine entdeckte. Er lehnte dankend ab. Von den Bergen von Müll mal abgesehen, hielt er den sogenannten *caffè*, den solche Maschinen brauten, für ein geschmackliches Verbrechen. Kaffeebohnen mussten frisch gemahlen, und das Pulver musste mit ordentlich Druck durch ein Sieb gepresst werden und nicht durch Aluminium. Aber leider waren solche Kapselmaschinen auf dem Vormarsch. Vermutlich würden die Italiener eines Tages sogar den weltweiten Verbrauch anführen, obwohl doch gerade sie es besser wissen müssten – genau wie bei der Tiefkühlpizza.

Entgegen seiner Aussage machte Sini keine Anstalten, sich einen Grappa zu holen, sondern blieb neben dem Planschbecken stehen.

Pellegrini seufzte leise. Das wurde anstrengender als erwartet, außerdem konnte er nicht erkennen, dass ihn dieses Gespräch irgendwie weiterbrachte. Ein Nebenjob, als Student brauchte man eben Geld.

»Wie viele Leute arbeiten bei Alessǎndro? Können Sie mir die Kontaktdaten geben?«

»Natürlich. Selbstverständlich. Der Ideengeber ist ein Ingenieur der Universität Mailand. Ihn und seinen Kollegen hat Ivan häufiger besucht und *abstracts* über sie und ihre Arbeit verfasst. Dazu Dottoressa Susanne Gassner und Corrado Benini, beide sitzen in Zürich. Ivan war einmal mit mir dort, ansonsten besteht zu den beiden kein Kontakt.«

»Sie sind der einzige Mitarbeiter in Como?«

Sini nickte. »Zusammen mit Ivan.«

Pellegrini merkte, dass er sich immer weiter vom eigentlichen Thema entfernte, aber er konnte nicht anders: »Das verstehe ich nicht.«

»Na, wegen der Geschichte.« In Sinis Worte schlich sich wieder der herablassende Ton. »Die meisten Investoren sind Amerikaner. In den Vereinigten Staaten ist besonders in jüngster Zeit das Bedürfnis gestiegen, sein Geld nachhaltig zu investieren, in Ökologie, in Klimaschutz. Sie kennen den Comer See, sie mögen Symbolfiguren wie Volta. Das passt alles gut zusammen. Außerdem ist ein kleines Testcenter auf dem See geplant.«

Die Frage, warum man ein solches Testcenter nicht auf dem Zürichsee bauen konnte, verkniff sich Pellegrini.

»Hatte Ivan direkten Kontakt zu Ihren Investoren? Wie viele gibt es?«

»Das müsste ich nachschauen. In jedem Fall gibt es eine Unzahl an Interessenten.«

»Erstellen Sie mir eine Liste beider Gruppen, bitte.«

»Selbstverständlich.«

Erst als Pellegrini im Auto saß, wurde ihm bewusst, dass Sini nicht danach gefragt hatte, warum er die Namen der Investoren nennen sollte. Die Frage wäre nicht nur logisch, sondern mehr als berechtigt gewesen: Was sollten amerikanische Geschäftsleute mit dem Tod eines Studenten in Como zu tun haben? Er schüttelte den Kopf über sich selbst. In alle Richtungen zu ermitteln hieß nicht, sofort eine weltumspannende Verschwörung in Betracht zu ziehen. Die Wahrscheinlichkeit, dass der Täter aus dem privaten Umfeld kam, war um einiges höher. Aber der vorauseilende Gehorsam dieses eitlen Alessandro-Mitarbeiters machte ihn misstrauisch. Menschen, die etwas zu verbergen haben, legen häufig besonders großen Wert darauf, den Anschein zu erwecken, nichts zu verbergen zu haben.

Er musste ohnehin mit den Kollegen der Guardia di Finanza sprechen. Es konnte nicht schaden, wenn die sich diese Agentur mal genauer anschauten.

4

Pellegrini traf eine Viertelstunde zu früh in der *Trattoria da Alfredo* ein und gönnte sich als Erstes einen *caffè*. Genießerisch schloss er die Augen und ließ den heißen Schluck einen Augenblick lang auf der Zunge ruhen.

»Stress?« Carlotta räumte seine Tasse weg, kaum dass er ausgetrunken hatte, und wischte mit energischen Kreisbewegungen über die Theke. Ganz automatisch sammelte Pellegrini ein herrenloses Zuckertütchen ein und legte es zu den anderen in die bereitstehende Schale.

»Danke. Wären doch alle Gäste so wie du.«

Er zog sein Jackett aus und lehnte sich auf die marmorne Oberfläche. »Ich weiß einfach zu gut, wie es auf der anderen Seite zugeht. Mach mir noch einen, *barista*.«

»Das klingt aber anzüglich.« Carlotta lachte und räumte in rasender Geschwindigkeit die Spülmaschine ein. »Du hast Stress, Marco.«

»Ich habe einen toten Studenten und wie immer nicht endlos Zeit, die Sache aufzuklären, bevor mir einer aus Mailand vor die Nase gesetzt wird. Du weißt schon.«

Carlotta lehnte sich von der anderen Seite auf die Theke und stupste ihm mit dem Finger gegen die Schläfe. »Da sehe ich ein paar neue graue Haare.«

»Immerhin fallen sie nicht aus.«

»Wenn du Glück hast, siehst du eines Tages aus wie George Clooney. Nur auf die Haare bezogen, natürlich, ansonsten nicht. Du hast noch nicht so viele Falten, und deine Nase ist auch ganz anders.«

»Ist das jetzt ein Kompliment?«

»Wie man's nimmt. Immerhin ist er zwanzig Jahre älter als du.« Sie lachte ihn an.

»Du flirtest mit mir!«

Sie stützte das Kinn in die Hand. »Das hättest du wohl gern. Einen Sprizz? Oder eine Weißweinschorle?«

»Du tust so, als wolltest du mich verführen, aber in Wahrheit willst du nur den Umsatz erhöhen. Biest!« Er warf theatralisch die Hände in die Höhe.

Carlotta machte einen Kussmund und lachte.

Er rutschte vom Barhocker und griff nach seinem Jackett. »Ich nehme einen Sprizz. Kannst du uns *focacce* bringen, sobald Fabio und Claudia kommen?«

»Mach ich!«

Pellegrini trat hinaus und blinzelte. Jetzt, da die Sonne hoch stand, fiel ihm auf, dass er seine Sonnenbrille vergessen hatte. Besser, er suchte sich einen Tisch unter einem der breiten Sonnenschirme. Er hatte fast freie Wahl. Die meisten Einheimischen waren bereits in ihre Büros zurückgekehrt, und Touristen verirrten sich nur selten hierher. Die Trattoria lag etwas abseits hinter der Piazza Alessandro Volta und traf außerdem mit ihrer Einrichtung nicht den Geschmack ausländischer Gäste. Gerade die Deutschen empfanden sie als *ungemütlich*. Darüber musste Pellegrini jedes Mal schmunzeln. Er war in Deutschland geboren und aufgewachsen, bis seine Familie Anfang der neunziger Jahre nach Como zurückgekehrt war, um den *Albergo Pellegrini* wiederzueröffnen. Da war er zehn Jahre alt gewesen und sprach perfekt Deutsch – besser als Italienisch, hatte seine Mutter in seinen Kindertagen immer geschimpft. Die *Trattoria da Alfredo* war tatsächlich das Gegenteil eines *gemütlichen* Lokals: Fliesenboden mit dunkler Holztheke, einfache

Stühle an blanken Tischen. Nur wer etwas aß, bekam ein Papierset vorgelegt. Zugegeben, die Einrichtung war etwas in die Jahre gekommen, die Wände mit den vergilbten Fotodrucken konnten frische Farbe vertragen, und hin und wieder flackerte eine der Neonröhren an der Decke. Aber es war genau das, was Pellegrini zwar auch nicht als gemütlich, aber – jenseits aller Klischees – als urtümlich italienisch bezeichnen würde: hell, laut und rustikal. Dazu die Herzlichkeit von Carlotta und ihrer Familie und das ausgezeichnete regionale Essen.

Sobald das Wetter es zuließ, lief das Hauptgeschäft ohnehin draußen ab, und die Terrassenmöbel waren erst vor wenigen Jahren erneuert worden und so bequem, dass Pellegrini und sein Team häufig und gern ihre Besprechungen hier abhielten.

Gerade als er sich an einen Tisch nahe der Hauswand setzte, kam Spagnoli und ließ sich mit einem tiefen Seufzer auf einen Stuhl fallen. Ihre Wangen waren gerötet, und auf ihrer Stirn glänzte Schweiß.

»Fabio kommt, wenn überhaupt, später«, erklärte sie. »Er ist noch immer nicht fertig mit den Nachbarn. Ich wühle mich durch Pescatoris Handydaten.«

»Wie bist du da rangekommen?«

»Ich habe es mit seinem Geburtsdatum als PIN versucht. Hat geklappt. Über dreihundert Kontakte, Tausende Fotos. Ein Mädchen ist auffallend häufig zu sehen, die hat er auch auf dem Startdisplay.«

»Zeig mal.«

Pellegrini betrachtete die junge Frau: türkisfarbene Haare, Stupsnase, ungefähr so alt wie das Opfer. »Sieht nett aus. Wer ist das?«

»Nicht seine Schwester, so viel weiß ich schon. Seine Freundin, würde ich vermuten.«

Spagnoli zeigte ihm ein weiteres Foto von Pescatori und dem Mädchen, auf dem sie sich breit grinsend küssten.

»Schick mir das Bild bitte, dann kann ich es herumzeigen. Laut Mori hatte er keine feste Freundin.«

»Ich finde es heraus. Oder sollen wir nach ihr fahnden?«

»Nein, erst mal nicht. Ich habe Mori gebeten, mir eine Liste mit Pescatoris Freunden zusammenzustellen. Mit denen fangen wir an. Ich gehe davon aus, dass sie dabei ist oder seine Kumpel das Mädchen zumindest kennen. Im zweiten Schritt arbeiten wir uns durch die Kontaktliste. Das wird ein Haufen Arbeit.«

Spagnoli lächelte entschlossen. »Ich habe aber auch zwei gute Nachrichten: Wir können die Tatzeit auf ziemlich genau Viertel vor acht bis acht Uhr abends eingrenzen, das muss ein erheblicher Lärm gewesen sein. Leider hat keiner der Nachbarn jemanden kommen oder gehen sehen. Außerdem deutet weiterhin nichts darauf hin, dass es im Nachbarhaus einen zweiten Überfall gegeben hat.«

»Da bin ich erleichtert.« Rasch erzählte Pellegrini, was er von Giulio Mori erfahren hatte. »Aus der Questura hat sich noch niemand gemeldet. Wir müssen diese Koreanerin finden. Sie ist vielleicht die Letzte, die Pescatori lebend gesehen hat. Oder sie ist unsere Täterin. Leider wissen wir kaum etwas über sie.«

»Was glaubst du? Hat sie ihn umgebracht?«

Sie wurden von Carlotta unterbrochen, die ihnen ein Dutzend handtellergroßer *foccace* mit Tomaten, Zwiebeln, Käse und Rosmarin auf einer Holzplatte servierte. Dazu brachte sie Schälchen mit Chips, Silberzwiebeln und Oliven – die bitteren schwarzen aus Ligurien, nicht die riesigen grünen, die nur ölig waren und nach nichts schmeckten. Sofern Carlotta von ihrem Gespräch etwas aufgeschnappt hatte, machte Pellegrini sich keine Sorgen, dass sie es weitertragen könnte. Er kannte sie lange genug, hatte sogar schon das eine oder andere Mal an ihrem Tresen Mutmaßungen über einen aktuellen Fall angestellt. Dann nickte sie geduldig, teilte ihm ihre Meinung mit, wenn er sie ausdrücklich darum bat, und hörte ansonsten zu und behielt alles für sich. Genau das, was er ab und zu brauchte.

Nachdem das Essen zu Carlottas Zufriedenheit auf dem Tisch arrangiert war, zwinkerte sie Pellegrini verschwörerisch zu und verschwand. Spagnoli hob die Augenbrauen, doch er zog es vor, so zu tun, als habe er nichts bemerkt, und nahm sich eine *focaccia* mit Zwiebeln.

»Mori hat sie als eher klein beschrieben, aber selbst wenn sie kräftig genug wäre, passt das zusammen?«, fragte er kauend. »Eine junge Frau mietet sich bei einem Fremden ein. Nehmen wir an, er wird zudringlich. Und dann?«

»Sie wehrt sich, dabei demolieren sie den gesamten Wohnraum. Sie erwürgt ihn und bringt ihn danach wie eine besorgte *Mamma* ins Bett. Dann verlässt sie die Wohnung, und am nächsten Tag ruft sie uns an, damit wir nach ihm sehen.«

Pellegrini las in Spagnolis Gesicht, dass sie dasselbe dachte wie er: »Der Anfang und das Ende ergäben Sinn. Er bedrängt sie, sie kriegt Angst, wehrt sich, bekommt ihn unglücklich zu fassen, drückt ihm die Luft ab. Aber davon stirbt keiner. Außerdem würde ich erwarten, dass sie in Panik davonläuft. Ihr Gepäck vergisst, die Tür offen stehen lässt. Und ihr Opfer verdammt noch mal nicht ins Bett bringt!«

Spagnoli nickte nachdenklich.

Pellegrini zuckte mit den Schultern. »Was sind das für Leute, die sich über Airbnb Zimmer mieten? Sich freiwillig Bad und Küche mit den Gastgebern teilen? Ich habe noch nie dieses Bedürfnis verstanden, sich mehr als nötig mit Wildfremden einzulassen.« Ihm reichte schon die Erinnerung an seinen Wehrdienst, als sie zu sechst in einer Bude schlafen und die Waschräume mit dem ganzen Flur teilen mussten.

»So was kannst auch nur du sagen.« Spagnoli prostete ihm zu.

»Wie meinst du das?«

»Soweit ich mich erinnere, führt deine Familie einen gut gehenden Albergo da oben in Brunate. Du hast dir noch nie Sorgen um Geld machen müssen. Dazu hat deine Franca gute Kontakte zu den besten Hotels der Welt.«

»Sie ist nicht *meine* Franca.«

»Fliegt ihr nicht ständig mit Francas Bonusmeilen in den Urlaub? Und habt ihr nicht letzten Herbst in diesem Fünfsternehotel am Campo de' Fiori in Rom übernachtet?«

»Komm mal zurück zur Sache.« Pellegrini fand den Ton, den Spagnoli anschlug, entschieden zu vertraut.

»Du kannst es dir leisten, in schicken Hotels abzusteigen, beziehungsweise hast die Kontakte. Airbnb-Übernachtungen sind wahnsinnig günstig, Marco. Ich habe das letzten Sommer während meiner Motorradtour auf Sizilien auch gemacht. Du hast eine riesige Auswahl, und anders als Hostels oder Campingplätze sind die Wohnungen häufig sehr zentral gelegen. Und meistens sind die Gastgeber nette Leute. Ich hatte noch nie Pech.«

»Ist das nicht naiv und gefährlich?« Er verkniff sich gerade noch den Nachsatz *vor allem für junge allein reisende Frauen*. Spagnoli reagierte auf solche Kommentare gern ungehalten und warf ihm Chauvinismus vor. Nichts lag ihm ferner, doch nicht einmal Fakten und Statistiken konnten sie umstimmen, wenn sie erst mal in Fahrt war.

»Das kommt drauf an.« Immerhin blieb ihr Tonfall dieses Mal nachsichtig. »Seriöse Portale machen umfassende

Identifikationschecks. Sich die Bewertungen anderer Gäste anzusehen, schadet auch nicht.«

»Mori hat erzählt, dass Pescatori eine Menge Gäste hatte, vor allem weibliche.«

»Da hast du es. Ich halte es für eher unwahrscheinlich, dass er übergriffig geworden ist. Das hätte sich in seinen Bewertungen bemerkbar gemacht, da bin ich mir sicher.«

»Was nicht ausschließt, mit dem einen oder anderen Gast etwas anzufangen, sofern alle Beteiligten damit einverstanden sind.«

Spagnoli grinste. »Alles kann, nichts muss. Pescatori sah ja ganz passabel aus, der hat sicherlich nichts anbrennen lassen.«

Pellegrini brummte zustimmend und rieb sich mit beiden Händen über das Gesicht. Seine Arbeit brachte ihm immer wieder Erkenntnisse, auf die er verzichten konnte. Eine fremde Wohnung zu betreten, gar zu durchsuchen, förderte nie nur Dinge zutage, die für die Ermittlungen relevant waren, sondern auch viele kleine und große Geheimnisse, von denen er nichts wissen wollte.

Er versuchte sich vorzustellen, er würde auf einer Reise bei einer attraktiven Frau übernachten, die ihm dann eindeutige Angebote machte. Würde er sich darauf einlassen? Er vermochte es nicht zu beantworten. Sicher war er sich dagegen, dass er sich nicht freiwillig in so eine Situation begeben, sondern zuerst nach der billigsten Pension suchen würde, in der es ein Einzelzimmer mit Tür gab, eine klare Grenze zwischen seinem Bett und der Außenwelt. Aber das musste letzten Endes jeder für sich entscheiden.

»Gut«, sagte er. »Ich kümmere mich weiter um Danbi. Ich habe noch ein oder zwei Ideen, wo sie sein könnte. Wenn ich sie nicht finde, können wir nur auf die Fahndung hoffen.« Er streckte sich und trank aus. »Was wissen wir sicher? Ivan Pescatori, zweiundzwanzig Jahre, studiert Mathe, wohnt in einer riesigen Wohnung und vermietet zeitweise sein Arbeitszimmer unter. Keine Freundin, aber ein Mädchen, das ihm irgendwie nahesteht. Nebenjob bei einer Art Marketingagentur.«

»Die Familie ist aus Sondrio, der Vater Teamleiter bei einer Molkerei, die Mutter Altenpflegerin. Eine jüngere Schwester, die noch zur Schule geht.«

»Sein bester Freund zieht mit ihm nach Como, obwohl er lieber in einer Großstadt studiert hätte. Mori scheint Pescatori nahegestanden zu haben. Wie es umgekehrt aussah, können wir nur vermuten.«

Spagnoli beugte sich ein wenig vor. »Du sagtest, er wäre neidisch gewesen auf Pescatoris Geld und seine Bekanntschaften. Könnte es auch Eifersucht gewesen sein?«

»Weiß nicht, eher nicht. Und wenn? Ergibt sich daraus ein Motiv? Jetzt, nachdem sie sich seit Jahren kennen?«

Spagnoli lehnte sich wieder zurück und zupfte an ihrer Unterlippe.

»Sein Arbeitgeber beschreibt ihn als selbstständig und zuverlässig.«

»Die Nachbarn bezeichnen ihn als höflich und ruhig. Ich werde mich heute Nachmittag an der Uni umhören. Es würde mich wundern, wenn ich etwas anderes erfahre, als dass er ein netter Kerl war. Freundlich und unauffällig.«

Pellegrini merkte auf. »Zu glatt? Zu angepasst?«

»Was sagt dein Bauchgefühl, Commissario?«

Er zögerte. Dann schüttelte er den Kopf. »Ich habe den Eindruck, dass wir in eine völlig falsche Richtung denken. Bisher erscheinen mir zwei Möglichkeiten plausibel: Entweder war sein Tod nicht beabsichtigt, sondern ein Unfall, eine Folge des Kampfes. Oder jemand ist mit der festen Absicht in die Wohnung eingedrungen, ihn zu töten, und auf Gegenwehr gestoßen. Ich hoffe sehr, dass El Gato Hinweise für eine der beiden Varianten findet.«

»Oder für eine dritte oder vierte.«

»Danke. Du machst mir Hoffnung.«

»Gern geschehen.« Spagnoli setzte ihre Sonnenbrille auf und erhob sich.

Pellegrini winkte Carlotta, die im Türrahmen lehnte und ihre Aufmerksamkeit gerecht zwischen den Gästen auf der Terrasse und ihrem *telefonino* aufteilte.

»Ich fahre noch einmal in die Wohnung und sehe mir die Fotos an, die über dem Schreibtisch hängen. Dieser Sini von der Agentur hat erwähnt, dass Pescatori viel fotografiert hat. Sag bitte Cunego, dass er sich um die Zugangsdaten der Social-Media-Accounts kümmern soll, wenn er mit den Nachbarn fertig ist. Wo immer Pescatori aktiv war. Cunego oder du, einer sollte für morgen eine Fahrt nach Mailand einplanen und den beiden Ingenieuren von Alessàndro einen Besuch abstatten. Vermutlich führt das zu nichts, aber wir sollten das sauber ausschließen.«

Er zahlte und wollte sich von Spagnoli verabschieden, als ihm auffiel, dass sie nichts mehr gesagt hatte, sondern wie unbeteiligt neben ihm stand. Er zog sein Jackett an und wischte eine nicht vorhandene Fluse von der Anzughose. Als sie immer noch schwieg, hob er auffordernd die Augenbrauen. *Befehlskette*, sagte sein Blick. Anweisungen von oben hatte man zu folgen, auch wenn sie noch so unangenehm waren. Pellegrini hasste diese Momente, in denen er den Chef heraushängen lassen musste. Andererseits hatte er wirklich Besseres zu tun, als sich mit den Befindlichkeiten seiner Kollegen zu befassen. Cunego wollte keine Anweisungen von Spagnoli entgegennehmen, geschweige denn sich mit ihr absprechen. Immerhin gab ihr der höhere Dienstrang nun Rückendeckung, und das wusste auch Cunego – weshalb er es ihr vermutlich noch schwerer machen würde.

»Mach ich alles, Signor Commissario«, murmelte sie endlich, ohne ihn anzusehen.

»Fein. Melde dich, wenn du meine Hilfe brauchst.« Er wandte sich zum Gehen.

»Commissario, was ist eigentlich mit der Staatsanwaltschaft? Ist Galimberti schon informiert?«

»Touché, Claudia«, knurrte er und winkte über die Schulter, ohne sich umzusehen. »Ich kümmere mich darum«, rief er laut. Befehlskette. Funktionierte nach oben wie nach unten.

5

Spagnolis Bemerkung über günstige Unterkünfte hatte Pellegrini auf eine Idee gebracht: Wenn diese Danbi gestern Abend Pescatoris Wohnung verlassen hatte, musste sie irgendwo übernachtet haben, vermutlich möglichst günstig und möglichst zentral. Von Mori wusste er, dass sie geplant hatte, bis Donnerstag in Como zu bleiben. Ihm fiel sofort der *Ostello Bellavista* ein. Die Jugendherberge lag gegenüber der *Giardini del Tempio Voltiano* und damit ganz in der Nähe von dem Museum, an dem sich Mori am Vorabend mit seinen Freunden getroffen hatte. Es war nicht ganz unwahrscheinlich, dass die Koreanerin dort untergekommen war.

Er betrat einen großen Aufenthaltsraum mit einer Theke aus Europaletten. Reggae summte aus einem Lautsprecher. Schlichte runde Tische und Stühle, von denen keiner aussah wie der andere, standen wild im Raum verteilt. Weder dort noch in den beiden Ecken mit Sitzkissen und einer Couch saß eine Menschenseele, aber das war um diese Uhrzeit nicht weiter verwunderlich. Die Wände waren teilweise blanker Beton, eine sah aus, als ob ein Wasserschaden sie in Mitleidenschaft gezogen hätte. Hinter mehreren Automaten mit Schokoriegeln und Softgetränken ließ sich ein buntes Graffito erahnen. Franca hatte ihm mal erklärt, es handele sich bei einem solchen Ambiente um *shabby chic*. Alles sah irgendwie heruntergekommen und abgenutzt aus, in Wahrheit war es aber genau arrangiert. Vermutlich hatte es also nie einen Wasserschaden gegeben.

In einem irrte Spagnoli: Auch in Pellegrinis Leben hatte es eine Zeit gegeben, in der er in solchen Unterkünften übernachtet hatte. Er hatte sich sogar, je nach Ort und Stimmung, manchmal wohlgefühlt. Meistens hatte er allerdings gegrübelt, allein mit sich und der Frage, warum sein bester Freund ihn derart hintergangen hatte und wie es dazu gekommen war, dass er diesen Betrug mit dem Leben bezahlen musste.

Lucas Tod war der Auslöser für Pellegrinis Europareise gewesen. Er hatte seine vertraute Umgebung nicht mehr ertragen, die mitfühlenden Blicke von Familie und Freunden, die Tatsache, dass er niemals Antworten darauf erhalten würde, wann, wie und warum sein Freund auf die schiefe Bahn geraten war. Warum Luca ihn nie um Hilfe gebeten hatte. Warum er selbst nichts davon bemerkt hatte, bis es zu spät gewesen war. Seinen Dienst bei der Polstrada hatte er quittiert, und eine Zukunft im Betrieb seiner Familie gab es nicht, solange sein Vater im *Albergo Pellegrini* wie ein Diktator herrschte. So hatte er sich plan- und ziellos durch Europa treiben lassen, hatte Aushilfsjobs in Hotels angenommen, wenn er Geld brauchte. Er hatte fast zwei Jahre gebraucht, Lucas Verrat irgendwie hinter sich zu lassen und eine Antwort auf die Frage zu finden, wie es weitergehen sollte. Aber das alles ging Spagnoli nichts an.

Je länger er dieses – ob nun echte oder arrangierte – Interieur betrachtete, desto weniger gefiel es ihm. Ob das an seinen Erinnerungen an diese dunkle Zeit seines Lebens lag oder er diesem jugendlichen Ambiente schlicht entwachsen war, konnte er nicht sagen.

»*Salve!* Hey, kann ich dir helfen?« Ein schlaksiger Mann Anfang zwanzig, tiefschwarze Haut, Dreadlocks und signalrote Brille tauchte hinter dem Tresen auf und riss Pellegrini aus seinen Gedanken.

Er trat an die Theke. Ein Schild auf dem blauen Hemd verriet Pellegrini, dass sein Gegenüber Kilian hieß.

Er zeigte seinen Dienstausweis. »Ich bin auf der Suche nach einer Südkoreanerin, Vorname Danbi, mehr ist mir nicht bekannt. Sie müsste gestern Abend eingecheckt haben.«

»Warte.« Kilian beugte sich zum Computer, und nach nur wenigen Klicks nickte er. »Danbi Jeong. Ich kann mich an sie erinnern. Habe mich noch gewundert, wie gut sie Italienisch spricht, danach sah sie gar nicht aus.«

Pellegrini musste ihn ungewollt verblüfft angesehen haben, denn sein Gegenüber grinste breit.

»Schon klar, traut man mir auch nicht zu. Ich bin hier geboren, nicht in Afrika. Ist verwirrend, aber ich komme damit klar.«

Das glaubte Pellegrini ihm sofort. War er zunächst etwas irritiert gewesen, so plump vertraulich angesprochen zu werden, gestand er sich inzwischen ein, dass ihm die unverkrampfte Art des Mannes gefiel.

»Sie hat gestern Abend kurz vor Ende meiner Schicht eingecheckt, exakt um 21.52 Uhr. Soll ich dir ihre Daten ausdrucken?«

»Vielen Dank. Ist sie da? Wie lange bleibt sie?«

»Hat bis Donnerstag gebucht. Du kannst in ihrem Zimmer nachsehen: zweite Etage, das Sechsbettzimmer rechts. Ich schau mal, ob sie im Garten ist.«

Pellegrini nahm die Treppe und betrat den Raum, den Kilian ihm genannt hatte. Es war niemand dort, aber dem Gepäck nach waren alle Betten belegt. Er hatte lange genug in Hotels gearbeitet, um auf den ersten Blick zu sehen, wie sauber und gepflegt das Zimmer und der angrenzende Waschraum waren, den sich die Gäste mit dem Nachbarzimmer teilten. Aber nichts konnte darüber hinwegtäuschen, dass hier sechs Menschen auf engstem Raum zusammenlebten. Keine Privatsphäre. Und der Geruch. Vor allem der Geruch. Und nachts die Geräusche.

Pellegrini schüttelte sich. Auf einmal verstand er sehr viel besser, warum jemand eine Couch in einer Privatwohnung vorzog. Sein Blick schweifte über die verschiedenen Gepäckstücke auf und unter den Betten. Trekkingrucksäcke, Reisetaschen, in einem halb offen stehenden Spind eine Art Seesack. Er wollte gerade einen Blick in die übrigen Schränke werfen, als die Tür aufgerissen wurde und ein Mädchen hineinstürmte. Sie erstarrte, als sie Pellegrini erblickte. Er hob beschwichtigend die Hände.

»Danbi Jeong? Ich habe ein paar Fr…«

Sie machte auf dem Absatz kehrt und rannte hinaus. Pellegrini fluchte und lief ihr hinterher. Danbi stürmte den kurzen Flur entlang und prallte im Durchgang zum Treppenhaus gegen Kilian, der ihr gefolgt war.

»Festhalten!«, brüllte Pellegrini.

Danbi stieß sich von Kilian ab und warf sich rücklings in eine Ecke, als hoffte sie, die Wand mit purer Willenskraft zu durchstoßen. Ihr Blick erinnerte Pellegrini an ein Reh, das von einem Scheinwerfer geblendet wurde und nicht mehr in der Lage war, sich zu bewegen.

Kilian legte die Hand in den Nacken und lachte verlegen. »Keine Panik, Signorina. Was hast du nur angestellt?« Er wandte sich an Pellegrini. »Ich habe nur gesagt, dass die Polizei nach ihr gefragt hat, da ist sie auch schon abgehauen.«

»Nichts!« Danbi schüttelte panisch den Kopf. »Ich habe nichts getan, ich weiß nichts! Bitte tun Sie mir nichts.«

Pellegrini trat einen Schritt zurück und lächelte freundlich. Sie tat ihm leid. »Ich bin Commissario Pellegrini. Keine Angst, ich habe nur ein paar Fragen an Sie.«

»Ich weiß nichts.« Danbi entspannte sich ein bisschen.

»Aber Sie haben heute Morgen in der Questura angerufen und einen Überfall gemeldet, oder?«

Danbi reagierte nicht.

Pellegrini wartete geduldig und musterte die junge Frau. Sie war klein, wie Mori sie beschrieben hatte. Es war unmöglich, ihr Alter zu schätzen, tiefschwarze Haare, straffe Haut, Stupsnase. Sie konnte sechzehn oder genauso gut sechsundzwanzig sein. Viel entscheidender war allerdings, dass sie winzige Hände hatte. Vielleicht hatten die beiden miteinander gerangelt, doch dass sie Ivan Pescatori erwürgt hatte, hielt Pellegrini für ausgeschlossen.

Fast hätte er ihr dahingehauchtes »Ja« überhört. Er lächelte breiter. »Das war sehr gut, vielen Dank. Ich möchte mir nur ein Bild davon machen, was Sie gesehen haben. Sie haben absolut nichts zu befürchten.« Er wandte sich an Kilian, der immer noch im Türrahmen lehnte und so Danbi den Fluchtweg versperrte, ansonsten jedoch nicht eingriff.

»Gibt es hier einen Aufenthaltsraum, in dem wir ungestört reden können?«

»Am anderen Ende des Ganges ist eine kleine Teeküche.« Kilian wies mit dem Zeigefinger den Flur entlang.

»Gut. Kommen Sie bitte, Signorina Jeong. Es tut mir leid, aber wir müssen uns unterhalten. Keine Angst, ich beiße nicht.«

Widerwillig stieß Danbi sich mit der Schulter ab und trottete vor Pellegrini her in Richtung Teeküche.

»Soll ich euch vielleicht etwas zu trinken bringen?«, rief Kilian ihnen hinterher.

»Danke, aber nein.«

Die Bezeichnung *Teeküche* fand Pellegrini ziemlich euphemistisch für diesen winzigen Abstellraum mit einer

Anrichte samt Spülbecken, Wasserkocher und Mikrowelle. Die Sitzgelegenheit bestand aus einem schmalen, an die Wand genagelten Holzbrett und vier Hockern.

Danbi ließ sich auf einen der Hocker fallen, ohne Pellegrini auch nur anzusehen. Immerhin schien sie ihren Fluchtplan aufgegeben zu haben.

Pellegrini blieb stehen. Er zeigte ihr seinen Dienstausweis und verschränkte anschließend die Arme vor der Brust. »Sie können sich sicherlich denken, worum es geht. Es war sehr, sehr gut, dass Sie in der Questura angerufen haben. Aber warum haben Sie Ihren Namen nicht hinterlassen?«

Danbi zuckte mit den Schultern. »Mein Akku war leer. Ich wollte mich heute Nachmittag noch mal melden.« Ihr Tonfall ließ keinen Zweifel daran, dass sie das nicht getan hätte.

Vielleicht brachten ein paar unverfängliche Fragen sie zum Reden. »Erzählen Sie ein wenig von sich. Was machen Sie hier in Como?«

»Ich reise durch Europa. Ich bin in Bologna geboren und habe dort mit meinen Eltern sechs Jahre gelebt, bevor wir zurück nach Südkorea gegangen sind, weil meine Großmutter sehr schwer erkrankt ist. Mein Vater kümmert sich um sie. Ich wollte Italien wiedersehen. Ich habe immer Kurse belegt, damit ich die Sprache nicht verlerne.«

Das war es also, was Kilian gemeint hatte: Sie hatte einen starken Akzent, aber ihr Italienisch war sehr gut.

»Sind Sie südkoreanischer Staatsangehörigkeit?«

»Ja.«

Auch das noch. Pellegrini fluchte innerlich. Angelegenheiten mit europäischen Ausländern waren schon kompliziert genug. Danbi hatte sich ein wenig entspannt, doch Pellegrini zweifelte nicht daran, dass sie bei der ersten

Gelegenheit die Flucht ergreifen würde. Sicherheitshalber blieb er weiter im Türrahmen stehen.

Er zwang sich zu Geduld, was ihm zunehmend schwerfiel. Er ging nach wie vor nicht davon aus, dass Danbi etwas mit der ganzen Sache zu tun hatte, aber er gewann den Eindruck, dass sie ihm zumindest teilweise etwas vorspielte. Und das mochte er ganz und gar nicht.

»Erzählen Sie bitte, was gestern Abend passiert ist.«

»Ivan ist sehr nett. Er wollte mich zum Abendessen einladen, und dann wollten wir uns mit Freunden treffen. Seinen Freunden. Wir waren für halb acht am Dom verabredet. Ich bin vorher shoppen gegangen, Andenken für Freunde und meine Eltern.« Sie hielt inne. »Ivan kam nicht. Ich habe gewartet. Dann bin ich zur Wohnung gelaufen. Dort war alles still und völlig verwüstet.«

»Wann waren Sie bei der Wohnung?«

»Ich weiß es nicht. Ich habe ungefähr zehn Minuten gewartet, und für den Weg brauche ich eine halbe Stunde. Vielleicht so um Viertel nach acht?«

Er nickte ihr aufmunternd zu. Es schien ihr gutzutun, darüber zu sprechen. Sie holte tief Luft und fuhr fort: »Das ganze Wohnzimmer war ein riesiges Chaos.«

»Wie sind Sie in die Wohnung gekommen?«

»Ivan hat mir einen Schlüssel gegeben. Er ist ja tagsüber nicht da.«

Für diese Art von Zimmervermietung war beiderseitiges Vertrauen notwendig. Pellegrini fragte sich, ob er einen Fremden bei sich wohnen lassen und ihm den Schlüssel geben würde. Seine Antwort wäre ein entschiedenes: *Auf gar keinen Fall*.

»Ivan lag in seinem Bett, alles war dunkel. Ich habe mich nicht getraut, in sein Zimmer zu gehen. Ich habe ihn mehrmals gerufen, aber er hat nicht geantwortet.« Sie schluckte nervös. »Dann habe ich meine Sachen gepackt und bin gegangen. Ich hatte Angst, dass die Einbrecher zurückkommen. Ich wollte so schnell wie möglich weg. Den Schlüssel habe ich im Flur liegen lassen.«

»Und dann?«

Sie lächelte verlegen. »Ich habe erst überlegt, ob ich bei Airbnb nach einem anderen Zimmer suchen soll. Aber ich hatte Angst. Hier bin ich nicht allein, da kann nicht so viel passieren.«

Pellegrini war zufrieden. Genau das war sein Gedanke gewesen, als er zum *Ostello Bellavista* gefahren war. Er hätte es auch noch in der *Villa Olmo* versucht, aber das Hostel lag weiter außerhalb. Immerhin konnte er nun die Fahndung nach Danbi Jeong abbrechen.

»Welchen Eindruck machte Ivan auf Sie?«

»Ich bin nicht in sein Zimmer gegangen.«

Pellegrini zählte im Geiste die Sekunden. Schweigen war ein machtvolles Instrument bei Verhören. Den meisten Menschen wurde es nach fünf bis sieben Sekunden unangenehm. Je nervöser sie waren, desto schlechter hielten sie die Stille aus.

Danbi setzte nach weniger als drei Sekunden wieder an. »Er schien zu schlafen. Ich dachte, er hätte sich unter die Bettdecke verkrochen, weil er Angst hatte. Haben Sie das als Kind nicht getan?«

»Ivan war erwachsen.«

»Trotzdem. Ich weiß nicht. Ich hatte auch Angst, dass der Einbrecher noch da war. Ich wollte weg.«

Es war ihr, vermutete Pellegrini, ein Stück weit gleichgültig gewesen, was mit ihrem Gastgeber geschehen war. Ihr war mehr daran gelegen gewesen, sich selbst in Sicherheit zu bringen. Und am nächsten Morgen hatte sie ein schlechtes Gewissen bekommen und in der Questura angerufen. Anonym, um mit der Sache nichts weiter zu tun zu haben.

»Ich habe gehört, wie er leise geatmet hat. Und es gehört sich nicht, in ein fremdes Schlafzimmer zu gehen.«

»Er hat geatmet? Sind Sie sich da ganz sicher?«

Sie wich seinem Blick aus.

»Signorina Jeong, es ist sehr wichtig, dass Sie bei der Wahrheit bleiben. Haben Sie gehört, dass er geatmet hat?«

»Ich habe nichts getan.« Ihr Tonfall wurde flehend.

»Haben Sie gehört, dass Ivan Pescatori geatmet hat?«

Sie schüttelte den Kopf.

»Schade.« Pellegrini seufzte laut. »Das hätte uns weitergeholfen.« Vielleicht aber auch nicht. Wie auch immer, sobald El Gato ihm den exakten Todeszeitpunkt nannte, würde er diese Informationen besser einordnen können.

»Warum haben Sie nicht schon gestern Abend die Polizei alarmiert?«

»Ich weiß nicht. Ich war so durcheinander.«

»Wollen Sie gar nicht wissen, wie es Ivan geht?«

»Ja?« Ihr Blick war wieder der des gehetzten Rehs.

»Er ist tot. Er wurde ermordet. Jemand hat ihm die Hände um die Kehle gelegt und ihm die Luft abgedrückt. Erwürgt.« Er formulierte es mit Absicht so drastisch.

Danbis Reaktion war schwer zu deuten. Ihre Gesichtszüge erstarrten einen Moment lang zu einer Maske. Sie öffnete den Mund und schloss ihn wieder, ohne etwas zu sagen. Pellegrini schien es, als ob sie eine Nuance blasser geworden war, doch er war sich nicht sicher. Dann senkte sie den Kopf und schlug die Hände vors Gesicht.

»Signorina Jeong, was haben Sie getan?«

»Nichts!«, wiederholte sie. Sie riss den Kopf hoch und starrte ihn mit großen Augen an. »Und das war falsch. Ich hätte ihm helfen müssen, richtig?«

Pellegrini beobachtete sie genau, angewidert von ihrem theatralischen Getue. Inzwischen war er sicher, dass sie ihm die Betroffenheit nur vorspielte. Aber ob es ihr schlechtes Gewissen war oder sie ihm etwas verheimlichte, konnte er nur vermuten. Als Täterin schloss er sie jedenfalls aus. Sofern Pescatori bei Sinnen gewesen war, wäre er ihr körperlich weit überlegen gewesen. Und von ihren viel zu kleinen Händen abgesehen, konnte Pellegrini sich nicht vorstellen, dass sie die Nerven behalten hätte, so lange zuzudrücken, bis das Opfer nicht mehr geatmet hätte.

»Passen Sie auf«, erklärte er mit aller Geduld, die er aufbringen konnte. »Sie kommen jetzt mit mir in die Questura. Freiwillig. Sie sind nicht verhaftet. Dort nehmen wir Ihre Fingerabdrücke und eine DNA-Probe. Wir erfassen Ihre Personalien, und dann können Sie wieder gehen. Aber Sie verlassen Como nicht, bis wir Ihnen die Erlaubnis geben. Haben Sie das verstanden?«

»Ich bin nicht verhaftet?«

»Nein! Es sei denn, Sie legen jetzt ein Geständnis ab.« Pellegrinis Tonfall war schärfer als beabsichtigt, und prompt schüttelte Danbi so heftig den Kopf, dass ihr ganzer Körper bebte.

»Ich habe nichts getan. Zu wenig getan. Aber ich habe ihn nicht umgebracht.«

Pellegrini nickte. »Ich glaube Ihnen ja.«

Tat er das? Ja. Doch mit dem schlechten Gewissen, einfach abgehauen zu sein und Ivan Pescatori liegen gelassen zu haben, würde sie leben müssen.

In der Questura übergab er Danbi Jeong an die Kollegen vom Innendienst und erhielt im Gegenzug die Liste, die Giulio Mori pflichtgemäß abgeliefert hatte. Sie umfasste, wie Pellegrini entsetzt feststellte, über vierzig Namen, die meisten aber immerhin inklusive Telefonnummer und Adresse. Und Giulio war so schlau gewesen, die Freunde und Bekannten des Toten in die Gruppen »Uni«, »Sondrio« und »Badmintonverein« einzuteilen.

Pellegrini rief im Büro des Staatsanwalts an und erfuhr zu seiner Erleichterung, dass Dottor Tomaso Galimberti unabkömmlich sei, ihn aber bereits für den nächsten Morgen um neun Uhr einbestellt habe. Das gab ihm wenigstens noch eine Gnadenfrist. Gespräche mit dem Staatsanwalt liefen in der Regel darauf hinaus, sich dafür zu rechtfertigen, was bisher alles *nicht* unternommen worden war. Als ob alles gleichzeitig passieren könnte. Dann bekam er eine Frist von achtundvierzig Stunden, weil Galimberti in irgendeiner Statistik gelesen haben wollte, dass die meisten Morde in diesem Zeitraum aufgeklärt wären. Pellegrini vermutete eher, dass er die Zahl in einer amerikanischen Serie aufgeschnappt hatte. Ob es nun stimmte oder nicht, er drohte ebenso regelmäßig, Verstärkung aus Mailand anzufordern, falls, wie er sich auszudrücken pflegte, *Commissario Marco Pellegrini den Anforderungen einer gut geführten Ermittlung nicht gewachsen sei.* Als ob er ein unterbelichteter Carabiniere aus der Provinz wäre. Was konnte er dafür, dass Galimberti nie einen Posten in Rom oder wenigstens Mailand bekommen hatte? Und außerdem: *So* klein war Como nun auch wieder nicht, dass ein fähiger Staatsanwalt nicht genug zu tun hätte.

Cunego hatte sich immer noch nicht gemeldet, und auch von El Gato gab es noch keine neuen Informationen. Pellegrini konnte sich nur schwer zurückhalten, in der Rechtsmedizin anzurufen. Aber wenn es etwas gab, das er wissen musste, hätten sich El Gato oder einer seiner Mitarbeiter gemeldet. Es brachte überhaupt nichts, am Telefon herumzuquengeln, weil noch keine Ergebnisse da waren. Zudem wäre es unfair, sich darüber zu beschweren, dass Galimberti unnötig Druck machte, und es an anderer Stelle selbst zu tun.

Pellegrini entschied sich, direkt zur Wohnung des Opfers zu gehen, statt Cunego anzurufen. Er verließ die Questura zu Fuß. Der kurze Spaziergang zum Tatort würde ihm guttun. Nach nur wenigen Schritten zog er das Jackett wieder aus und legte es sich über den Arm. Was gäbe er dafür, jetzt in der Sonne am See zu sitzen und auf das dunkelblau schillernde Wasser zu schauen, in dem sich die Berge spiegelten. Vom Sporthafen aus konnte man die Panoramaglasscheiben des Speisesaals des *Albergo Pellegrini* hoch oben in Brunate erkennen. Sein Vater und sein *Nonno* hatten sie bei der Sanierung in den Neunzigern mit viel Aufwand unterhalb des Jugendstilpalazzos in den Fels bauen lassen. Es gab Gäste, die allein wegen der spektakulären Aussicht zum Abendessen kamen.

Doch statt in der Sonne zu sitzen, wanderte er durch die Straßen Comos zu der Wohnung eines Mordopfers. Ein Mord an einem jungen Mann, dessen Ablauf sehr merkwürdig war und zu dem sich nicht der Ansatz eines Motivs auftat.

Pellegrini spürte, dass er ungnädig wurde. Vielleicht war es ganz gut, dass er keine Gelegenheit hatte, sich ans Seeufer zu setzen, denn wenn seine Laune erst mal im Keller war, konnte es ihm nicht einmal mehr der See recht machen, ganz gleich, wie zauberhaft er sich mit seinem Schattenspiel aus Grau, Grün und Blau präsentierte. Vermutlich würde er sich, statt die Aussicht zu genießen, nur über die Baustelle an der Promenade aufregen. Ein ewiges Ärgernis für alle, denen Como am Herzen lag, und für jeden, der auch nur entfernt mit Tourismus zu tun hatte, ganz besonders.

Erst letztens hatte er mit Spagnoli überlegt, seit wann

dieser grässliche Bauzaun das Ufer verschandelte. Sie hatten im Internet Fotos von 2008 gefunden, auf denen bereits die Schautafeln mit den Plänen zur Neugestaltung des Ufers unter Berücksichtigung des Hochwasserschutzes zu sehen waren. Mindestens seit dieser Zeit zog sich diese Provinzposse von Fehlplanung und unzureichender Finanzierung also schon hin, die immer wieder dazu führte, dass der Bau gestoppt oder Pläne verworfen wurden. Inzwischen war der Zaun immerhin nur noch auf ein Teilstück zusammengeschrumpft, und es gab Gerüchte, dass sich die Arbeiten einem glücklichen Ende näherten. Pellegrini hoffte aufrichtig, dass er das noch erleben würde, doch er blieb skeptisch.

Als er auf den Parkplatz vor Pescatoris Wohnung einbog, fiel ihm ein, dass er Danbi nicht gefragt hatte, warum sie eine falsche Hausnummer angegeben hatte. Vermutlich war es vollkommen unwichtig, und sie hatte sich einfach geirrt, doch Pellegrini wollte solche scheinbaren Kleinigkeiten nicht außer Acht lassen. Vor allem, da er bisher nicht das Gefühl hatte, der Lösung des Falles seit dem Morgen auch nur einen Millimeter nähergekommen zu sein.

Der Fuhrpark auf dem Parkplatz war auf zwei Wagen der Polizia di Stato zusammengeschrumpft, die Schaulustigen hatten sich glücklicherweise zerstreut. Neu dazugekommen war ein schwarzer Wagen der Guardia di Finanza. Pellegrini streifte das Jackett wieder über. Man konnte nie wissen, wer von den Kollegen vor Ort war und Anstoß daran nahm, wenn er nicht korrekt gekleidet war. Vor dem Hauseingang standen Cunego und ein älterer Mann in der vertrauten Uniform der Finanzpolizei.

Unwillkürlich lachte Pellegrini, sein Missmut war wie weggeblasen. »Wenn das nicht Andrea Lorenzo ist. Wie schön, dich wiederzusehen!«

Er streckte die Hand zur Begrüßung aus, während sein Gegenüber mit unbewegter Miene salutierte.

»Commissario Pellegrini. Wir stehen zu Ihrer Verfügung«, grollte der befehlsgewohnte Bass. Mit scharfer Hakennase, buschigen Augenbrauen unter der hohen Stirn und dem dichten Bart erinnerte Capitano Lorenzo an einen römischen Feldherrn. Einen Augenblick lang hielt die Illusion des strengen Militäroffiziers, doch dann lachte er dröhnend, schüttelte herzlich Pellegrinis Hand und schlug ihm mit der anderen freundschaftlich auf die Schulter.

»Da habt ihr ganz schön was ausgegraben. Dein Mordopfer war nicht der Einzige, der hier illegal vermietet.«

Cunego schaute von den Papieren in seiner Hand auf und wies mit dem Kinn auf das Nachbarhaus. »Wir haben zwei offiziell vermietete, in Wahrheit aber leer stehende Wohnungen gefunden, die im Internet als Ferienunterkünfte angeboten werden. Die Anfragen zur Datenfreigabe bei den Portalen laufen bereits. Natürlich auch für Pescatoris Account.«

Pellegrini hob überrascht die Augenbrauen. »Illegale Vermietung? Ist das wirklich so ein großes Problem?«

»Du kannst das ja mal hochrechnen.« Lorenzo runzelte streng die Stirn. »Für so eine Wohnung bekommst du mindestens hundert Euro pro Nacht, in der Hochsaison gern das Doppelte. Das ist für die Eigentümer wesentlich lukrativer, als sie regulär zu vermieten.«

»Pescatori hat sein Zimmer für dreißig Euro pro Nacht angeboten«, ergänzte Cunego. »Die ganze Wohnung wochenweise in den Semesterferien oder an Wochenenden, an denen er bei seinen Eltern war, für hundertzwanzig Euro. Im Monat kamen zwischen vierhundert und tausend Euro zusammen.«

»Schwarz, versteht sich. Ohne einen Cent Steuern zu bezahlen.« Lorenzo zog eine Grimasse.

Pellegrini erwiderte nichts. Für Lorenzo war naturgemäß schon ein unversteuerter *caffè al banco* zu viel. Zugegeben, gewerbliche Vermietung von Wohnimmobilien als Ferienunterkünfte waren eine ganz andere Größenordnung, da konnte er den Unmut des Capitano durchaus nachvollziehen. Aber viel schwerer wog doch, dass solche Angebote den Hotels und Pensionen Gäste wegnahmen. Letzten Endes fragte Pellegrini sich, wie er Pescatoris Machenschaften einschätzen sollte. Der Betrag, der dem Staat an Steuern entgangen sein mochte, schien ihm eher gering, nichtsdestotrotz hatte sein Mordopfer einige kriminelle Energie aufgewendet, die Einkünfte zu verschweigen. Er schien kein Unschuldslamm gewesen zu sein.

»Wie sieht es mit Pescatoris anderen Accounts aus, er hat sich doch sicherlich in den üblichen sozialen Netzwerken herumgetrieben, oder?«

»Keine Ahnung.« Cunego sah ihn fragend an.

»Du solltest dich doch darum kümmern.«

»Davon weiß ich nichts.« Cunego machte ein betroffenes Gesicht. Er ließ die Hand mit den Papieren sinken.

Pellegrini starrte ihn ungläubig an. »Heißt das, Claudia hat sich noch nicht bei dir gemeldet?«

»Nein, Commissario, bedaure.«

Pellegrini murmelte mehrere Verwünschungen. Dann wandte er sich dem Ispettore zu, der unter seinem wütenden Blick zusammenschrumpfte. Lorenzo machte einen Schritt zur Seite und schaute betreten zu Boden. Das Ganze ging ihn nichts an.

»Nicht gut. Nein, ganz schlecht. Fabio, dein nächster Auftrag lautet, Ivan Pescatoris digitales Leben komplett auseinanderzunehmen. Er hat die Social-Media-Accounts einer Agentur namens Alessăndro betreut und für sie fotografiert. Der Name schreibt sich mit einem umgedrehten Dach auf dem zweiten A, wie im Tschechischen. Dazu natürlich sein privates Zeug. Alles, *capito*? Und dann gibt es in Mailand zwei Ingenieure …« Er funkelte Cunego aufgebracht an. »*Madonna mia*, lass dir das von Claudia erklären. Ich habe keine Lust, alles zweimal zu sagen, ich bin doch kein Papagei! Stimmt euch ab!«

»Selbstverständlich, Signor Commissario. Ich rufe sie sofort an, Signor Commissario.« Noch während er sprach, hatte Cunego sein *telefonino* aus der Tasche gewühlt und sich ein paar Schritte entfernt, den Kopf zwischen den Schultern wie ein geprügelter Hund.

»Warte!« Pellegrini riss Moris Liste aus seiner Tasche. »Das sind Pescatoris Freunde. Vernehmt die. Alle!«

Cunego ließ das Handy sinken und starrte auf die vielen Namen. »Heute noch?«

»Ihr fangt heute damit an. Teilt es auf, mach es allein, ist mir egal.«

Er stapfte an Lorenzo vorbei und eilte im Laufschritt hoch zur Wohnung. Dort hätte er sich ohrfeigen können. Die Tür war natürlich abgeschlossen und versiegelt.

»Marco, beruhig dich. Das sieht dir gar nicht ähnlich.«

Lorenzo war ihm gefolgt und reckte den Schlüssel in die Höhe. Pellegrini zuckte mit den Schultern und lächelte ihn verlegen an. Statt ihm den Schlüssel zu geben, zog Lorenzo eine zerknautschte Packung Zigaretten aus der Hosentasche und bot Pellegrini eine an. Er lehnte ab, wobei es ihm schwerer fiel als sonst. Dieses Verlangen nach längst vergessenen Gewohnheiten war ein weiteres schlechtes Zeichen.

Lorenzo inhalierte genüsslich und lehnte sich gegen die Brüstung der Galerie. »Was ist los? Warum machst du so einen Stress?«

»Weil ich einen Mord aufklären muss?«

»Na und? Das Opfer ist tot, und der Mörder läuft entweder hier herum, dann tut er das morgen auch noch. Oder: Falls er abgehauen ist, kann er inzwischen schon an der dänischen Grenze sein. Oder im Flieger nach Südamerika. Ich kenn dich, du bist angespannter als sonst.«

Pellegrini steckte die Hände in die Hosentaschen und ging neben ihm auf und ab. »Meinst du wegen Cunego? Du musst dir keine Sorgen machen, es trifft im Zweifelsfall immer den Richtigen.«

»Habe ich das gerade richtig verstanden? Du pfeifst *ihn* an, weil seine Kollegin sich nicht bei ihm gemeldet hat?«

»Claudia Spagnoli. Die beiden haben einige Differenzen.«

»Ah, Spagnoli. Ein durchaus bezauberndes Wesen. Die würde ich gern einmal in Uniform sehen.« Lorenzo feixte. »Und dann ohne.«

»Wenn du deine Rente noch erleben willst, bring solche Kommentare niemals in ihrer Gegenwart. Außerdem bist du verheiratet.«

»Nicht mehr lange.« Lorenzo blies eine Rauchwolke aus und schaute in die Ferne. »Veronica hat endlich in die Scheidung eingewilligt. Sie findet, dass die Kinder jetzt groß genug sind, um mit dem Trauma der Trennung umzugehen.« Er grinste, was dieses Mal wie ein Zähnefletschen wirkte. »Nachdem sie fast zehn Jahre streitende Eltern ertragen haben.«

»Da hast du es.« Pellegrini schnaubte belustigt. »Ihre Streitigkeiten haben allerdings auch eine ganz andere Ursache.« Er lächelte Lorenzo vielsagend zu, und der verstand sofort.

»Beziehung und Dienst vertragen sich nicht. Bringt man euch das heutzutage nicht mehr bei?«

»Mir musst du das nicht sagen.« Pellegrini wusste, natürlich nur inoffiziell, dass die beiden eine kurze Affäre gehabt hatten, kaum dass Cunego ins Team gekommen war. Die Situation war schon nach ein paar Wochen eskaliert. Sie hatten zwei Schlägertypen in Gewahrsam genommen, und einer der beiden hatte angefangen zu randalieren. Cunego glaubte seine Kollegin in Gefahr und wollte den heldenhaften Retter spielen. Spagnoli hatte ihm das ziemlich übel genommen, Cunego ignorierte seitdem Anweisungen, demonstrierte gern männliche Überlegenheit.

Pellegrini lächelte gequält. »Ispettore Cunego ist klug genug, es nicht direkt auszusprechen, aber in seinen Augen taugen Frauen nicht zum Polizeidienst.«

»Oje, willkommen im 21. Jahrhundert.« Lorenzo schüttelte den Kopf.

»Ich sitze zwischen den Stühlen. Muss Claudia vor diesen unterschwelligen Attacken bewahren und dabei höllisch aufpassen, nicht selbst in die Schusslinie zu geraten. Und jetzt ist Claudia auch noch einen Dienstrang über Fabio und wird ihm das Leben sicherlich nicht leichter machen.«

»*Capito*. Und jetzt lässt du die beiden in trauter Zweisamkeit ein paar Überstunden machen.«

»Keine Sorge, ich werde nicht untätig zugucken. Ich suche nach einem Motiv.« Es hatte nicht so verzweifelt klingen sollen. Andererseits kannte Lorenzo ihn lange genug, um sich nicht darüber lustig zu machen.

»Keine Idee bisher?«

»Nicht die geringste.«

»Was hältst du davon, heute Abend eine Runde mit mir zu rudern, um den Kopf frei zu kriegen?«

»Nein.« Pellegrini spürte den forschenden Blick des Capitano. Er schwieg beharrlich.

Lorenzo runzelte die Stirn. »Es hat irgendwas mit Luca zu tun.«

»Wie kommst du darauf? Du spinnst doch.« Pellegrini verschränkte die Arme. Zu spät fiel ihm auf, dass sein Freund diese Abwehrhaltung sicherlich durchschaute. Andrea Lorenzo war ein Freund. Vielleicht der engste, seit Luca Camerone tot war.

Der Capitano rauchte zu Ende, schaute sich kurz um und schnippte dann den Zigarettenstummel über die Brüstung, genau wie Spagnoli einige Stunden zuvor. »Irgendwann, Marco, musst du dich der Vergangenheit stellen. Du bist doch in Wahrheit ein geselliger Typ. Dieses Einsamer-Wolf-Gehabe, der grantige Chef, das bist doch nicht du.«

»Vielleicht.«

»Du solltest dich mal wieder mit deinen Freunden treffen. Sandro und Umberto sind noch nicht tot, soweit ich weiß.«

»Das ist eine ziemlich rüde Bemerkung, selbst für deine Verhältnisse, Andrea.«

»Tut mir leid. Aber ernsthaft, Sandro fragt immer wieder nach dir.«

Pellegrini wusste genau, dass Lorenzo nur versuchte, ihn zu provozieren. Manchmal fand er selbst, er sollte den Kontakt zu seinen Freunden wiederaufleben lassen, im Allgemeinen und zu den beiden Genannten im Besonderen. Sie hatten nach Lucas Tod oft genug versucht, ihn zu einem Treffen oder gemeinsamem Sport zu überreden, und dann irgendwann aufgegeben. Aber er wusste, dass er in ihrer Mitte immer noch willkommen war. Er musste sich nur aufraffen und einen Schritt auf sie zu machen, einfach mal anrufen.

Lorenzo räusperte sich. »Ich habe bald eine Mannschaft

für einen Achter zusammen. Du würdest gut ins Team passen.«

»Nein.« Pellegrini presste die Zähne aufeinander, bis ihm der Kiefer schmerzte.

Lorenzo schaute ihn lange an, ein deutlicher Vorwurf in seinen dunklen Augen unter den dichten Brauen. »Nun. Wenn noch was ist, weißt du ja, wo du mich findest.« Er warf Pellegrini den Schlüsselbund zu und wandte sich zum Gehen.

Pellegrini kratzte das Polizeisiegel auf und wollte die Tür öffnen, als ihm noch etwas einfiel.

»Andrea!«

Lorenzo drehte sich um.

»Diese Agentur, Alessändro, sagt dir der Name etwas?«

»Überhaupt nicht. Was machen die?«

»Sie suchen Investoren für eine Erfindung, mit der man regenerativen Strom gewinnen und speichern kann.«

»Ich höre mich mal um. Wenn du bis morgen Abend nichts von mir hörst, ruf im Büro an.«

»Mache ich. Danke!«

»*Buonasera!*«

Pellegrini betrat die Wohnung. Der Flur war unverändert, im Wohnzimmer hatte jemand die herumliegenden Sachen zur Seite geräumt, sodass man den Raum zumindest durchqueren konnte. Er betrat das Arbeitszimmer und betrachtete einen Moment lang die Couch, die Danbi Jeong gemietet hatte. Nichts deutete darauf hin, dass hier jemand übernachtet hatte. Ein einfaches Klappsofa mit einem Bettkasten, die Bettwäsche darin noch bezogen. Daneben stand ein winziger runder Tisch mit einer billigen Lampe, die verwaiste Verpackung eines Schokoriegels, die seit gestern Abend oder ebenso gut seit Wochen dort liegen konnte.

Er ging zu dem Schreibtisch. Bereits bei seinem ersten Besuch waren ihm die vielen Fotos aufgefallen. Alle in Schwarz-Weiß wirkten sie ein wenig aus der Zeit gefallen. Und wer ließ heutzutage noch Abzüge machen? Hatte Pescatori sie vielleicht sogar selbst entwickelt?

Auf den meisten Bildern waren junge Leute, feiernd, trinkend am Seeufer, auf Motorrädern. Auf vielen erkannte Pellegrini Giulio Mori wieder sowie das Mädchen, dessen türkisfarbene Haare hier in einem merkwürdigen Hellgrau wiedergegeben waren. Ein Foto zeigte Pescatori auf einer alten Moto Guzzi vor einem Schild mit der Aufschrift *Passo dello Stelvio*. Er stand entspannt hinter seiner Maschine, lachte in die Kamera. Offen und sympathisch. Lebendig.

Pellegrini stützte sich auf den Schreibtisch und atmete mehrmals tief durch. Ihm war etwas schwindelig. Das kam sicher von der abgestandenen Luft in der Wohnung. Von dem Wissen, dass hier ein Mensch gestorben war. Außerdem hatte er bisher kaum etwas getrunken. Er ging zurück ins Wohnzimmer zum Kühlschrank. Darin fand er eine Dose Cola. Zucker und Koffein waren jetzt genau das Richtige. Schon nach den ersten kalten Schlucken spürte er, wie seine Lebensgeister wieder erwachten.

Zurück im Arbeitszimmer betrachtete er noch einmal die Fotos, versuchte, sich die Gesichter einzuprägen. Dabei ging ihm Lorenzos Kommentar nicht aus dem Kopf. Ja, er war angespannt, aber das hatte nichts mit Luca zu tun. Zugegeben, hin und wieder holte ihn die Erinnerung ein, so wie vorhin im Ostello. Aber daran war Pellegrini gewöhnt, schließlich hatte sich ihr gemeinsames Leben in Como, Brunate und Umgebung abgespielt. Überall lauerten Erinnerungen. Darüber hinaus war kaum zu leugnen, dass es gewisse Parallelen zwischen seinem Leben und

71

dem Fall gab: zwei junge Männer, Freunde fürs Leben. Einer von beiden stirbt eines gewaltsamen Todes, der andere muss mit der neuen Situation zurechtkommen.

Welche Rolle hatte Giulio Mori beim Tod seines Freundes gespielt?

Die Sekunden dehnten sich zu Minuten, während Pellegrini auf die Fotos starrte und das Kondenswasser von der Coladose abperlte und auf den Schreibtisch tropfte. Aber kein Geistesblitz, nicht einmal der Funke einer Idee stellte sich ein.

Pellegrini bückte sich und warf die leere Dose in den Mülleimer unter dem Schreibtisch. Dabei entdeckte er eine Tasche mit einer Fotoausrüstung.

Seit er mit seinem Smartphone vernünftige Fotos machen konnte, besaß er keine Kamera mehr. Das Gerät, das er nun in den Händen hielt, sah teuer und professionell aus. Er schaltete die Kamera ein. Nach einigem Ausprobieren piepste sie leise, und das Display leuchtete auf. Pellegrini setzte sich auf den Drehstuhl vor dem Schreibtisch und schaute sich die Bilder an. Auf den ältesten Fotos waren immer wieder zwei Männer Anfang dreißig zu sehen, die in verschiedenen Posen in die Kamera grinsten. Auf einem Foto saßen sie an einem Schreibtisch voller Papiere und prosteten sich mit Kaffeebechern zu. Auf einem anderen standen sie vor dem Eingang zu einer Mensa und zeigten Grimassen schneidend auf ein pampiges Risotto. Pellegrini glaubte, den Campus der Universität Mailand zu erkennen. Er war nur ein- oder zweimal dort gewesen. Vielleicht waren die Männer die Ingenieure von Alessándro.

Die letzten Bilder waren vom Wochenende. Ivan Pescatori hatte immer wieder ein Motorrad fotografiert, das in einer Werkstatt oder einer Garage stand. Eine Ducati, eine Rennmaschine wie auf dem Poster über Pescatoris Bett, nagelneu, ein rot-silberner Traum aus Chrom und PS. Auf ein paar Bildern war Pescatori in voller Ledermontur zu sehen, den Helm unterm Arm, mit einer Hand machte er ein Victoryzeichen in die Kamera. Das letzte Bild zeigte Pescatori von hinten, wie er durch das Tor der Werkstatt nach draußen fuhr.

Pellegrini pfiff leise durch Zähne. Unwillkürlich fiel sein Blick auf die Fotografie von Pescatori mit der alten Moto Guzzi auf dem Passo dello Stelvio. Zwischen den beiden Aufnahmen konnten höchstens zwei Jahre liegen.

Er hatte wenig Ahnung von den aktuellen Preisen, doch es würde ihn wundern, wenn das neue Spielzeug des Opfers unter fünfzigtausend Euro zu bekommen wäre. Vorausgesetzt, die Ducati gehörte Pescatori: Woher hatte ein Student so viel Geld? Hatte Pellegrini hier endlich ein Motiv gefunden?

»Commissario!« Cunego tauchte hinter ihm in der Tür zum Arbeitszimmer auf. »Ich würde jetzt gehen, wenn das in Ordnung ist. Ich bin in einer Stunde mit Claudia am Dom verabredet. Wir fangen heute noch an, Pescatoris Freundesliste abzuarbeiten.«

»Warte. Habt ihr Motorradbekleidung gefunden? Ich kann mich nicht erinnern, einen Helm oder eine Jacke gesehen zu haben.«

»Im Kleiderschrank liegen zwei Lederhosen. Pescatori hat einen Keller voller Gerümpel. Dort steht außerdem ein Schrank mit Helmen, Jacken, Werkzeug und Ersatzteilen. Und es gibt eine Tiefgarage, in der mehrere Motorräder stehen.«

Pellegrini hielt ihm die Kamera unter die Nase. »Dieses hier auch?«

Cunegos Augen weiteten sich. »Ganz sicher nicht. An die würde ich mich erinnern.« Er trat an den Schreibtisch heran und tippte auf das Foto mit der Moto Guzzi. »Dieses Baby steht unten. Eine hübsche, gut gepflegte Breva V 750, Baujahr 2004. So was«, er deutete auf die Kamera, »parkt man nicht einfach in einer Tiefgarage, wenn du mich fragst.«

»Dann sollten wir herausfinden, wo die Ducati steht.«

»Glaubst du, sie gehört ihm? Ich kann mir nicht vorstellen, dass er mit Vermietung und Nebenjob genug Geld zusammenbekommen hat, um so ein Geschoss zu finanzieren.«

»Vielleicht hat Pescatori sie nur für eine Spritztour geliehen. Warte.« Pellegrini zog sein *telefonino* aus der Tasche und begann, eine Nachricht zu tippen. Er hatte noch gute Kontakte zur Polstrada. Wenn er seinem ehemaligen Kollegen Valentino Deghi das Kennzeichen durchgab, konnte der ihm den Halter ermitteln.

»Jetzt zeig mir den Schrank im Keller, bitte.« Er drückte Cunego die Kamera in die Hand. »Nimm sie mit und zeig Claudia die Bilder. Vielleicht hat sie eine Idee, wo die Werkstatt ist, in der diese Aufnahmen gemacht wurden.«

»Reicht es nicht, wenn ich die Speicherkarte mitnehme?«

»Wie du willst.«

In Windeseile hatte der Ispettore eine winzige Speicherkarte aus der Kamera genommen und sorgfältig in ein Fach seines Portemonnaies gesteckt. Pellegrini ließ sich seine Verblüffung nicht anmerken. Auf die Idee mit der Speicherkarte wäre er nicht gekommen. Er kam, wie vermutlich die meisten Menschen heutzutage, nicht mehr ohne sein Handy aus und bildete sich ein, die Technik recht gut zu beherrschen, aber in solchen Situationen kam er sich steinalt vor. Er konnte sich noch an die Zeiten ohne Smartphone und digitales Equipment erinnern, an Kassettenrekorder und Kameras mit echten Filmen. Cunego war dagegen gerade mal Mitte zwanzig und vermutlich schon als Kind mit MP3-Player herumgelaufen. Wie schnell sich diese Dinge in den letzten Jahren doch verändert hatten.

»Das ist ja ein halbes Ersatzteillager«, rief Pellegrini verwundert aus. Was Cunego als Schrank bezeichnet hatte, entpuppte sich als drei Meter breites, bis zur Decke reichendes Stahlungetüm. Das Ding nahm fast den halben Kellerraum ein, sein Inhalt hielt jedoch keine Überraschungen bereit. Pellegrini wollte die Schranktür enttäuscht zufallen lassen, als ihm an einem der drei Helme etwas auffiel. Er hielt ihn in die Höhe. »Was ist das?«

»Eine GoPro. Bei einem wie Pescatori hätte es mich auch gewundert, wenn er keine hätte.«

Während Pellegrini noch versuchte, in dieser Aussage irgendeinen Sinn zu erkennen, hatte Cunego ihm bereits den Helm aus der Hand genommen und fummelte an dem kleinen schwarzen Etwas herum, das daran befestigt war.

»Na also!« Strahlend hielt Cunego eine winzige Kamera in den Händen. »Das neueste Modell. Natürlich. Sollten wir uns vielleicht auch ansehen, oder?«

Pellegrini machte eine unbestimmte Handbewegung. Gemeinsam starrten sie auf das Display, auf dem die Aufnahme einer rasanten Fahrt über eine Straße am See begann.

»Schau mal auf das Datum, die Aufnahme ist auch von Freitag. Ich nehme an, das ist Pescatoris Jungfernfahrt mit seinem neuen Spielzeug.«

»Und die hat er gefilmt. Ich bin sicher, dass es Pescatori ist. Zumindest die Handschuhe sind dieselben wie auf dem Foto vorhin, und den Helm hatte er auch auf. Jetzt erinnere ich mich an das Ding obendrauf. *Madonna mia*, lässt du das auf doppelter Geschwindigkeit laufen?«

»Nein, ich glaube, der fährt wirklich so schnell. Das ist die *Lariana* nach Bellaggio rauf, oder?«

»Könnte sein. Ich erkenne kaum etwas. Höllisch schmale Straße, links der See, rechts Felswände, das kann fast überall sein.«

Sie atmeten gleichzeitig scharf ein, als der Fahrer ein Auto überholte und wegen eines entgegenkommenden Busses sofort wieder einscherte. Die Aufnahme hatte keinen Ton, aber Pellegrini hörte im Geiste die Bremsen des Autos quietschen, das der Motorradfahrer geschnitten hatte.

»Das ist ein Grund, warum ich nicht mehr bei der Polstrada arbeite«, murmelte er.

»Da! Hast du gesehen? Das ist die Neunzig-Grad-Kurve in Nesso.«

»Stimmt. Er ist auf der Halbinsel und fährt Richtung Belaggio. Mach das aus, wir haben genug gesehen.«

Pellegrinis Herz pochte wie wild, nur vom Zugucken auf einem winzigen Display. Er konnte nur erahnen, was für einen Adrenalinrausch Pescatori erlebt haben musste – wie bei einer Achterbahnfahrt, aber ohne Schienen und mit allen Konsequenzen für andere Verkehrsteilnehmer.

Er nickte Cunego zu. »Zeig Spagnoli das Video. Vielleicht hat sie eine Idee, wo wir nach der Ducati suchen sollen.«

»Meinst du, da besteht ein Zusammenhang zu dem Mord?«

»Was glaubst du?«

Cunego starrte auf die kleine Kamera und nickte. »Habgier. Jemand wollte die Maschine, hat sich Zugang zu Pescatoris Wohnung verschafft und ist mit ihm aneinandergeraten.«

»Möglich. Hast du noch eine andere Idee?«

Cunego runzelte nachdenklich die Stirn. »Pescatori hat sich das Geld auf illegalen Wegen beschafft und ist mit seinen Auftraggebern aneinandergeraten. Die haben ihn aus irgendeinem Grund beseitigt, vielleicht weil er zu viel wusste oder zu viel wollte.«

Pellegrini lächelte anerkennend. »Versuch immer, in alle Richtungen zu denken, gib dich nicht mit der erstbesten Lösung zufrieden.«

»Was denkst du?«

»Ich möchte mich noch nicht festlegen. Auf jeden Fall haben wir eine erste brauchbare Richtung, in die wir ermitteln könnten. Wenn du dich mit Spagnoli triffst, frag sie nach ihren Ideen, bevor du ihr deine präsentierst. Und jetzt raus hier.«

Kaum hatten sie den Keller verlassen, klingelte Pellegrinis *telefonino*.

»*Ciao*, Marco, du hast ja ewig nichts mehr von dir hören lassen.«

»Valentino! Bist du tatsächlich immer noch bei der Polstrada?«

»Ja, aber inzwischen im Innendienst. Ist auszuhalten. Wegen der Halteranfrage, die du vorhin geschickt hast: Ich nehme an, du steckst in einer Ermittlung?«

»So ist es. Hilfst du mir?«

»Das Fahrzeug ist eine Ducati 1299 Superleggera, als Halter eingetragen Ivan Emilio Pescatori, wohnhaft Via dei Mille 9, Como. Er hat die Maschine am letzten Mittwoch angemeldet und ist am Freitag auf der SP583 bei Limonta mit knapp hundert Stundenkilometern geblitzt worden, nur siebzehn Minuten später auf der SS36 Höhe Costa Masnaga noch einmal. Normalerweise braucht man für die Strecke doppelt so lange.«

Pellegrini brauchte nicht viel Fantasie, um sich auszurechnen, was sein früherer Kollege von diesem Fahrstil hielt. »Danke!«

»Falls du diesen Kerl kennst, sag ihm, dass er bald Post bekommt.«

»Die Strafzettel wird vermutlich keiner mehr bezahlen. Er ist tot, Valentino. Und bevor du fragst: Ein Verkehrsunfall war das nicht.«

»Oh.«

»Danke dir. Ich melde mich wieder.«

6

Pellegrini hatte Cunegos Angebot, ihn im Auto mitzunehmen, abgelehnt und ging zu Fuß. Er versuchte vergeblich, seine Gedanken zu ordnen und die neuen Erkenntnisse auszuwerten. Ihm war immer noch leicht schwindelig. Er musste dringend etwas essen und noch mehr trinken. Normalerweise aß er nach Dienstschluss im *Albergo Pellegrini*. Warum sollte er für sich allein kochen, wenn ihm die Speisekarte eines ganzen Restaurants zur Verfügung stand? Man konnte viel Schlechtes über seinen Vater Amerigo Pellegrini sagen – und allen voran würde ihm eine verdammte Menge einfallen –, aber kochen konnte er.

Heute aber wollte er noch nicht nach Brunate hochfahren. War er erst einmal oben, würde er sich nicht wieder aufraffen können. Doch das käme ihm schäbig vor, denn Spagnoli und Cunego würden trotz aller Meinungsverschiedenheiten gehorsam über der Liste mit Pescatoris Freunden brüten.

Allerdings war er ein wenig ratlos, wie er weitermachen sollte. Warum hatte sich El Gato noch nicht gemeldet? Er schaute auf die Uhr. Es war kurz vor sechs. Jetzt noch im Krankenhaus anzurufen hatte wenig Sinn, der Rechtsmediziner fing im Morgengrauen an zu arbeiten, um früh Feierabend zu machen. Aber er würde es gleich morgen versuchen, dann, fand er, war er lange genug geduldig gewesen.

Pellegrini entschied sich, zur *Trattoria da Alfredo* zu gehen. Cunego hatte ihm zwar gesagt, er wolle Spagnoli am Dom treffen, doch die Wahrscheinlichkeit war hoch, dass die beiden in die Trattoria gegangen waren. So groß ihre Differenzen auch sein mochten, darin, dass die Büros der Questura so anheimelnd wie eine verkommene Schulturnhalle waren – und manchmal auch so rochen –, waren sie sich einig. Sobald das Wetter es zuließ, besprachen sie alles auf der Terrasse der Trattoria.

Falls seine Ispettori dort waren, würde er ihnen helfen. In jedem Fall hoffte er, dass Carlottas Schwester heute kochte und es Polenta mit Specksoße gab. Die machte sie fast so gut wie Amerigo Pellegrini.

Er betrat am alten Porta Torre, einem mehrstöckigen Turm in der antiken Stadtmauer, die Innenstadt. Sofort hatte er das Gefühl, in eine andere Zeit einzutauchen. Der Lärm der Straße blieb hinter ihm zurück, stattdessen vernahm er geselliges Gelächter hinter einem steinernen Rundbogen, um den sich eine Kletterrose rankte. Die Häuser rückten enger zusammen, gaben Pellegrini die Illusion von Geborgenheit. Como war alt, die Wurzeln der Stadt reichten bis in die Zeit der Römer und Kelten zurück. Die für die Römersiedlungen charakteristischen Straßenraster waren noch immer zu erkennen. In den folgenden Jahrhunderten hatten germanische Stämme, allen voran die der Lombardei ihren Namen gebenden Langobarden, aber auch Spanier, Franzosen und zuletzt die habsburgischen Österreicher, ihre Spuren hinterlassen. Nur die Venezianer hatten es nicht bis nach Como geschafft. Dafür hatte es im Mittelalter ein ständiges Machtgerangel mit Mailand gegeben, aus dem die Milanesen, insbesondere die Familie Visconti, deutlich zu oft als Sieger hervorgegangen waren. Wie in einigen Städten Norditaliens war der Einfluss aus dem Norden deutlicher spürbar als der aus dem Süden, und doch gab es da diese leichte, mediterrane Atmosphäre, die Como einen unverwechselbaren Charme gab. Como, überhaupt der gesamte Comer See, wurde von vielen Italienurlaubern unterschätzt. Wenn Pellegrini sich allerdings die Entwicklung am Gardasee ins Gedächtnis rief, wo man in der Hochsaison vor lauter Touristen kaum noch einen Meter vorankam, war das vielleicht auch besser so.

Das Klingeln seines *telefonino* riss ihn aus seinen Überlegungen. Der Name auf dem Display weckte sofort sein schlechtes Gewissen, weil er für einen Moment nicht an den Fall gedacht hatte.

»Claudia?«

»Bist du noch in der Nähe der Questura? Fabio hat mir gerade die Fotos gezeigt. Ich habe eine Idee, wo wir Pescatoris Ducati finden könnten.«

Pellegrini drehte sich einmal um die eigene Achse. »Ich bin auf halbem Weg zwischen *da Alfredo* und der Porta Torre. Wo soll ich hinkommen?«

»Zur Viale Varese, ich warte auf dem Parkstreifen vor der Stadtmauer auf dich. Wir müssen ein Stück aus der Stadt rausfahren Richtung Breccia.«

»Gib mir fünf Minuten.«

Pellegrinis Laune sank auf einen neuen Tiefpunkt, als Spagnoli wenige Minuten später auf ihrer Yamaha angerauscht kam. Wortlos hielt sie ihm einen Helm hin.

»Das ist nicht dein Ernst«, protestierte er. »Fahr zur Questura, wir holen einen Wagen.«

»Stell dich nicht so an. Nino hat nur bis sieben Uhr auf. Wenn wir es bis dahin nicht schaffen, müssen wir bis morgen warten.«

Sie war immer noch so ungeduldig und aufgekratzt wie am Morgen.

Seufzend nahm Pellegrini den Helm entgegen. Hier herumzustehen und zu diskutieren brachte ihn auch nicht weiter. »Wer ist Nino?«

»Ein alter Freund. Er handelt mit Motorrädern und Rollern, neu und gebraucht. Außerdem vermietet er Stellplätze.«

»Sprichst du von Giovanni Cacciatore?«

»Du kennst ihn?«

»Ich habe meine Vespa bei ihm gekauft. Die dunkelblaue, die im Hof hinter der Questura steht.«

»Das ist deine?«

»Für Notfälle, falls es mal spät wird. Habe sie länger nicht benutzt.«

»Seit ich für dich arbeite, ist die nicht mehr bewegt worden.«

»Gut möglich.« Konnte das wirklich wahr sein? Spagnoli hatte vor gut einem Jahr in seinem Team angefangen, sofern er sich nicht irrte. Die Zeit verging auch immer schneller.

Pellegrini setzte sich umständlich hinter Spagnoli. Er wusste nicht so recht, wohin mit seinen Händen, bis er zwei Haltegriffe unter dem Sitz fand, an denen er sich festklammerte. Falls Spagnoli etwas von seinem Unbehagen mitbekam, ließ sie sich das nicht anmerken. Er hatte allerdings den Eindruck, dass die Ispettrice für ihre Verhältnisse sehr gemächlich fuhr, und das war ihm mehr als recht. Er bereute trotzdem schon nach wenigen Metern, dass er nicht auf ein Auto bestanden oder ein Taxi genommen hatte.

Eine Viertelstunde später fuhren sie durch ein Tor auf einen betonierten Platz vor einer lang gestreckten Lagerhalle. *Nino's nolo e vendita* und darunter *Nino's bike rental and sale* stand in großen gepinselten Buchstaben an der

Betonfassade. Zwei Halbwüchsige schoben die in ordentlichen Reihen aufgestellten Roller und Motorräder nacheinander in die Halle.

Der Motor der Yamaha erstarb, und stattdessen schallte einer dieser austauschbaren Popsongs über den Platz. Pellegrini konnte sich die Namen der Sängerinnen nie merken. Er stieg ab, zog den Helm vom Kopf und blickte sich um. Spagnoli nahm ebenfalls ihren Helm ab und fuhr sich mit gespreizten Fingern durchs Haar, bevor sie es wieder zu einem Knoten zusammendrehte. Sie stieg ab, und gemeinsam überquerten sie den Platz. Ein Mann kam aus der Halle, blieb stehen und beschattete mit einer Hand seine Augen, um gegen die tief stehende Sonne etwas zu erkennen.

Spagnoli winkte. »*Ciao*, Nino! Wir haben ein paar Fragen.«

Giovanni Cacciatore, besser bekannt als Nino, war genauso, wie Pellegrini ihn in Erinnerung hatte. Graue, strähnige Haare, die zu einem Pferdeschwanz zusammengebunden waren, tief liegende Augen und ein kantiges Kinn. Am Hals und auf den sehnigen Armen gab es keinen Flecken Haut, der nicht tätowiert war. Sein hagerer Körper steckte in einem schmutzigen blauen Overall.

Nino senkte misstrauisch die Augenbrauen, als er Pellegrini sah. »*Buonasera.* Sind Sie nicht von der Polstrada? Ist das ein offizieller Besuch?«

Pellegrini hob beschwichtigend die Hände. »Ich bin Commissario, das ist richtig. Marco Pellegrini. Bei der Polstrada bin ich schon lange nicht mehr.«

»Wir suchen nach einer Ducati 1299 Superleggera«, sagte Spagnoli. »Du kennst doch mehr oder weniger jeden, der hier auf zwei Rädern unterwegs ist. Hast du eine Idee, wo wir die Maschine finden?«

Nino grinste breit. »Wisst ihr, was das Ding wert ist?«

»Ungefähr neunzigtausend Euro laut Listenpreis.«

»Dafür kriegst du sie nicht. Die 1299 ist auf fünfhundert Stück limitiert. Wenn ihr die Maschine sucht, die ich meine, hat der Besitzer dafür zweihundertdreißigtausend Euro auf den Tisch gelegt.«

Pellegrini pfiff unwillkürlich durch die Zähne. »Das nenne ich Wertsteigerung.«

»Steht die Ducati hier?«, fragte Spagnoli.

Nino verengte die Augen zu schmalen Schlitzen. »*Ragazza*, du weißt doch, dass ich ein ordentliches Geschäft führe. Ich erzähle euch sicher nicht, welcher Kunde hier was lagert.«

Pellegrini wollte etwas sagen, doch Spagnoli kam ihm zuvor: »Ich weiß auch, dass du die Kids ab und zu einen Blick in eine der Boxen werfen lässt. Lass uns einfach gucken, ob die Ducati hier ist. Wir werden nichts anfassen.«

Geduldig ließ Pellegrini eine ausführliche Musterung über sich ergehen. Er vertraute darauf, dass Spagnoli die richtigen Worte fand. Sie kannte diesen Mann. Außerdem hatten sie das Wichtigste bereits erfahren: Pescatoris Motorrad war hier und zudem eine Menge wert, sogar weit mehr, als sie angenommen hatten.

»Geht schon mal vor. Ich hole den Schlüssel.«

»Danke, Nino!«

Er wandte sich ab und ging zu den beiden Teenagern, die inzwischen alle Fahrzeuge in die Halle gebracht hatten und vor einer Glasfassade warteten, hinter der sich vermutlich ein Büro und der Verkaufsraum befanden.

Spagnoli winkte Pellegrini, ihr zu folgen. »Ich wusste gar nicht, dass du bei der Polstrada warst.«

»Es gibt eine Menge Dinge, die du nicht weißt. Und sie gehen dich auch nichts an.«

»Schon gut.«

Pellegrini bereute seinen schroffen Ton sofort, doch er entschuldigte sich nicht. Immer wieder merkte er, wie sehr ihm daran gelegen war, Spagnoli auf Abstand zu halten. Dabei war es in diesem Fall albern. Sein beruflicher Werdegang war kein Geheimnis.

»Ich war fünf Jahre bei der Polstrada, und ungefähr genauso lange ist das auch her. Wir haben hier regelmäßig vorbeigeschaut«, erklärte er versöhnlicher. »Cacciatore hat in der Werkstatt eine Menge junger Burschen herumlaufen. Da schadet es nicht, ab und zu mal nachzusehen, ob einer von denen seinem Motor auf die Sprünge hilft.«

Spagnoli nickte zustimmend. »Ich habe hier mit sechzehn meinen ersten Roller zusammengeschraubt. Nino lässt die eine oder andere Bemerkung fallen, doch er erzählt nichts, was du nicht schon von deinem großen Bruder weißt oder mit zwei Klicks auf YouTube erfährst.«

»Das ist auch immer mein Eindruck gewesen. Er gilt unter den Kollegen fast als so was wie ein Streetworker, der den Jugendlichen etwas zu tun gibt.«

Sie lächelte schief. »Das passt. Aber ehrlich gesagt: Er weiß auch, wo ich arbeite. Sollte er wirklich illegales Tuning betreiben oder geklautes Zeug verkaufen oder was auch immer – ich wäre sicherlich die Letzte, die davon erfährt.«

Sie waren vor einer stählernen Schiebetür angekommen, die mit einem massiven Vorhängeschloss gesichert war. Spagnoli deutete auf ein Schild, auf dem eine Kamera abgebildet war. *Area videosorvegliata* – videoüberwachter Bereich.

»Lass dich nicht von diesem heruntergekommenen Ambiente täuschen. Dort auf der Mauer ist Stacheldraht, und auf dem gesamten Gelände ist die neueste Kameratechnik installiert.«

»Nun plaudere nicht alle Geheimnisse aus, *cara*«, ertönte Ninos kratzige Stimme hinter ihnen.

Er schloss das Tor auf und schob es mit einem Ruck zur Seite. Sie betraten die nur spärlich beleuchtete Lagerhalle. Die Luft war stickig und staubig. Es klickte, und mehrere Leuchtstoffröhren flammten auf. Jetzt erkannte Pellegrini die umfangreiche Verkabelung der Überwachungskameras und eine Alarmanlage unter der Decke. An den Längsseiten reihten sich quadratische Stahlboxen.

Wortlos ging Nino zu einer Box, öffnete eine Klappe an der Seitenwand und gab einen Code ein, den er vom Display seines Handys ablas. Anschließend suchte er kurz an seinem schweren Schlüsselbund, schloss die Box auf und gab den Blick frei.

Spagnoli entfuhr ein Laut, der irgendwo zwischen Erstaunen und Entzücken lag. Pellegrini starrte in die Box. Sogar ihn überlief ein ehrfürchtiger Schauer. Es war eine Sache, zutiefst davon überzeugt zu sein, dass so eine Maschine nicht auf die Straße gehörte, und eine andere, dieses Meisterwerk von Technik und Design vor sich zu sehen. Sollten Pescatori und Konsorten sich doch das ganze Wochenende auf abgesperrten Rennstrecken damit vergnügen, es würde ihn nicht stören. Es war die Gefährdung von sich und anderen, die ihn gegen solche Maschinen und ihre Fahrer aufbrachte, nicht ihre Sucht nach Geschwindigkeit.

Er ging in die Hocke. Das Nummernschild stimmte mit dem auf den Fotos überein. Die Reifen waren nagelneu. Pescatori hatte nach seiner Jungfernfahrt vielleicht noch ein- oder zweimal Freude an seinem Gefährt gehabt, mehr nicht.

Nino räusperte sich. »Habt ihr genug gesehen?«

Spagnoli hatte einen halben Schritt in die Box gemacht und zuckte zurück, als hätte sie sich verbrannt.

Pellegrini richtete sich auf. »Vielen Dank für Ihre Hilfe, Signor Cacciatore. Wenn ich eine Box bei Ihnen mieten würde, wie käme ich außerhalb der Öffnungszeiten an mein Motorrad?«

Nino verschloss die Box sorgfältig. »Es gibt eine Seitentür, die jeder Mieter mit dem Schlüssel für seine Box öffnen kann.« Er hielt einen knallblauen Schlüssel hoch, an dem ein daumengroßes Modell einer Vespa baumelte. »Das ist natürlich ein Sicherheitsschloss. Jeder Mieter hat zusätzlich eine App auf seinem Smartphone, die einen achtstelligen Zufallscode generiert, den er eingeben muss.«

Pellegrini und Spagnoli tauschten einen kurzen Blick. Sofern der Diebstahl der Maschine sein Motiv war, hatte der Täter nicht alle Informationen. Pescatoris Handy war im Besitz der Polizei.

Pellegrini wollte sichergehen. »Falls es jemand auf dieses Motorrad abgesehen hat, bräuchte er das Smartphone des Besitzers, richtig?«

»Nicht ganz.« Nino schüttelte den Kopf. »Er braucht nur die App, und die kann sich jeder herunterladen. Um sie zu benutzen, muss er aber bei mir registriert sein, und er muss die Nummer der Box kennen, die er öffnen will.«

»Sind alle Schlüssel so knallblau?«, fragte Pellegrini.

»Korrekt.«

»An dem Schlüsselbund, den Cunego an sich genommen hat, ist der nicht«, murmelte Spagnoli leise zu Pellegrini. »Vielleicht hat die Spurensicherung noch einen Schlüssel gefunden und mitgenommen.«

»Warum sollten sie? Das ist nicht ihre Aufgabe.«

»Vermutlich müssen wir die Wohnung noch einmal auf den Kopf stellen.«

Sie verließen die Lagerhalle, und Nino verriegelte die Tür hinter ihnen.

Pellgrini überlegte. »Signor Cacciatore, eine Sache noch. Wäre es möglich, dass Sie die Ducati ohne Einverständnis des Mieters in einer anderen Box unterbringen? Es besteht der Verdacht, dass der Schlüssel gestohlen wurde.«

Nino brummte gereizt. »Sonst noch was? Da muss Pescatori sich schon selbst melden. Oder Sie weisen mir nach, dass er den Diebstahl gemeldet hat. Was ist denn überhaupt los?«

»Ich darf Ihnen dazu leider nichts sagen«, erwiderte Pellegrini. »Aber vielleicht können Sie mir noch eine letzte Frage beantworten: Ist die Ducati 1299 Superleggera eine Maschine, für die jemand einen Mord begehen würde?«

Nino klappte den Mund auf und wieder zu. Dann stieß er hörbar den Atem aus. »Ich nicht. Ich mag alte Cruiser, die Ducati ist eine Waffe, kein Motorrad. Aber ja, für dieses Ding würden Menschen auf dumme Gedanken kommen. Ich parke sie um. Wenn jemand versucht, ohne Berechtigung eine Box zu öffnen, wird übrigens ein stiller Alarm ausgelöst. Sie werden es in der Questura also direkt mitbekommen.«

7

Pellegrini war mit dem Fortschritt der Ermittlungen und den Erkenntnissen des Tages ein wenig versöhnt. Sie hatten noch keinen Täter und keine heiße Spur, aber sie hatten endlich einen Ansatz. Ivan Pescatori hatte deutlich mehr Geld zur Verfügung als ein gewöhnlicher Student mit Anfang zwanzig. Natürlich konnte er geerbt oder im Lotto gewonnen haben. Das ließ sich schnell überprüfen, aber Pellegrini glaubte weder an das eine noch an das andere. Er war davon überzeugt, dass sich hinter diesem ominösen Reichtum eine Geschichte verbarg. Das Geld oder die Begehrlichkeiten, die sein neuer Besitz geweckt hatte, würden vermutlich eher zum Täter führen als die illegale Vermietung seines Arbeitszimmers. Natürlich sollten sie diese Spur ebenfalls weiterverfolgen, bis sie alle Möglichkeiten ausgeschlossen hatten. Ihnen stand noch einiges an Arbeit bevor. Vielleicht sollte er vor seinem morgigen Gespräch mit dem Staatsanwalt Verstärkung anfordern.

Pellegrini fuhr mit Spagnoli zurück in die Stadt. Gemeinsam trafen sie Cunego in der *Trattoria da Alfredo*. Er hatte in der Zwischenzeit begonnen, die Liste aufzuteilen, damit sie die Personen am nächsten Tag befragen konnten. Cunego hatte sich bereits für den Vormittag mit vier Bekannten Pescatoris verabredet, die in einer WG lebten.

Pellegrini fiel auf, dass Cunego alle weiblichen Namen Spagnoli zugeteilt hatte und alle männlichen Bekannten selbst aufsuchen wollte. Sofern seine Kollegin das ebenfalls registriert hatte, ließ sie sich nichts anmerken. Vielleicht steckte auch nichts dahinter.

Sie aßen gemeinsam zu Abend. Zu Pellegrinis Entzücken gab es tatsächlich gebratene Polenta mit einer leichten Weißweinsoße und Tomatensalat. Beim anschließenden *caffè* verteilten sie die restlichen Aufgaben. Cunego sollte sich weiter mit dem digitalen Leben Pescatoris beschäftigen und nach dem blauen Schlüssel suchen. Spagnoli würde die beiden Ingenieure in Mailand besuchen und bereitstehen, falls sich aus der Autopsie Handlungsbedarf ergab. Pellegrini wollte noch einmal mit Giulio Mori sprechen, um zu erfahren, was der über Pescatoris Motorradleidenschaft wusste.

Satt und zufrieden bummelte Pellegrini zur Talstation der Seilbahn nach Brunate. Die Stadt war längst zur Ruhe gekommen, auch, da es noch zu frisch war, um abends allzu lange draußen zu sitzen.

Es war die vorletzte Fahrt, bevor die Seilbahn ihren täglichen Betrieb einstellte. Eine Familie mit zwei kleinen Kindern war außer ihm die einzigen Gäste. Pellegrini beachtete sie nicht, sondern stellte sich vorne in die Kabine, lehnte sich nah an die Scheibe und betrachtete den See, eine unbewegte Fläche, schimmernd wie schwarzer Obsidian, dahinter die Berge, dunkle Silhouetten vor dem Nachthimmel. Gleich einer hellen Ameisenspur blinkten am gegenüberliegenden Ufer die Lichter von Cernobbio und den kleineren Nachbarorten. Der See strahlte erhabene Ruhe aus, samtschwarzen Frieden. Es war einer dieser Anblicke, der einem die Tränen in die Augen treiben konnte.

»*Mommy*, warum hat der Mann eine Pistole? Ist der böse?«, ertönte die Stimme des kleinen Mädchens auf

Englisch hinter ihm. Sie hatte leise gesprochen, dennoch hatte Pellegrini jedes Wort verstanden.

Er unterdrückte den Impuls, die Hand auf das Holster seiner Dienstwaffe zu legen, die er am Gürtel trug. Nach seinem Neuanfang als Commissario war es ihm merkwürdig vorgekommen, keine Uniform zu tragen und trotzdem eine Waffe mitzuführen. Er hatte sie durchaus das eine oder andere Mal »vergessen«. Doch die Zeiten hatten sich geändert. Spätestens seit dem Terroranschlag auf einen Weihnachtsmarkt in Berlin war es für jeden Polizisten in der Lombardei undenkbar, im Dienst unbewaffnet zu sein. Der Täter war nördlich von Mailand gestellt und erschossen worden, nachdem er das Feuer auf die Polizisten eröffnet hatte. Pellegrini kannte keinen Kollegen, den das unbeeindruckt gelassen hatte. Inzwischen nahm er das Gewicht der Beretta nicht mehr wahr.

»Ich weiß nicht, *Darling*, vielleicht ist er der Pate.« Im Gegensatz zu ihrer Tochter machte die Mutter sich keine Mühe, leise zu sprechen.

Der Vater lachte.

»Wieso der Pate? Von wem? Wer ist das, *Mommy*?«

Pellegrini schluckte seine Wut hinunter. Das waren ignorante Menschen, für die Italien aus Spaghetti, Mafia und Juventus Turin bestand. Was ihn immer wieder erstaunte: Ausgerechnet die englischsprachigen Touristen – meistens Amerikaner – glaubten oft, die Einheimischen wären ihrer Sprache nicht mächtig, sodass sie laut und ungeniert alles ausposaunten, was sie gerade dachten. Niederländer, Deutsche oder Skandinavier, deren Sprachen tatsächlich viel weniger Italiener verstanden, waren erstaunlich häufig wesentlich diskreter.

Pellegrini drehte sich um. Der See hatte ohnehin keine Chance mehr, seine Stimmung noch zu retten.

Er ignorierte die Eltern und ging vor dem kleinen Mädchen in die Hocke. »Ich bin ein Polizist. Ich beschütze dich vor den bösen Menschen«, erklärte er auf Englisch. Dabei lächelte er sein kinderfreundlichstes Lächeln.

»Echt?« Die Kleine war vielleicht sechs Jahre alt. Sie steckte den Finger in den Mund und schaute ihn offen an.

Die Mutter hüstelte verlegen.

»Ja, wirklich. Ich schwöre.« Er hob eine Hand in die Höhe.

»Aber du hast doch gar keine Uniform an. Du siehst gar nicht aus wie ein Polizist.«

»Damit die Verbrecher mich nicht sofort erkennen. Das ist bei dir zu Hause ganz sicher genauso.«

Die Kleine schaute zu ihrem Vater auf.

»Das stimmt, Darling.«

»Steckst du die dann ins Gefängnis? Auf den elektrischen Stuhl?«

»Jennifer! Das reicht!«

Die Seilbahn ruckte und kam zum Stehen.

»Nur ins Gefängnis. Alles andere finden wir hier reichlich unzivilisiert.« Und davon war er selbst zutiefst überzeugt.

Die Türen öffneten sich. Pellegrini erhob sich und rang sich ein Lächeln ab, mit dem er die Eltern bedachte, die betreten versuchten, seinem Blick auszuweichen. »Einen schönen Aufenthalt noch in unserem Land.«

Er trat nach draußen und eilte im Laufschritt davon. Nach nur wenigen Metern hätte er sich ohrfeigen können. Das war selbstgerecht und dumm gewesen, es gehörte sich nicht. Er wusste nicht einmal, aus welchem amerikanischen Bundesstaat die Familie kam und wie die Eltern zu diesen Dingen standen. Die Kleine konnte das überall aufgeschnappt haben. Hoffentlich waren sie keine Gäste

des Albergo, das konnte ihm noch gehörigen Ärger ein-
bringen.

Eilig blickte er sich um, doch die Familie war nirgendwo
mehr zu sehen. Er verlangsamte seine Schritte, bis er an
seiner Wohnung angekommen war.

Es war spät, er brauchte Schlaf. Morgen würde er weniger Weißwein trinken.

Mittwoch, 16. Mai

I

Pellegrini ließ die Haustür hinter sich zufallen und knöpfte sein Jackett zu. Es war merklich kühler geworden. In der Nacht waren Wolken aufgezogen, und es hatte geregnet. Heute war der Himmel grau, und tief über dem See hingen einzelne Wolken wie zerfledderte Wattebäusche zwischen den grüngrauen Hängen der Berge. Die Morgenluft prickelte auf der Haut. Fröstelnd zog Pellegrini die Schultern hoch, überlegte einen Moment lang, ob er seinen Mantel holen sollte, entschied sich dann aber dagegen. Der kurze Fußmarsch zur Seilbahn würde ihn wärmen, und unten zwischen den eng stehenden Häusern von Como war es ohnehin milder.

Er ging los, nicht ohne einen letzten Blick auf den See zu werfen. Das Wasser war unruhig, vereinzelt konnte man sogar weiße Schaumkämme erkennen. Manchmal fragte sich Pellegrini, ob der See ein Spiegel seiner Stimmungen war. Vermutlich war es umgekehrt, und der Anblick der tanzenden Wellen wirkte sich auf seine Laune aus. Er fühlte sich rastlos, wie ein Fisch im Netz, der zappelnd nach einem Ausweg suchte. Er wollte in diesem Mordfall weiterkommen.

Nur wenige Hundert Meter lagen zwischen dem Apartmenthaus, in dessen Dachgeschoss sich seine kleine Wohnung befand, und der *Bar della Funicolare*, die durch einen Innenhof mit der Rückseite des *Albergo Pellegrini* verbunden war.

Pellegrini hoffte, dass er jetzt, um Viertel nach sechs,

noch nicht auf seine Mutter traf, die um diese Uhrzeit die Tageszeitungen hereinholte und die Backwaren aus der Hotelküche herüberbrachte. Vermutlich hatten sämtliche Blätter den gewaltsamen Tod Ivan Pescatoris als Aufmacher auf der Titelseite. Pellegrini nahm sich vor, einen Blick hineinzuwerfen. Manchmal erfuhr er das eine oder andere hilfreiche Detail, das die Redakteure irgendwo ausgegraben hatten, wo er und seine Ispettori noch nicht hingeschaut hatten. Auf die neugierigen Fragen Marta Pellegrinis konnte er dagegen verzichten.

Vorsichtshalber wagte er einen Blick durch die Fenster. Hinter der Theke war niemand zu sehen, die Zeitungen lagen ordentlich gestapelt auf dem Tresen. Pellegrini betrat die Bar und bemerkte zufrieden den Kaffeeduft, der in der Luft hing. Das kleine altertümliche Radio im Regal dudelte. Er steuerte gerade auf die Espressomaschine zu, als seine Mutter im Durchgang zum Lager und Innenhof erschien. Sofort breitete sich ein strahlendes Lächeln auf ihrem Gesicht aus. Pellegrini dagegen unterdrückte in letzter Sekunde einen Fluch.

»Mein lieber Marco! Du siehst aber müde aus, arbeitest du zu viel? Ist das ein neuer Anzug? Hat Franca den für dich ausgesucht? Er steht dir ausgezeichnet, aber du hast schon wieder abgenommen, oder?« Sie umarmte ihn und knallte ihm einen Kuss auf jede Wange.

Er ließ ihre Attacke mit stoischem Gleichmut über sich ergehen. »*Salve, Mamma.* Der ist frisch gereinigt. Das Hemd ist neu.«

»Setz dich. Ich mach dir einen *caffè*.«

Er nickte gehorsam, setzte sich auf einen Hocker und beobachtete seine Mutter, wie sie mit tausendfach erprobten Handgriffen den *caffè* zubereitete. Gleichzeitig schäumte sie Milch für einen Cappuccino auf, den sie selbst trinken würde. Für die Touristen hatte sie sich in letzter Zeit in *Latte Art* geübt und ihre Eingießtechnik so perfektioniert, dass sie fast ohne hinzusehen Herzen, Blätter und Blüten in den feinporigen Milchschaum zaubern konnte. Sie selbst legte auf so etwas keinen Wert. Aber das war typisch für sie: Hauptsache, die Gäste waren zufrieden.

Pellegrini schloss die Augen, gab sich für einen winzigen Augenblick ganz den vertrauten Geräuschen hin und inhalierte den Duft der frisch gemahlenen Bohnen.

Marta Pellegrini war eine Frau Anfang sechzig, ging aber gut und gerne für zehn Jahre jünger durch. Ihre Eltern stammten aus Sizilien, waren mit ihr in den Fünfzigern nach Deutschland ausgewandert, wo sie später Pellegrinis Vater kennen- und lieben gelernt hatte. Rein äußerlich war sie das Gegenteil des Klischees einer italienischen *Mamma*: schlank, um nicht zu sagen dürr, mit herben Gesichtszügen, jedoch immer mit einem Lächeln im Mundwinkel. Die Arbeit mit den Gästen hielt sie jung, behauptete sie stets. Sie trug einen ebenso praktischen wie modischen Kurzhaarschnitt, und nur ihre Familie wusste, dass sie dem vollen kastanienbraunen Ton ein wenig nachhalf. Sowohl ihrem Sohn Marco als auch ihrer Tochter Alessandra hatte sie das lockige Haar sowie die nussbraunen Augen und die energische Kinnpartie vererbt.

Pellegrini trank den *caffè* in zwei kleinen Schlucken und seufzte zufrieden. Wenigstens für ein paar Minuten war die Welt in völliger Ordnung.

»Wo ist Valentina?«, fragte er. »Ist heute nicht Mittwoch?«

»Ihr Kleiner ist krank. Ich habe ihr gesagt, sie kann ihn mitbringen, aber er hat Fieber. Sie will niemandem zur Last fallen. Der arme Kleine, ich hätte mich schon um ihn gekümmert. Paolo kommt in einer Stunde und übernimmt die Bar.« Marta Pellegrini stützte sich mit einer Hand auf den Tresen. Ihr Blick verlor sich.

Pellegrini stöhnte innerlich auf. Sie mochte nicht wie eine typische *Mamma* aussehen, aber ihr Herz war durch und durch italienisch: Familie, Kinder, Tradition. Wenn es nach ihr ginge, würde Marco immer noch in seinem Zimmer im Albergo wohnen oder, besser noch, im Gartenhaus unterhalb des Pools. Vor langer Zeit war geplant gewesen, die fast hundert Jahre alte Laube in ein gemütliches Zuhause für Marco, seine Frau und ihre zahlreichen Kinder umzubauen. Nichts davon war bisher so eingetreten, das Haus verfiel, Marco hatte nicht einmal eine feste Freundin, von Kindern ganz zu schweigen.

»*Mamma*, ich muss los. Ich habe viel zu tun.«

»Der tote Student, ja? Ach, dieser arme Teufel, wie schrecklich.« Das sagte sie jedes Mal, wenn sie hörte, dass Pellegrini in einem Mordfall ermittelte, und irgendwie hatte sie ja recht.

»Wir klären das auf.«

»Du schaffst das.«

Er nickte seiner Mutter zu. Dieses Mal war er glimpflich davongekommen, sie schien mit ihren Gedanken woanders zu sein.

Als er schon fast an der Tür war, rief sie ihn noch einmal zurück. »Ich habe Franca zum Familienessen eingeladen.«

»Franca ist in Como?« Die Frage war ihm herausgerutscht, bevor er sich besinnen konnte.

»Du kommst doch? Ja?«

»Ich weiß es noch nicht. Wenn wir den Mord bis dahin nicht aufgeklärt haben, vielleicht nicht.« Was für eine faule Ausrede. Seit Anbeginn der Zeit gab es montags um zwanzig Uhr das traditionelle Familienessen, zubereitet von seinem Vater Amerigo, während Sergio, der zweite Koch, die Restaurantküche für den Rest des Abends übernahm. Marcos Eltern, seine Schwester und ihr Mann samt dem kleinen Sohn, *Nonno* Carlo und Großtante Beata waren die feste Besetzung – für Marta Pellegrinis Definition von Familie mindestens fünfzehn Personen zu wenig, aber ihre Verwandten lebten teils auf Sizilien und teils in Deutschland. Amerigo war Carlos einziges Kind, seine Cousins und Cousinen waren über halb Europa und die USA verstreut.

»Franca landet am Freitag in Malpensa. Sicher freut sie sich, wenn du sie abholst. Hast du sie in letzter Zeit nicht angerufen?«

Pellegrini presste die Lippen aufeinander, konnte sich gerade noch die bissige Erwiderung verkneifen, dass sie das kaum etwas anginge. »Die Seilbahn fährt gleich. Ich muss los. *Ciao!*«, antwortete er stattdessen und verließ fluchtartig die Bar.

Wenig später stand er dicht gedrängt mit anderen Einheimischen in der Kabine. Der Himmel war dunkler statt heller geworden, vereinzelt platschten Regentropfen gegen die Fensterscheiben. Der See war nun richtig aufgewühlt, Pellegrini ebenso. Er hatte weder Zeit noch Muße, sich mit der Frage zu beschäftigen, warum Franca es nicht für nötig gehalten hatte, ihm ihr Kommen anzukündigen, sich zugleich jedoch zum Familienessen einladen ließ. Sie wusste genau, was das für seine Mutter bedeutete. Vermutlich würde sie die Hoffnung, Francesca Segnieri eines Tages ihre Schwiegertochter nennen zu dürfen, erst aufgeben, wenn die einen anderen heiratete.

Ob er sie in letzter Zeit angerufen habe? Seine Mutter hatte ja keine Ahnung. Franca hasste es, wenn er ihr hinterhertelefonierte. Meistens zumindest. Sie waren kein

Paar. Und mit freundschaftlichem Small Talk konnte er wenig anfangen. Jetzt sehnte er sich danach, ihre Stimme zu hören. Doch einfach anzurufen, wäre unklug. Er hatte keinen Schimmer, in welcher Zeitzone sie sich gerade befand, und selbst wenn sie in Europa unterwegs war, würde sie ganz sicher noch schlafen. Ihr eine Nachricht zu schreiben, fand er würdelos, aber es half ja nichts, wenn er herausfinden wollte, ob und wann er sich melden könnte.

Buongiorno! Wo geht heute deine Sonne auf?, tippte er. Er hatte die Nachricht gerade abgeschickt, als das Display aufleuchtete. El Gato – endlich.

»Signor Commissario, hat Sie gestern jemand von uns angerufen?«

»*Buongiorno*, Dottore. Wie meinen Sie das? Nein, niemand.«

Ein brachialer Fluch schallte ihm entgegen.

Die Seilbahn fuhr in den Tunnel kurz vor der Talstation ein, und die Verbindung brach ab. Pellegrini fluchte nun ebenfalls, drängte sich mit mehrfachen Entschuldigungen durch die Menge und lief über die Piazza Alcide de Gasperi. Es hatte nun richtig angefangen zu regnen. Er stellte sich unter den nächsten Bogengang und wartete. Kaum dass er wieder Empfang hatte, klingelte sein Handy auch schon.

»*Pronto*, Dottore.«

»Signor Commissario, ich muss mich dafür entschuldigen, dass ich mich erst jetzt melde. Wir wussten bereits gestern, wie sich die Tat ungefähr abgespielt haben muss. Ich gehe mit großer Sicherheit davon aus, dass es sich bei der Prügelei und dem Mord um zwei zeitlich getrennte Ereignisse handelt.«

»Wie bitte?«

»Die Würgemale sind deutlich jünger als die allesamt harmlosen Verletzungen von der Prügelei.«

»Sie meinen, dass derjenige, mit dem er sich geprügelt hat, ihn nicht umbringen wollte?«

»Was sein Ziel war, weiß ich nicht. Ich will mich noch nicht einmal festlegen, ob es zwei verschiedene Personen waren oder der Schläger später noch einmal in die Wohnung zurückgekehrt ist. Bei der Menge an Spuren ist das eine ganze schöne Sisyphusarbeit. Sicher ist: Pescatori ist in seinem Wohnzimmer verprügelt worden, das Ergebnis waren ein paar blaue Flecken sowie eine Beule am Hinterkopf, alles nicht der Rede wert.«

»Die Nachbarn hörten zwischen Viertel vor acht und acht Lärm aus der Wohnung.«

»Das muss ich nachsehen. Warten Sie.«

Pellegrini hörte etwas Papier rascheln, dann war El Gato wieder am Apparat.

»Ja, das passt. Nun, ich sagte Ihnen, dass Pescatori allerhöchstens zwölf Stunden tot war, genauer gesagt zehneinhalb. Ein Glücksfall für uns, wenn ich mir die Bemerkung erlauben darf. Zum Ablauf der Ereignisse: erst eine Prügelei. Möglicherweise ist er mit dem Kopf aufgeschlagen oder hat sich gestoßen, daher die Beule. Was dann passiert ist, kann ich nicht exakt sagen. Vielleicht war er ohnmächtig, aber er könnte – entgegen meiner ursprünglichen Aussage – doch selbst ins Bett gegangen sein. Zwischen zehn und halb elf Uhr abends ist er erwürgt worden. Jemand hat ihm gezielt die Luftröhre abgequetscht. Er muss geschlafen haben, wahrscheinlicher war er ohnmächtig, er hat sich nicht gewehrt. Danach ist er nicht mehr bewegt worden.«

»Sicher?«

»Ganz sicher.«

»Das ist ... bemerkenswert.« Pellegrini verstand überhaupt nichts mehr. Er wurde sich erst nach ein oder zwei

Sätzen bewusst, dass El Gato längst weitersprach. »… außerordentlich unangenehm.«

»Was ist passiert?«

»Ich bin unmittelbar nach der Autopsie benachrichtigt worden, dass meine Frau gestürzt ist. Ich musste zu ihr, es war unumgänglich. Ich habe meine Mitarbeiterin angewiesen, Ihnen umgehend alle Ergebnisse mitzuteilen. Sie hat es nicht getan, ich verstehe nicht, warum. Die kann gleich was erleben, das verspreche ich Ihnen! Das ist ein Kardinalfehler, der Sie wertvolle Zeit gekostet hat. Alles muss man heutzutage selbst machen.«

»Dottor El Gato, es ist doch verständlich, dass Sie andere Dinge im Kopf hatten.« Pellegrini gab sich versöhnlich, ballte allerdings gereizt die Hand zur Faust. Es war ungewöhnlich, dass der Rechtsmediziner seine Leute nicht im Griff hatte, und er durfte sich mit den Konsequenzen herumschlagen. Aber das war nun auch nicht mehr zu ändern.

»Wie geht es Ihrer Frau?«

»Oberschenkelhalsbruch. Sie trägt es mit Fassung.«

»Ich wünsche ihr und Ihnen alles Gute.«

»Vielen Dank.« Er räusperte sich. »Ich möchte mich weiterhin nicht festlegen, aber ich würde mit einer Wahrscheinlichkeit von achtzig oder neunzig Prozent davon ausgehen, dass Sie nach einem männlichen Täter suchen sollten. Außerdem würde es mich nicht wundern, wenn es sich um jemanden handelt, der bereits wegen anderer Gewaltdelikte polizeilich erfasst ist.«

»Sie haben mir in einem früheren Fall erklärt, dass Erwürgen mit bloßen Händen entgegen der landläufigen Meinung gar nicht so einfach ist.«

»So ist es. Es dauert lange und ist äußerst primitiv. Da Pescatori im Bett lag, wäre es naheliegender gewesen, ihm ein Kissen ins Gesicht zu drücken, oder?«

»Jetzt, da Sie es sagen: Ja.«

»Stattdessen hat der Täter gezielt zugepackt. Dabei hat er kräftig mit beiden Daumen auf Kehlkopf und Luftröhre gedrückt und ganz geduldig gewartet.«

Pellegrini schluckte betroffen, lockerte mit dem Finger seinen Hemdkragen und holte tief Luft. »Wie lange dauert so etwas?«

»Mindestens zwei, drei Minuten, eher fünf. Und ich vermute stark, dass der Täter das gewusst hat. Es gibt keine Hinweise darauf, dass er umgegriffen oder Pescatori ein zweites Mal gewürgt hat. Er war sicher, dass er tot ist.«

»Das klingt kaltblütig und gewissenlos.«

»Sie sagen es. Immerhin war Pescatoris Lunge extrem gebläht, ein Zeichen dafür, dass es schnell gegangen ist. Darüber kann ich Ihnen mehr sagen, wenn ich die Ergebnisse der chemischen Analysen aus dem Labor habe. In zwei bis drei Stunden, schätze ich.«

»Danke. Das ist schon eine Menge.« Pellegrini schaute in den Himmel. Der kräftige Schauer von vorhin war in einen sanften Sprühregen übergegangen, über dem See wirbelten die dunklen Wolken allmählich auseinander und verzogen sich.

Er verließ seinen Unterstand und marschierte los. »Was können Sie mir noch sagen?«

»Der Täter trug Handschuhe.«

»Warum wundert mich das nach Ihren vorangegangenen Ausführungen nicht mehr?«

»Sie haben ganz recht, es passt ins Bild. Meinen Sie, der Täter ist mit der festen Absicht zu Pescatori gegangen, ihn zu töten?«

»Darüber soll die Staatsanwaltschaft entscheiden. Ich muss ihn erst einmal finden.«

»Das schaffen Sie schon, Signor Commissario. Zu Pescatori: gesunder junger Bursche, keine körperlichen Auffälligkeiten. Hatte noch nicht zu Abend gegessen. Der Schnelltest ergab geringe Mengen von Amphetaminen und Restalkohol. Wie viel, kann ich Ihnen ebenfalls nachliefern, der Alkohol wird weniger als ein Promille gewesen sein.«

»Danke. Letzte Frage: Gehen Sie davon aus, dass es ein und derselbe Täter war, oder habe ich es mit zwei verschiedenen Personen zu tun?«

»Das vermag ich anhand der vorliegenden Ergebnisse nicht zu beantworten. Wir haben bisher die Spuren von sieben verschiedenen Personen identifiziert und stehen noch ganz am Anfang. Ich habe drei Leute im Labor, die ein gigantisches Puzzle zusammensetzen.«

Und Pellegrini musste ihm noch die Gegenproben liefern. Er bedankte sich und beendete das Gespräch. Es hatte ihm wieder vor Augen geführt, dass er mehr Leute brauchte. Sie mussten schnellstmöglich den Freundeskreis des Toten abarbeiten. Und dann waren da noch Pescatoris Gäste. Es war reine Fleißarbeit herauszufinden, wer sowohl die Gelegenheit als auch ein Motiv hatte. El Gato hatte angedeutet, dass der Täter bereits auffällig geworden sein könnte. Er würde Cunego bitten, die Datenbank daraufhin zu durchsuchen und umgekehrt auch Pescatoris Freunde nach denen zu filtern, die schon einmal erkennungsdienstlich erfasst worden waren.

Pellegrini fuhr sich mit beiden Händen durch das feuchte Haar. Sehr zu seinem Unwillen wellte es sich bei solchem Wetter noch mehr als üblich. Immerhin hatte es endlich aufgehört zu regnen. Er trat aus der Porta Torre hinaus und wurde plötzlich von der Sonne geblendet, die sich über die östlichen Hügel geschoben hatte und in einzelnen Pfützen spiegelte. Über der Rasenfläche an der Via

Milano glänzte die Statue Giuseppe Garibaldis wie frisch geputzt. Beinahe spürte Pellegrini die Augen des Nationalhelden auf sich ruhen. Er lächelte entschlossen. Er würde den Mörder finden, so groß die Herausforderung auch sein würde.

2

Im Büro bereitete er sich akribisch auf den Termin mit der Staatsanwaltschaft vor. Dottor Galimberti mochte ungeduldig sein und bisweilen unrealistische Vorstellungen von den Kapazitäten des Ermittlungsteams haben, doch er interessierte sich für seine Fälle, stellte kluge Fragen und hatte manche gute Idee. Insgeheim wünschte sich Pellegrini nur, der scharfe Verstand des Mannes wäre mit einem gelasseneren Charakter gepaart.

Er zeichnete ein paar Protokolle ab und ordnete Dokumente, die vorangegangene Fälle betrafen. Solche Arbeiten machten ihm nichts aus. Im Gegenteil, manchmal mochte er sie sogar, um in den Tag und die Routine hineinzukommen. Es half ja nichts, sie liegen zu lassen, und im Augenblick konnte er ohnehin nichts weiter tun.

Gerade als er das Büro verlassen wollte, klingelte sein *telefonino*. Sein Herz schlug für zwei, drei Schläge schneller. Meldete sich Franca endlich zurück? Immer wieder waren es diese Momente, die ihm bewusst machten, dass er sie mehr vermisste, als er sich eingestand. Doch das Display zeigte Andrea Lorenzos Büronummer an.

»*Buongiorno, caro amico*! Ist das nicht ein großartiger Tag?«

»*Ciao!* Trinkst du jetzt schon am frühen Morgen Alkohol?«

»Lass mir doch meine gute Laune. Ich muss heute und morgen nach Mailand, um mir den Kopf waschen zu lassen, weil die Drogenrazzia an der Schweizer Grenze letzte

Woche gehörig schiefgegangen ist. Sie haben die gesamte Mannschaft einbestellt: zu einem Workshop und Einzelgesprächen.«

»Dann hast du natürlich mein vollstes Mitgefühl.« Pellegrini wusste, dass Lorenzo häufiger solche Termine über sich ergehen lassen musste und dass alle Vorwürfe an ihm abprallten. Er gab stets sein Bestes und war zu Recht stolz auf seinen guten Ruf. Wenn Einsätze aus dem Ruder liefen, lag es am Personalmangel oder an der schlechten Ausstattung, nicht aber an Lorenzos Führung, fehlendem persönlichen Engagement oder gar mangelndem Pflichtgefühl.

»Im Ernst, Marco. Deshalb rufe ich so früh schon an: Ich habe mich umgehört, aber viel kann ich dir nicht sagen. Alessándro ist ein Unternehmen aus Zürich, das Investoren sucht. Die Geschäftsführerin Dottoressa Susanne Gassner ist niedergelassene Rechtsanwältin, spezialisiert auf Steuerrecht. Der Name ist uns bisher in keiner Weise bekannt. Sie, beziehungsweise ihre Kanzlei, ist Mieterin der Büroräume hier in Como.«

»Könntest du einen Blick auf die Finanzen werfen?«

»Nein, da komme ich nicht ran, solange du mir keinen ordentlich begründeten Verdacht lieferst. Das läuft alles über die Schweiz. Bis auf die Miete, und die wird pünktlich bezahlt. Bedaure.«

»Wenn Pescatori irgendwelche Unregelmäßigkeiten aufgedeckt haben könnte, wäre das schon ein Motiv.«

Lorenzo lachte sein brummendes Lachen, das Pellegrini häufig ansteckte. Heute nicht, er war zu angespannt.

»Mal ehrlich, das reicht nicht. Sagte ich nicht eben, sie ist Fachanwältin für Steuerrecht? Hast du dir mal die Webseiten solcher Anwälte angesehen? Die helfen dir beim Sparen – meistens tun sie das höchst unmoralisch, aber legal.«

»Warum wechselt die Gassner das Metier und macht jetzt diese Investitionsgeschichten?«

»Das ist nicht so abwegig: Das Geld, das am Staat vorbeigeschleust wird, soll gewinnbringend angelegt werden. Passend dazu gibt dir die Schweizer Anwältin deines Vertrauens einen Tipp. Da gibt es ganze Seilschaften. Es lohnt sich fast immer, einen genaueren Blick darauf zu werfen, wer wen kennt und woher. Aber noch mal: Nur weil ich neugierig bin, kann ich noch keine Ermittlung einleiten. Und inoffiziell ist das so gut wie unmöglich.«

»Na ja, einen Versuch war es wert. Würde dir eine Liste von Interessenten und Investoren helfen?«

»Aus Italien?«

»Wohl überwiegend aus Übersee.«

»Wird schwierig. Wo soll ich denn konkret ansetzen?«

Pellegrini knurrte frustriert. »Keine Ahnung. Ich danke dir sehr für deine Hilfe.«

»Warte, eine Sache noch. Weißt du, warum es überhaupt ein Büro in Como gibt?«

»Dieser Sini sagte etwas von einem Testcenter auf dem See.«

»Zürich hat doch einen eigenen See.«

»Ich vermute, den wollen sie nicht verschandeln. Aber mit den Italienern kann man es ja machen.«

»Siehst du, und jetzt sind wir beim Thema. Alessăndro ist vor knapp zwei Jahren an den Start gegangen. Laut ihrer Website haben sie eine innovative Idee, wie sie Strom produzieren und speichern wollen.«

»So weit ist mir das bekannt.«

»Die Produktionsstätte und das Testcenter sollen hier in Como gebaut werden. Es regt sich bereits erster Widerstand. Ein paar Jugendliche haben hinter dem Tempio Voltiano ein Protestcamp aufgebaut.«

»Ein Protestcamp?«

»Klingt nach mehr, als es ist. Mir ist es bisher nicht einmal aufgefallen, wenn ich zum Ruderclub gegangen bin. Falls es je zum Bau dieser Fabrik kommen sollte, wird der Protest hoffentlich lauter. Die Herstellung solcher Speichermodule ist nicht unbedingt umweltfreundlich. Wenn es um regenerative Stromerzeugung geht, ist das ein Witz, wenn du mich fragst. Vor allem aber geht es um das Testcenter. Du solltest dir die Bilder mit den Computeranimationen ansehen. Ein futuristisches Monstrum mitten in der Bucht.«

»Und?«

»Ich dachte, es wäre ein Ansatz. Vielleicht hat ja einer dieser Protestler deinem Opfer eine Lektion erteilen wollen und ist über das Ziel hinausgeschossen.«

»Du meinst, weil er dort gejobbt hat?«

»Halte ich nicht für vollkommen abwegig.«

»Nein, da hast du recht. Ich werde heute Mittag dort vorbeigehen, ich muss sowieso noch einmal zum *Ostello Bellavista* zu einer Zeugin.« Bei der Erinnerung an das Gespräch mit Danbi Jeong fiel ihm schlagartig ein, dass Giulio Mori den Tempio Voltiano als Treffpunkt ihrer Clique erwähnt hatte. Zufall?

»Marco, du weißt, wie das läuft: Gib mir einen Grund, die Schweizer Anwältin auseinanderzunehmen, und ich serviere sie dir auf dem Silbertablett. Wenn du noch Fragen hast, melde dich.«

»Nur eine, aus reiner Neugier: Wieso interessiert sich die Guardia di Finanza für ein paar halbstarke Demonstranten?«

Lorenzo lachte dröhnend. »Ich verrate dir meine Quelle, ausnahmsweise. Emilia war so gütig, ihrem Erzeuger diese Informationen preiszugeben.«

»Deine Tochter?« Pellegrini war irritiert. »Sie nennt dich Erzeuger?«

»Kommt vor, wenn sie überhaupt mit mir spricht. Veronica hat sie inzwischen vollständig auf ihre Seite gezogen. Ich habe den Namen Alessändro fallen lassen und zufällig einen guten Moment erwischt.« Lorenzo sagte das locker daher, doch Pellegrini kannte ihn gut genug. Seine Vorgesetzten konnten ihn kritisieren, so viel sie wollten, es ließ ihn kalt. Die jahrelangen Streitigkeiten mit seiner Frau hingegen hatten ihm zugesetzt. Er liebte seine beiden Kinder, es konnte nicht spurlos an ihm vorübergehen, wenn die sich nun gegen ihn wandten.

»Danke für alles, Andrea. Und sag mal, dein Angebot, mit mir zu rudern, gilt das noch?«

Wenn Lorenzo erstaunt war, dass Pellegrini plötzlich die Initiative übernahm, ließ er es sich nicht anmerken. »Jederzeit. Ich bin morgen Abend gegen sechs aus Mailand zurück.«

»Ich melde mich, wenn ich es schaffe.«

»Es wäre mir eine Freude!«

Pellegrini beendete das Gespräch und lächelte versonnen. Sicherlich glaubte Lorenzo, er würde *ihm* etwas Gutes tun, in Wahrheit war es genau umgekehrt. Er wollte seinem Freund ein paar Stunden Auszeit von der Familienfehde verschaffen. Und was schadete es, am Ende profitierten sie beide davon.

Das Gerichtsgebäude an der Via Spallione versprühte ungefähr den gleichen Charme wie die Questura. Beim Anblick solcher Ungetüme fragte Pellegrini sich jedes Mal, wie es dazu kommen konnte: In der Antike erschufen die Römer Prachtbauten. Die Renaissance, nach Pellegrinis Empfinden architektonisch und kulturell eine der schönsten Epochen, hatte ihren Ursprung in Norditalien. Und heute? Da gab es einen Baustil, den man Brutalismus nannte. Pellegrini hatte noch nicht genau verstanden, was es damit auf sich hatte, außer, dass viel nackter Beton eine Rolle spielte – weshalb der Begriff in jeglicher Hinsicht treffend war. Er hatte außerdem keine Ahnung, ob das Gerichtsgebäude dazu zählte, aber es würde ihn nicht wundern, wenn es so wäre.

Da er noch ausreichend Zeit hatte, nahm Pellegrini die Treppe in den fünften Stock. Vor dem Büro von Dottor Galimberti schaute er auf die Uhr. Es war fünf Minuten vor neun, perfekt. Er richtete seinen Hemdkragen und klopfte. Egal, wie oft er schon hier gewesen war: Termine mit der Staatsanwaltschaft machten ihn immer ein wenig nervös.

Pellegrini vernahm ein heiseres »Herein« und betrat den Raum. Zu seiner Überraschung erwartete Galimberti ihn nicht wie üblich am Schreibtisch über die Akten gebeugt, sondern stand mit dem Rücken zu ihm am Fenster.

»*Buongiorno*, Dottor Galimberti.« Unschlüssig blieb er an der Tür stehen, nachdem er sie geschlossen hatte.

»*Salve*, Commissario Pellegrini, pünktlich wie immer.«

»Selbstverständlich.« Pellegrini streckte den Rücken durch. Da der Staatsanwalt keine Anstalten machte, sich an den Schreibtisch zu setzen, sondern weiterhin aus dem Fenster starrte, trat er neben ihn und versuchte zu erkennen, was es dort unten vor der Porta Torre oder an der Stadtmauer zu sehen gab.

»Ein schöner Morgen, nicht wahr, Signor Commissario?«

Pellegrini erlaubte sich ein versonnenes Lächeln. »Mit Verlaub, ich würde einiges dafür geben, mit Ihnen das Büro zu tauschen. Der Ausblick auf die Altstadt ist beneidenswert.«

Galimberti nickte. »Besonders bei diesem Wechselspiel von Sonne und Wolken. Das Wetter soll unbeständig werden, aber immerhin bleibt es warm.«

Pellegrini schwieg verunsichert. Er hatte mehr oder weniger seit seinem ersten Tag als Commissario mit Galimberti zu tun gehabt und Dutzende Fälle mit ihm bearbeitet. Aber er konnte sich nicht erinnern, dass sie jemals über das Wetter gesprochen hätten. Er musterte den hageren Mann verstohlen, konnte jedoch außer dieser seltsam entrückten Miene nichts Auffälliges erkennen. Pellegrini brach der Schweiß aus. Er wandte sich ab und wischte sich verstohlen über die Schläfen.

Endlich drehte Galimberti sich zu ihm um und lächelte. »Setzen wir uns.«

Während Pellegrini in kurzen Sätzen den Stand der Ermittlungen zusammenfasste, blätterte Galimberti in der Akte, machte sich hin und wieder einen Vermerk oder nickte zustimmend.

Kaum schwieg Pellegrini, vibrierte sein Handy.

Galimberti nahm die Lesebrille ab. »Gehen Sie dran, Signor Commissario. Die Ermittlungen gehen vor.«

»Sehr freundlich, Dottore, aber das ist nur eine Textnachricht. Wäre es dringend, würde man mich anrufen.«

»Ist es nicht erstaunlich, wie sich diese Dinge in den letzten Jahren entwickelt haben?« Galimberti klappte die Brille zusammen und verstaute sie umständlich in einem schwarzen Lederetui. »Meine Tochter will, dass ich mir endlich ein modernes Smartphone anschaffe, und ich verstehe gar nicht, was ich damit soll. Außer telefonieren.«

»Es ist schon sehr praktisch«, erklärte Pellegrini lahm. Bis eben hatte er nicht einmal gewusst, dass sein Gegenüber Kinder hatte – vielleicht sogar schon Enkel, wenn er es recht bedachte. Wie alt mochte Galimberti sein? Sein

Haar war eisgrau, aber was hieß das schon? Die asketischen Gesichtszüge machten es unmöglich, sein Alter zu schätzen.

Der Staatsanwalt stützte sich auf den Schreibtisch auf und formte die Hände zu einem Dreieck. »Was benötigen Sie?«

»Nun, ich …« Pellegrini stockte. Sein Kopf war wie leer gefegt. »Im Moment nichts. Ich habe heute Morgen drei weitere Leute angefordert, die im Laufe des Vormittags mit der Befragung des Freundeskreises und der Familie fortfahren. Alle Anträge auf Datenfreigaben bei der Telefongesellschaft, den Internetdiensten und den Banken sind genehmigt, wir warten nur auf die Ergebnisse. Die Spurensicherung hat mit dem Abgleich der Personen begonnen, die in der Wohnung waren.«

»Was denken Sie über den Fall?«

Pellegrini unterdrückte ein Schulterzucken. »Das teure Motorrad kann ein Motiv sein, aber es hat sich noch kein Verdacht ergeben. Aufgrund der Menge an Leuten, die das Opfer kannte und die in der Wohnung war, wird es eine Fleißarbeit.« Das war eine elegante Umschreibung dafür, dass sie bisher fast nichts wussten.

»Ja, das denke ich auch. Was liegt bei Ihnen heute an?«

»Ich hoffe, dass wir heute die Eltern des Opfers erreichen. Dann werde ich die Zeugin, die Pescatori vermutlich als Letzte gesehen hat, ein weiteres Mal befragen und ebenso Giulio Mori.«

»Das war sein bester Freund. Der den Toten gefunden hat, richtig?«

»Richtig.«

Galimberti lehnte sich zurück und blickte nachdenklich ins Nichts. »Das wird schrecklich für die Eltern sein«, murmelte er.

Pellegrinis Verwirrung konnte nicht mehr größer werden. Es war, als säße ein anderer Galimberti vor ihm. Er hatte noch nie Mitgefühl für Angehörige ausgedrückt.

»Dann, mein lieber Signor Commissario, an die Arbeit.« Der Staatsanwalt erhob sich mit einem Ruck und marschierte in Richtung Tür.

Pellegrini folgte ihm langsam. Das kam einem Rauswurf gleich. Nicht, dass er darüber unglücklich war. Die gesamte Situation war völlig absurd. In seiner gesamten Laufbahn konnte er sich an kein unproduktiveres Gespräch erinnern. Beinahe wünschte er sich, Galimberti würde ihm beim Abschied das Achtundvierzig-Stunden-Ultimatum stellen, aber nichts dergleichen geschah.

Auf dem Weg durchs die Flure hielt er Ausschau nach Kollegen, die er kannte und nach Galimberti fragen konnte. Das Verhalten des Staatsanwalts verlangte nach einer Erklärung. Auch wenn er froh war, dass er zum ersten Mal keine Energie darauf verschwenden musste, sich zu rechtfertigen oder weitere Ressourcen zu erbetteln, war der Auftritt des Staatsanwalts besorgniserregend.

Vor dem Aufzug entdeckte Pellegrini eine Anwältin, mit der er vor einem Jahr einen Fall bearbeitet hatte. Eine elegante Erscheinung, ungefähr Mitte dreißig. Ihm waren ihre fleißige und unaufgeregte Arbeitsweise im Gedächtnis geblieben. Er versuchte verzweifelt, sich an ihren Namen zu erinnern, als sie ihn erblickte und lächelnd auf ihn zukam.

»Commissario Pellegrini, was für eine Freude, Sie zu sehen. Wie geht es Ihnen?«

»Vielen Dank der Nachfrage. Ich komme gerade aus einem Termin mit Dottor Galimberti wegen des Mordes an dem Studenten von Montagabend. Ich nehme an, Sie sind im Bilde.«

»Natürlich. So häufig haben wir es in Como nicht mit einem Mord zu tun, nicht wahr? Zum Glück.« Sie stockte und musterte ihn forschend. »Galimberti, sagen Sie?«

Pellegrini nickte auffordernd.

»Sie haben es bemerkt, Signor Commissario, ich sehe es Ihnen an. Aber ich weiß leider auch nichts Genaueres, wir machen uns alle Sorgen. Er ist seit einer Woche – wie soll ich es sagen? – entrückt und in sich gekehrt, hört kaum zu und reagiert nicht auf Fragen. Es geht das Gerücht um, er wolle sich vorzeitig pensionieren lassen.«

Sie betraten den Aufzug.

»Das klingt nicht nach einer Midlife-Crisis oder etwas Ähnlichem«, murmelte Pellegrini.

»Ich befürchte, dass er krank ist, vielleicht Krebs.«

Pellegrini schwieg betroffen. Seine Vermutungen gingen in eine ähnliche Richtung.

Im Erdgeschoss angekommen überlegte er, ob er die Anwältin noch auf einen *caffè* einladen sollte, doch sie nahm ihm die Entscheidung ab.

»Bitte entschuldigen Sie, Signor Commissario, aber ich muss mich beeilen, bin schon zu spät zum nächsten Termin. Schön, dass wir uns wieder einmal getroffen haben.«

»Vielleicht werden wir dann in Zukunft häufiger miteinander zu tun haben.« Er lächelte.

»Es wäre mir eine Freude, wieder mit Ihnen zusammenzuarbeiten.«

»Ganz meinerseits.« Pellegrini sah ihr nach. Wenn ihm nur endlich ihr Name wieder einfiele.

3

Draußen vor dem Gebäude wanderte Pellegrinis Blick hinauf zu den Fenstern. Falls Galimberti wieder dort stand und auf die Altstadt sah, war das von unten nicht zu erkennen. Dennoch fühlte er sich beobachtet, als er mit raschen Schritten den Vorplatz überquerte.

Das Treffen hatte kaum mehr als zwanzig Minuten gedauert. Pellegrini hatte unverhofft fast eine Stunde gewonnen, bis er mit Giulio Mori verabredet war. Kurzerhand entschloss er sich, sich das Protestcamp hinter dem Tempio Voltiano anzusehen, von dem Lorenzo ihm erzählt hatte. Die Sonne setzte sich allmählich durch, und Como erwachte zum Leben. Rollgitter wurden rasselnd hochgefahren, Werbetafeln aufgestellt und Ständer mit Postkarten vor die Läden geschoben. Vor dem Barcafé *Arte Dolce Lyceum* in der Via Cesare Cantù wischte eine schwarz gekleidete Kellnerin mit weißer Schürze Tische und Stühle trocken.

»*Buongiorno!*«, schmetterte sie fröhlich, als Pellegrini vorübergehen wollte. Er grüßte lächelnd, besann sich und betrat die Bar. Das Zusammentreffen mit seiner Mutter hatte ihm den ersten *caffè* vermiest, außerdem hatte er noch nichts gegessen. So viel Zeit musste sein. Er bestellte sich ein mit Pistaziencreme gefülltes *cornetto* und einen doppelten *caffè*. Während er aß, überflog er die *La Provincia*. Sie berichtete auf der Titelseite und in einem längeren Artikel über den Mord, doch auch hier erfuhr er nichts, was er nicht schon wusste. Dann erst fiel ihm die eingegangene Textnachricht wieder ein.

Francas Profilbild erschien auf dem Display. Fröhlich lachend, rote Wangen, dunkelblonde Haare mit weizengelben Strähnen, Sonnenbrille. *Die Sonne erhebt sich aus einem Meer aus tausend Rottönen*, hatte sie geantwortet.

Pellegrini lächelte wehmütig, Fernweh überfiel ihn. Es war ein Zitat, das ihm verriet, dass sie in Barcelona war. Sie liebten beide diese Stadt, sie war eins ihrer bevorzugten Ziele innerhalb Europas gewesen, als sie noch gemeinsam gereist waren. Es schien in einem anderen Leben gewesen zu sein.

Er hatte Franca während seiner Ausbildung in der Hotelfachschule Les Roches in der Schweiz kennengelernt. Es hatte alles perfekt gepasst. Ein sorgsam geführtes Familienhotel und eine Traumfrau, die zu dieser aufreibenden Art von Leben bereit war, in dem sich immer alles um die Gäste drehte. Sie hatten so große Pläne gehabt, behutsame Modernisierungen und zugleich die Besinnung auf traditionelle Werte. Franca ging auf, wenn sie sich um Design und Arrangements kümmern durfte, und Pellegrini liebte es zu planen, in der Küche zu arbeiten und zu kochen. Das Management hätten sie sich geteilt, seine Eltern und seine Schwester Alessandra waren ja auch noch da. Doch statt der Erfüllung dieses gemeinsamen Traumes kam es nach nur acht Monaten, in denen Pellegrini nach seiner Ausbildung gemeinsam mit seinem Vater den Betrieb geführt hatte, zum Eklat. Amerigo Pellegrini konnte nicht loslassen, reagierte auf jede noch so vorsichtig vorgetragene Anregung mit Ablehnung und ließ nicht einmal notwendige Veränderungen zu. Noch bevor Franca ihrerseits die Ausbildung beendet hatte, war der Traum von der gemeinsamen Zukunft zerplatzt. Während Pellegrini mit leeren Händen dastand und verzweifelt nach einem Beruf suchte, bei dem er seinem Vater aus dem Weg gehen konnte, wurde Franca

Produktmanagerin für die Schweizer Hotelplan-Gruppe und besuchte und testete Hotels in aller Welt. Einige Jahre hielt ihre Beziehung, wobei Pellegrini sich manches Mal fragte, ob nicht auch ihr Verhältnis einen Riss bekommen hatte, als er sich mit seinem Vater überworfen hatte. Es mochte kein Zufall sein, dass Franca sich mit seiner Mutter zeitweise besser verstand als mit ihm.

Trotz alledem blieb er, auch nachdem er sich für die Karriere bei der Polstrada entschieden hatte, eng mit dem Tourismus verbunden. Die Reisefreiheit und die gemeinsame Währung waren zwei der größten Errungenschaften der Europäischen Union, darin stimmten er und Franca überein. Daher waren sie beide betroffen gewesen, als der Terror ins bis dahin so friedlich zusammenwachsende Europa zurückgekehrt war. Paris, Nizza, Berlin, London – irgendwie kamen sie darüber hinweg. Doch am Tag des Anschlags auf Barcelonas La Rambla hatte Franca ihn noch am selben Abend angerufen und am Telefon geweint. Sie war in Madrid und auf dem Weg nach Barcelona gewesen. Stattdessen war sie mit dem nächsten Flieger nach Como zurückgekehrt und hatte sich einige Tage Auszeit genommen. Einen verrückten Moment lang hatte Pellegrini sogar gehofft, sie würde für immer bleiben. Doch sie war ein Zugvogel, wie sie selbst sagte, und kein Terror der Welt könne sie von dem Job, den sie liebte, abbringen. Pellegrini hatte zwischen Bewunderung für ihren starken Willen und egoistischem Bedauern geschwankt. Er wusste nur zu gut, dass sie hier nicht glücklich werden konnte. Ihm selbst gaben der See und die Berge den notwendigen Anker, doch Franca vermochte hier nichts zu halten – am wenigsten er selbst, obwohl er wünschte, es wäre anders.

Nach einem gründlichen Zögern antwortete er ihr: *Frei-*

tag. Freue mich auf dich. Baci! Das tat er wirklich. Zugleich war seine Antwort unverbindlich genug – hoffte er.

Mit besserer Laune durchquerte er die Altstadt, hielt vor der Statue auf der Piazza Alessandro Volta kurz inne. Der steinerne Wissenschaftler schaute von seinem Sockel auf den Betrachter hinab, den Kopf geneigt, nachdenklich und zugleich erhaben. Die rechte Hand ruhte auf der Volta'schen Säule, der ersten Batterie. Pellegrini legte den Kopf in den Nacken und betrachtete das Abbild des Mannes, der vor über zweihundert Jahren die Welt verändert hatte.

»Was läuft hier? Was hat das mit dir zu tun, alter Knabe?«, murmelte er vor sich hin.

Er lief weiter bis zu den *giardini*, dem Park am Seeufer mit dem kleinen Museum Tempio Voltiano. Pellegrini blieb an der Uferpromenade stehen und beschattete die Augen mit der Hand, um die Skulptur zu betrachten, die jenseits des Bootshafens auf einer kleinen Insel in der Sonne glitzerte. *Life Electric* des Stararchitekten Daniel Libeskind war ein weiterer Tribut an Voltas Lebenswerk. Obwohl es eine zeitgenössische Umsetzung war, mochte Pellegrini es und hatte die Einweihung vor ein paar Jahren interessiert verfolgt. Natürlich hatte es auch kritische Stimmen gegeben, aber in seinen Augen fügten sich die geschwungenen Linien, die elektrische Wellen symbolisierten, harmonisch in das Panorama von See und Bergen ein. Würde das bei dem Forschungszentrum auch so sein? Hatte womöglich sogar die exponierte Lage des stählernen Kunstwerks Sini und seine Leute zu der Platzierung mitten auf dem See inspiriert?

Die Antwort auf diese Frage musste warten. Er wandte sich ab und hielt weiter auf das Museum zu. Erst als er das Gebäude, das mit seiner klassizistischen Architektur eine

Wohltat für Pellegrinis Auge war, halb umrundet hatte, fand er, wonach er suchte – und jetzt wunderte ihn auch nicht länger, warum auch Andrea Lorenzo die Versammlung noch nie aufgefallen war.

Pellegrini blieb in einiger Entfernung stehen und betrachtete die Szenerie. Das »Camp« bestand aus zwei weißen Pavillons, die unter einem der Bäume nah am See aufgestellt waren. In einem stand ein Tisch, auf dem Papiere und Prospekte auslagen, vermutlich Infomaterialien. Bei dem zweiten Pavillon schien es sich um eine Art Versammlungsstätte zu handeln, Sitzkissen und Isomatten waren wild auf mehreren Strandmatten verteilt. Auf einer Luftmatratze lag eine einsame Gitarre. An der dem Wasser zugewandten Seite des Tempio hingen ein paar Transparente mit Sprüchen wie »Ökowende – ja! Testcenter – nein!« oder »Finger weg vom Comer See!«. Der Spruch »*Alerta Antifascista!*« deutete auf eine Beteiligung politisch linksorientierter Aktivisten hin. Pellegrini überlegte kurz und entschied für sich, dass dies Sinn ergab. Wobei er die Frage, wie viel Schaden das Testcenter sowie die Produktion von Stromspeichern anrichtete und wie positiv sich die regenerative Stromerzeugung am Ende auswirken würde, nicht beantworten konnte. Aber das konnten die Kinder, die hier herumliefen, sicherlich auch nicht. Es war immer einfacher, erst einmal dagegen zu sein.

Die gesamte Gruppe bestand aus zwanzig bis dreißig Personen, beachtlich, wenn man bedachte, dass der Großteil von ihnen eigentlich in die Schule gehörte. Gerade als er darüber nachsann, entdeckte er zwei Carabinieri, die dabei waren, Personalien aufzunehmen.

»*Buongiorno*, Signori!«, rief er und winkte. Die Frau blickte auf und schien ihn zu erkennen. Sie sagte etwas zu ihrem Kollegen und kam auf Pellegrini zu.

»*Buongiorno* …«

»… Commissario Pellegrini«, half er weiter.

Sie nickte. »Brigadiere Santini. Wie kann ich Ihnen weiterhelfen?«

»Ich wollte mir das Camp anschauen.« Er machte eine vage Handbewegung in Richtung der Pavillons. »Ich habe den Tipp von einem Kollegen bekommen. Der Protest ist bisher an mir vorbeigegangen.«

Santini lachte. Es klang sehr charmant. »War es die kleine Lorenzo, die Tochter vom Capitano der Guardia?«

»Woher wissen Sie das?«

»Das war nicht schwer zu erraten. Sie ist beinahe jeden Mittag hier. Natürlich ist es ihr unsagbar peinlich, was ihr Vater beruflich macht. Ansonsten ein nettes Mädchen – so wie die meisten: Ein paar *ragazzi*, die ein bisschen Revolution spielen, nicht der Rede wert. Sie sind ungefähr seit April hier. Anfangs haben wir sie Abend für Abend verscheucht, doch inzwischen lassen wir sie einfach. Sie sind friedlich, machen Musik, verteilen ein paar Flyer gegen den geplanten Bau eines Testcenters.«

»Jetzt, da Sie es erwähnen … Diese Farbbeutelattacke auf die Volta-Statue auf der Piazza, waren sie das auch?«

»Diese Schweinerei mit der gelben Farbe im Februar?« Santini verzog das Gesicht. »Wir konnten es ihnen nicht nachweisen. Ich persönlich glaube es nicht, denn diese Art von Protest passt nicht zu den Jugendlichen hier.« Sie machte eine kurze Pause. »Wir kontrollieren morgens ein- bis zweimal, ob Schulschwänzer darunter sind, aber die meisten sind Studenten oder hängen herum, weil sie keine Ausbildung finden. Sie sind ein paar Mal aufs Dach des Tempio geklettert, aber seitdem einer von ihnen abgestürzt ist und sich ein paar Rippen gebrochen hat, sind sie vorsichtiger geworden.«

»Und die Pavillons? Ist das erlaubt?«

»Natürlich nicht.« Santini schnaubte belustigt. »Aber wir haben Besseres zu tun. Solange es nicht mehr werden, sehen wir nicht so genau hin, und die Jugendlichen haben das gute Gefühl, etwas Verbotenes zu tun.«

»*Capito!*« Pellegrini lachte leise.

Santini verschränkte die Arme. »Hat es etwas mit dem Mord zu tun?«

»Ich weiß es nicht, um ehrlich zu sein. Vielleicht. Das Opfer hat bei dieser Agentur, die das Center plant, gearbeitet.«

»Alessăndro.« Santini deutete eine spöttische Verbeugung in Richtung des Tempio an.

»Sind unter den Personen welche, die Ihnen als gewaltbereit bekannt sind?«

»Es gibt einen harten Kern, den wir zu politisch aktiven Linksautonomen zählen. Vier junge Männer und zwei Frauen.« Santini legte nachdenklich den Finger an die Lippen. »Aber ehrlich gesagt traue ich keinem von denen so eine Tat zu.«

»Wenn wir einem Menschen anmerken oder gar ansehen könnten, dass er zum Mörder wird, wäre meine Arbeit überflüssig«, bemerkte Pellegrini.

Santini stutzte und lachte dann laut auf. »Das weiß ich, so meinte ich das auch nicht. Im Ernst: Wir haben diese Gruppe natürlich überprüft, aber sie sind bisher nicht erfasst.« Sie lehnte sich vertraulich ein wenig zu ihm. »Eines der Mädchen ist die Tochter meiner Nachbarn. Trägt Schwarz und hört grauenhafte Musik, ist Veganerin und will Tierärztin werden. Dazu sehr freundlich und hilfsbereit.«

Pellegrini war kurz abgelenkt, weil ein junger Mann auf die Pavillons zuging, der ihm bekannt vorkam. Und er irrte sich nicht. Im selben Augenblick erkannte Giulio

Mori seinerseits den Commissario. Er hielt inne, schien zu überlegen, ob er die Flucht ergreifen sollte. Stattdessen vergrub er beide Hände in den Hosentaschen seiner Chino und zog den Kopf zwischen die Schultern.

»Ach, und der kleine Bruder der anderen Lady in Black.«

»Ernsthaft?«

»Sara Mori. Steht da drüben, die kleine Drahtige mit den bunten Haaren. Von ihr ist das *Alerta Antifascista*-Plakat. Wenn Sie mich fragen: von allen die Radikalste. Aber selbst die ist harmlos, pöbelt ab und zu ein bisschen. *Die tut nix, die will nur spielen,* sagt mein Kollege jedes Mal.« Santini hatte immer leiser gesprochen, je näher Giulio herangekommen war. Jetzt schwieg sie und nickte ihm zu.

Pellegrini lächelte strahlend. »Wie schön, Signor Mori, da ersparen Sie mir direkt einen Weg.«

»*Salve*, Signor Commissario!«

»Brauchen Sie mich noch, Signor Commissario?«

»Vielen Dank für Ihre Hilfe, Brigadiere. Vielleicht komme ich noch einmal auf Sie zu.«

»Jederzeit gern.« Mit einem letzten charmanten Lächeln wandte Santini sich ab.

»Was tun Sie hier?« Giulio sah unruhig zwischen dem Camp und dem Commissario hin und her.

»Das Gleiche könnte ich Sie fragen.«

»Ich konnte mich nicht auf meine Vorlesung konzentrieren, wollte ein wenig frische Luft schnappen.« Giulio machte eine vage Handbewegung in Richtung See.

Pellegrini nickte grimmig. »Ich dagegen informiere mich über eine Sache, die Sie mir vorenthalten haben. Soweit ich mich erinnere, haben Sie Ihre Schwester nicht auf der Liste mit Pescatoris Freunden aufgeführt.«

»Sie gehört nicht dazu.« Die Antwort kam eindeutig zu schnell.

Pellegrini hob die Augenbrauen und schwieg geduldig. Giulio hielt den Kopf gesenkt und machte immer noch den Eindruck, davonlaufen zu wollen. Er war rasiert, sein Gesicht nicht mehr so aufgedunsen. Er wirkte jünger als tags zuvor im Krankenhaus, verletzlicher.

»Was hast du mit der Polizei zu schaffen?« Wie aus dem Nichts stand Sara Mori plötzlich neben ihnen und fauchte ihren Bruder an. Sie trug hohe Doc Martens, kunstvoll zerrissene Jeans und ein schwarzes T-Shirt mit dem Namen einer Band, von der Pellegrini noch nie gehört hatte. Der Farbton ihrer kinnlangen Haare schwankte zwischen Lila und Türkis.

»Das ist Commissario Pellegrini. Er ermittelt wegen Ivan.«

»So ist es.« Pellegrini lächelte schmal. »Aktuell frage ich mich, wie Sie da reinpassen, Signorina Mori. Sie sind auf erstaunlich vielen Fotos, die bei Pescatori über dem Schreibtisch hängen, und sogar auf dem Startbildschirm seines *telefonino*.«

Sie verschränkte die Arme und musterte ihn von oben bis unten. Dabei ließ sie ihr Zungenpiercing gegen die Schneidezähne klicken. Abwehr und Unsicherheit, Pellegrini erkannte das Muster. Er verstand, was Brigadiere Santini gemeint hatte. Diese junge Frau war nicht halb so laut und selbstbewusst, wie sie vorgab zu sein.

»Ich bin froh, dass er tot ist«, brach es plötzlich aus ihr hervor.

Pellegrini erstarrte. Giulio sog scharf die Luft ein. Er wollte etwas sagen, doch Sara brachte ihn mit einer herrischen Geste zum Schweigen.

»Ivan war ein kapitalistisches Arschloch. Dem ging es immer nur um Geld, Geld, Geld. Dafür hat er alles gemacht.«

»Zum Beispiel?«

»Sehen Sie doch!« Sie nickte mit dem Kinn in Richtung See. »Der war sich nicht zu schade, für diese Schweizer Hurensöhne zu arbeiten, die hier alles zerstören wollen.«

»Sara!«

Pellegrini schüttelte mit gespielter Verständnislosigkeit den Kopf. »Ich dachte, Alessăndro steht für Investition in Strom aus Sonnenenergie?«

»Verlogene Scheiße! Denen geht es nur ums Geld!«

»Gibt es eine Regel, die besagt, dass man mit einer ökologischen Idee kein Geld verdienen oder gar reich werden darf?«

»Darum geht es doch gar nicht!« Sara Mori beugte sich mit wild funkelnden Augen vor.

Pellegrini hatte Mühe, sich das Lachen zu verkneifen. Einerseits imponierte ihm diese junge Frau durchaus, sie hatte Überzeugungen, doch so wie sie vor ihm stand, erinnerte sie ihn an einen angriffslustigen Terrier.

»Ganz gleich, worum es geht. Zurück zu Ivan Pescatori. Warum sind Sie froh, dass er tot ist?«

»Sagte ich doch: Weil er ein Arschloch war.« Sie nahm wieder ihre Abwehrhaltung ein, trat sogar unbewusst einen Schritt zurück.

Endlich begriff Pellegrini. »Sie waren ein Paar!«

Giulio tat, als ginge ihn das alles nichts an.

Seine Schwester dagegen lachte gekünstelt. »War nichts Ernstes. Wir haben ein paar Mal gevögelt. Immerhin, im Bett war er gut, mehr hat er nicht zustande gebracht.«

»Mann, du bist so peinlich!« Wütend machte Giulio ein paar Schritte zur Seite.

Pellegrini musterte Sara mit neu erwachtem Interesse. Er war davon überzeugt, dass Ivan Pescatoris Tod sie nicht halb so kaltließ, wie sie vorgab. Doch letzten Endes brachte ihn das in seinen Ermittlungen nicht weiter. Sie war größer als Danbi Jeong, dennoch eher zierlich, hatte schmale kleine Hände.

»Wo waren Sie denn am Montagabend?«, fragte er dennoch, schon allein, um ihr den Gefallen zu tun, sich als Verdächtige zu fühlen.

Prompt reckte sie trotzig das Kinn in die Höhe. Das war die Frage, auf die sie eine Antwort geben wollte. »Ich war am Sonntag mit Freunden in Bozen, dort gab es einen Aufmarsch von Südtiroler Faschisten. Irgendwer muss denen ja Einhalt gebieten.«

»Natürlich. Kann ja nicht angehen, dass jeder seine Meinung hinausposaunt, wie es ihm passt. Vor allem, wenn es Meinungen sind, die sich nicht mit der eigenen vertragen.« Normalerweise hatte Pellegrini sich gut im Griff, aber manchmal brach sein Sarkasmus aus ihm heraus.

»Wollen Sie mich verarschen? So was darf man nicht zulassen!«

»So sehr es mich reizt, Ihnen das Konzept von Meinungsfreiheit und Demokratie zu erklären – wobei ich in diesem Fall ganz bei Ihnen bin, Signorina Mori: Diese Nationalisten sind schwer zu ertragen –, Sie sprechen von Sonntag. Von Bozen bis Como ist es keine Weltreise. Ich will wissen, wo Sie Montagabend waren.«

Sie verengte die Augen zu schmalen Schlitzen und musterte ihn kritisch. »Ich war bis Montagmittag in Bozen«, erklärte sie ruhiger. »Das können Sie meine Freundinnen fragen. Ich gebe Ihnen die Adresse, wo ich übernachtet habe. Wir, also zwei Freundinnen und ich, sind dann mit dem Zug nach Mailand. Ich bin erst spätabends zurückgekommen.«

»Haben Sie das Zugticket noch? Ist es entwertet?«

Sie zog ihr Handy aus der hinteren Hosentasche, tippte

darauf herum und hielt es ihm unter die Nase. Pellegrini erkannte das Logo von Trenord.

»Onlineticket. Ich bin kontrolliert worden. Das werden die doch irgendwie erfassen.« Es klang halb wie eine Frage, zum ersten Mal wurde sie unsicher.

»Das überprüfen wir. Ich möchte Sie bitten, mich gleich in die Questura zu begleiten. Dort werden Sie Ihre Aussage zu Protokoll geben und sich Fingerabdrücke abnehmen lassen, damit wir sie mit den Spuren in Ivans Wohnung abgleichen können.«

Sie nickte weniger widerwillig, als er erwartet hatte. Er hatte keine Zweifel mehr daran, dass sie bei den Ermittlungen kooperieren würde. Egal, wie sehr das mit ihren Prinzipien kollidierte. Sich einzureden, was für ein mieser Typ Ivan Pescatori gewesen war, war ihre Strategie, den Verlust zu verarbeiten. Mit seinem Tod hatte sie jedenfalls nichts zu tun, da war Pellegrini sich sicher. Aber er würde Saras »antikapitalistisches Umfeld« beleuchten müssen. Vielleicht gab es jemanden, der dem Opfer weniger nahegestanden hatte. Vor allem jetzt, da Ivan Pescatori aus einer bisher unbekannten Quelle eine erhebliche Menge Geld bekommen hatte.

Er unterdrückte ein Seufzen. Noch mehr Möglichkeiten, noch mehr Arbeit. »Ich danke Ihnen, Signorina Mori. Sagen Sie mir noch, wo Sie wohnen?«

»Bei meinem Bruder.« Ohne ein weiteres Wort wandte sie sich ab und ging zurück zu den Pavillons. *Resistance! Never give up fighting!* stand auf der Rückseite ihres T-Shirts, darunter eine emporgereckte Faust. Versonnen blickte Pellegrini ihr nach. Er beneidete sie um ihre eindeutigen Überzeugungen, ihr klares Weltbild. Die Realität, wusste er, war nie nur schwarz oder weiß, dafür oder dagegen. Sara schien diese Lektion gerade zu lernen.

Giulio Mori stand in ein paar Schritten Entfernung und scharrte nervös mit der Fußspitze über den Boden. Pellegrini verspürte keine große Lust, das Gespräch mit ihm fortzuführen und sich weitere Ausflüchte anzuhören. Wenn er Redebedarf hatte, sollte er doch kommen. Er würdigte Giulio keines weiteren Blickes, sondern schlenderte um den Tempio herum am Seeufer entlang. Vor dem *Monumento ai caduti*, dem Mahnmal für die Gefallenen, führte eine Treppe direkt zum Wasser.

Pellegrini setzte sich auf die Stufen. In den Graubündner Bergen weiter im Norden musste es heftig geregnet haben. Der Wasserspiegel war deutlich gestiegen, auf der dunklen Oberfläche trieben Blätter und kleine Äste. Der See schwappte gierig gegen das Ufer, überspülte den unteren Teil der Treppe.

Pellegrinis Blick schweifte über das Wasser. Die Berge waren von Como aus nicht zu sehen, doch der Gedanke an sie genügte, um seine Sehnsucht zu wecken. Die Landschaft dort trug Narben, vom Eis gewaltiger Gletscher gezeichnet. Die Maira und andere Flüsse nahmen hier ihren Ursprung, vereinigten die Quellen, führten das Wasser in den vorgelagerten Lago di Mezzola und schließlich in den Comer See.

Der See und die Berge, diese einzigartige Komposition aus Wasser und Fels. Es mochte andere Orte auf der Welt geben, wo diese beiden Urgewalten derart aufeinandertrafen, es war einerlei. Sie waren der Grund, warum Pellegrini am Ende seiner Wanderung durch Europa, die manche als Flucht bezeichnet hatten, hierher zurückgekehrt war.

»Signor Commissario?«

Pellegrini fixierte einen Zweig mit ein paar Blättern, der vor seiner Nase auf den Wellen tanzte, atmete mehrmals tief durch, um den aufkommenden Ärger im Zaum zu halten.

»Ich dachte schon, Sie kommen gar nicht mehr, Signor Mori«, sagte er mit allem Gleichmut, den er aufbringen konnte. Er hatte gehofft, dass der junge Mann ihm folgen würde, aber der hatte sich ziemlich viel Zeit gelassen.

»Ich habe Sie angelogen.«

»Ach ja?« Als ob das nicht längst offensichtlich war.

»Es tut mir leid.«

Pellegrini erwiderte nichts, drehte sich nicht zu Giulio um. Trotzdem konnte er die Unsicherheit und das schlechte Gewissen des jungen Mannes förmlich mit den Händen greifen.

»Darf ich mich zu Ihnen setzen?«

»Bitte.« Er wies rechts neben sich.

Giulio stieg zwei Stufen hinab und ließ sich neben ihn plumpsen. Er schlang die Arme um die hochgezogenen Knie und stierte auf den See. Pellegrini wartete. Er hatte nicht vor, es seinem Gegenüber leicht zu machen. Doch statt zu sprechen, vergrub Giulio das Gesicht in den Händen und begann zu schluchzen. Mit einiger Mühe schaffte Pellegrini es, sich nach außen hin unbeteiligt zu geben. Man erwartete von ihm professionelle Distanz, es war nie gut, allzu viel Mitgefühl zu zeigen. Er wusste nichts über Giulio: Es lag im Bereich des Möglichen, dass er Pescatori umgebracht hatte, bester Freund hin oder her. Pellegrinis Instinkt sagte ihm zwar etwas anderes, und meistens lag er damit richtig. Dennoch durfte er sich nicht davon leiten lassen, ob die Trauer nun echt war oder nur Show. Und dabei wusste er noch sehr gut, wie es ihm ergangen war, als sein bester Freund umgekommen war.

Ein größerer Ast trieb vorbei, eine Plastiktüte von *bennet* darumgewickelt. Es war nicht klug gewesen, zum Ufer hinunterzugehen, gar an Graubünden zu denken. Auch die Berge bargen Erinnerungen an die Zeit mit Luca, genau wie das Wasser. Pellegrini unterdrückte den Impuls, sich nach Westen zu wenden, wo das große Gebäude des Ruderclubs *Canottieri Lario* lag, in dem er einige der wohl schönsten Jahre seines Lebens verbracht hatte.

»Ich habe ihn umgebracht.«

»Wie bitte?« Pellegrini war sicher, dass er sich verhört hatte.

Giulio schluchzte immer noch, nuschelte in seine Hände. Dann schaute er auf, tiefste Verzweiflung in den Augen. »Wir haben uns geprügelt. Ich weiß nicht, was passiert ist, ich muss ihn blöd getroffen haben. Ich bin sicher, dass er noch gelebt hat, als ich gegangen bin.«

Pellegrini seufzte vernehmlich. So viel zu seinem Instinkt. Er wandte sich Giulio zu. Am liebsten hätte er den Jungen angebrüllt, aber dann bekam er sicherlich gar nichts mehr aus ihm heraus. Daher zwang er sich zu einem beruhigenden Lächeln. »Jetzt mal der Reihe nach, Signor Mori. Was ist Montagabend passiert?«

Giulio wischte sich mit dem Handrücken über die Augen und nickte.

»Wir waren Montagabend wirklich verabredet, aber Ivan hat abgesagt. Nicht angerufen oder so, nur eine kurze Nachricht, dass er noch arbeiten müsste.«

»Für Alessándro?«

»Es ging in letzter Zeit immer nur um die Agentur. Er war ständig unterwegs, meistens für Fotoshootings. Was er genau gemacht hat, weiß ich nicht. Er tat immer so geheimnisvoll, hat sich wichtiggemacht. Irgendwann hat es mich genervt, ihm alles aus der Nase ziehen zu müssen, und ich habe nicht mehr nachgefragt.«

»Zurück zu Montagabend.«

Giulio fasste sich allmählich, das Reden schien ihm gutzutun. »Mir kam es merkwürdig vor, dass er nicht mehr kommen wollte. Ich habe zurückgeschrieben, aber keine Antwort bekommen.«

»Wieso merkwürdig? Es könnte doch auch wegen Danbi Jeong gewesen sein. Sie sagten gestern, dass er vorgehabt hatte, sie zu verführen.«

Ein Lächeln war die Antwort, bitter und zugleich weise. »Dann hätte er genau *das* geschrieben. Ein weiterer Grund, warum mir seine Behauptung, arbeiten zu müssen, seltsam vorkam.«

»*Capito.*«

»Er war überhaupt seit letztem Mittwoch ganz anders als sonst.«

»Was ist letzten Mittwoch vorgefallen?«

Mori blickte ihn gequält an. »Er hat sich ein neues Motorrad gekauft. Aber nicht irgendeins …«

»Wir wissen von der Ducati. Das Motorrad war ein Grund, weshalb ich mich ein weiteres Mal mit Ihnen unterhalten wollte. Woher hatte er so viel Geld?«

»Es ging in letzter Zeit immer nur um Geld.« Giulio presste die Lippen aufeinander. »Was Ivans Geldgier angeht, hat Sara ganz recht. Es war fast wie eine Sucht. Ich kann das schlecht erklären. Ständig wollte er irgendetwas Neues, ihm war nichts genug. Irre teure Sportschuhe, Kameras, jetzt am Ende die Ducati.« Er stockte. »Sie werden das nicht glauben, aber eigentlich war Ivan total bodenständig. Wir waren fünfzehn, als er das erste Mal mit Sara zusammen war. Es hat ihm geschmeichelt, sie ist knapp zwei Jahre älter als wir. Die beiden hatten total viel gemeinsam, voll auf dem Ökotrip. Saras Traum war es immer, einen Bergbauernhof zu bewirtschaften, komplett autark, ohne sich um den Rest der Welt zu kümmern.«

Pellegrini sah ein, dass er so schnell keine Antwort darauf bekommen würde, wie sich der Mord zugetragen hatte. Wobei es ihm immer noch schwerfiel, sich Giulio Mori als Mörder vorzustellen.

»Sara hat angefangen, in Pisa zu studieren, und ist da irgendwie in diese autonome Gruppe geraten. Das wurde Ivan zu viel, er wollte nie die Welt retten, wie er sagte. Er hatte keine politischen Ambitionen, und Sara … na ja, ich bin nicht sicher, ob sie überhaupt selbst weiß, was sie will. Aber das geht mich nichts an. Zwischen den beiden war es ein ständiges Hin und Her, bis Ivan mit der Untervermietung angefangen hat. Da hat Sara sich endgültig von ihm getrennt. Ich vermute, da war auch Eifersucht im Spiel.«

»Und wieso sind Sie am Montagabend zu ihm gegangen, obwohl er Ihnen abgesagt hatte?«

»Er hat morgens in der Uni erzählt, dass bei Alessändro etwas Großes bevorstehen würde, dagegen wäre selbst die Ducati eine kleine Sache. Können Sie sich das vorstellen? Er hat für die Maschine über zweihunderttausend Euro hingelegt.« Giulio schüttelte den Kopf. »So viel verdienen meine Eltern in einem Jahr nicht, und er schüttelt das einfach so aus dem Ärmel, prahlt herum, das wäre noch gar nichts. Er spielt ab und zu Poker, aber ich kann mir nicht vorstellen, dass er da viel gewonnen hat. Andererseits: Da er weiß, dass ich das Spielen nicht gut finde, reden wir nicht darüber.« In Giulios Stimme schlich sich ein defensiver Unterton. »Mein Onkel ist spielsüchtig.« Er schien wirklich alles erklären zu wollen.

»Das Geld kommt also von Alessändro?«

»Ich weiß es wirklich nicht, Signor Commissario! Für ein paar Fotos zahlen die ihm das vermutlich nicht, oder?« Er zuckte mit den Schultern.

»Kommt drauf an, was auf den Fotos zu sehen ist.«

»Wie meinen Sie das?«

»Es wäre eine Möglichkeit, schnell an eine große Summe Geld zu kommen: Er hat mit den Fotos etwas dokumentiert, das nicht jeder wissen sollte.«

»Sie meinen, dass er jemanden erpresst hat?«

»Trauen Sie Ihrem Freund das zu?«

Giulio runzelte die Stirn. »Jetzt verstehen Sie vielleicht, warum ich misstrauisch geworden bin. Ivan kündigt etwas Großes an, dann will er arbeiten, statt den Abend mit seinem Besuch zu verbringen. Und er war den ganzen Tag so aufgekratzt. Ich habe ihn nicht wiedererkannt. Ich wollte einfach wissen, was da läuft.«

»Hat er Drogen oder Aufputschmittel genommen?«

Giulio presste die Lippen aufeinander.

»Wir finden es auch ohne Ihre Hilfe heraus«, half Pellegrini nach. »Die Rechtsmedizin hat bereits Hinweise auf Amphetamine gefunden.«

»Ecstasy. Ab und zu. Wenn wir auf Partys waren.« Er wedelte abwehrend mit der Hand. »Ich habe nichts genommen. Mir reicht Alkohol. Was anderes kann ich mir auch gar nicht leisten, und aushalten lasse ich mich nicht.«

»Montagabend, Signor Mori!«

Giulio wurde eine Spur blasser, doch er nickte tapfer. »Er hat mir nicht geantwortet. Ich bin dann zu seiner Wohnung. Er war allein, Danbi in der Stadt einkaufen.«

»Wann war das?«

»So gegen halb acht? Vielleicht etwas später, genau weiß ich das nicht mehr. Ivan war völlig aufgedreht, meinte, er hätte es geschafft. Ich habe nachgefragt, dachte, sie wollten ihn zum Teilhaber von Alessandro machen, was weiß ich? Er gab sich so selbstsicher, überlegen, hat den großen Mann markiert. Ich habe es noch nie ausstehen können, wenn er so drauf war. Habe ihm dann jedenfalls vorgehalten, er solle mal darüber nachdenken, was die vorhaben, mit dem Testcenter und all dem. Ich habe ihm alles an den Kopf geworfen, was Sara so wütend macht.«

»Macht es Sie ebenso wütend?«

Giulio blickte auf das Wasser. »Können Sie sich vorstellen, dass hier mitten auf dem See ein Riesenmonstrum steht, so was Ultramodernes wie ein Raumschiff?«

»Meine Meinung ist nicht repräsentativ. Der See und Como müssen bereits die eine oder andere Scheußlichkeit ertragen.« Dabei blickte er über die Schulter auf das monumentale Mahnmal, das er auch nicht unbedingt als Augenweide bezeichnen würde.

Giulio lächelte dünn. »Anfangs war Ivan stolz darauf, bei Alessăndro zu arbeiten, seinen ökologischen Anspruch und sein Bedürfnis nach Geld zu verbinden. Da wussten wir noch nichts von dem Testcenter. Als das und die Planung der Produktionsstätte ans Licht kamen, hatten wir den ersten heftigen Streit. Danach haben wir nie wieder darüber gesprochen. Ich bin da eher bequem.« Sein Lächeln verzog sich zu einem verlegenen Grinsen. »Das wirft Sara mir gern vor. Stimmt auch.« Er wurde wieder ernst. »Trotzdem war mir das vorgestern alles zu viel. Ich wollte einfach einen netten Abend mit meinem besten Freund und ein paar Kumpels haben, verstehen Sie?«

Wie gut Pellegrini dieses schlichte Bedürfnis verstand. Er nickte.

»Ich weiß nicht mehr, was ich alles gesagt habe«, fuhr Giulio fort. »Ein Wort ergab das andere, und wir haben miteinander gerungen. Wir haben in unserem Leben schon einige Male gerauft, das war nie richtig ernsthaft. Aber Montagabend hat Ivan irgendwann das Gleichgewicht verloren, ist auf den Boden geknallt und wurde bewusstlos.«

»Und dann?«

»Er hat sich nicht mehr gerührt. Ich habe ihn gepackt und ins Bett gebracht. Gut zugedeckt, weil ich gedacht habe, dass er vielleicht einen Schock hat. Ich habe mal gehört, man soll einen Menschen dann warm halten. Er hat geatmet, das weiß ich genau.«

Pellegrini war jetzt hoch konzentriert. Er stand auf und lehnte sich gegen die Ufermauer, fixierte Giulio, der immer mehr in sich zusammensackte.

»Ich habe gewartet. Habe seinen Puls gefühlt, der war ganz regelmäßig. Und später bin ich einfach abgehauen.«

»Warum?« Die Frage kam schnell und scharf.

Giulio zuckte zusammen, murmelte etwas Unverständliches.

Pellegrini beugte sich über ihn, widerstand im letzten Moment dem Verlangen, ihn am Kragen zu packen und die Wahrheit aus ihm herauszuschütteln.

»Ich weiß es nicht. Ich konnte nicht mehr klar denken, hatte schon einiges getrunken. Ehrlich gesagt habe ich mir mehr Gedanken darüber gemacht, dass wir seinen neuen Flachbildfernseher demoliert haben.« Giulio lachte hysterisch. »Und dann dachte ich: Scheiß drauf, der kauft sich doch direkt wieder das neueste Modell, jetzt wo die Sache mit Alessandro so *groß* wird, verstehen Sie, Signor Commissario?« Er breitete theatralisch die Arme aus.

Pellegrini musste einen Schritt zurückweichen. Er beobachtete Giulio scharf.

»Was ist dann passiert?«

»Ich habe meine Wut an dem ganzen unnützen Zeug im Wohnzimmer ausgelassen. Das Zeug, das meinem besten Freund wichtiger war als ich oder Sara oder seine Familie. Total kindisch, ich weiß. Danach bin ich abgehauen.«

»Sind Sie noch einmal zurückgekehrt?«

Wenn die Geschichte nicht noch irgendwie weiterging, war das nicht das Geständnis, das Giulio angekündigt hatte. Pellegrini schwankte zwischen Erleichterung, weil ihn sein Instinkt doch nicht getrogen hatte, und der Enttäuschung, den Fall nicht abschließen zu können.

Giulio kramte in seiner Hosentasche und zog sein Handy hervor. »Ich wollte. Stattdessen habe ich ihm ein paarmal geschrieben. Irgendwann habe ich es gelassen und versucht, ihn zu vergessen. Der Alkohol hat geholfen.« Er stockte, sein Gesichtsausdruck veränderte sich, als ihn die Realität wieder einholte. Er schluckte mehrmals, schien erneut den Tränen nahe zu sein.

»Ich hätte direkt den Notarzt rufen sollen, sagen Sie es doch. Ich hätte nach ihm sehen sollen. Aber ich war immer noch wütend, sogar gestern Morgen noch, als er sich nicht gemeldet und mich vor der Tür hat warten lassen. Ich dachte, der lässt mich zappeln. Wäre okay, wenn man bedenkt, wie es im Wohnzimmer ausgesehen hat, oder? Da wusste ich ja noch nicht, dass er ...« Seine Stimme zitterte. Er hob den Kopf, sah dem Commissario flehend ins Gesicht. Tränen schimmerten in seinen Augen.

Pellegrini richtete sich auf und streckte den Rücken durch. »Signor Mori, ich muss Sie bitten, mich zur Questura zu begleiten und Ihre Aussage zu Protokoll zu geben. Danach halten Sie sich zu unserer Verfügung.«

»Wie meinen Sie das?«

»Sie haben sich der unterlassenen Hilfeleistung und Sachbeschädigung schuldig gemacht. Darüber muss die Staatsanwaltschaft entscheiden. Dass Sie Ihren Freund nach der Prügelei haben liegen lassen, war sicherlich ziemlich mies, aber umgebracht haben Sie ihn damit nicht.«

Mori sah ihn mit großen Augen an.

»Es war nach Ihnen noch jemand in der Wohnung. Immerhin sehe ich inzwischen klarer, was den Ablauf der Ereignisse von Montagabend angeht. Hätten Sie mir das gestern Morgen alles erzählt, wären wir dem Mörder vielleicht ein Stück näher.«

»Er ist nicht gestorben, weil er auf den Kopf gefallen ist?«

»Signor Mori, er hatte deutliche Würgemale am Hals.« Pellegrini beugte sich ein wenig vor und sprach nun wie mit einem begriffsstutzigen Kind. »Haben Sie ihn gewürgt?«

»Nein!«

»Sehen Sie. Wenn Sie nun bitte mitkommen? Ich wäre Ihnen auch sehr verbunden, wenn Sie uns Ihr *telefonino* zur Verfügung stellen, damit wir Ihre Aussage überprüfen können. Wir können es beschlagnahmen, aber Ihre Kooperation macht es erheblich einfacher.«

Mori rappelte sich auf. »Alles, was Sie wollen, Signor Commissario.«

4

Pellegrini durchquerte mit den Geschwistern Mori das Großraumbüro, in dem Spagnoli und Cunego ihre Arbeitsplätze hatten. Normalerweise ging es hier ruhig zu, doch jetzt herrschte ein munteres Kommen und Gehen. Im Laufe des Vormittags hatten drei weitere Kollegen die Arbeit an dem Fall aufgenommen. Sie befragten unter Cunegos Leitung Pescatoris Freundeskreis, versuchten, seine Gäste der letzten zwölf Monate aufzuspüren, durchforsteten sämtliche Datenbanken – bisher alles ohne Erfolg, wie man Pellegrini im Vorbeigehen kurz mitteilte.

Als leitender Commissario der Abteilung hatte er einen mit Glaswänden abgeteilten Bereich, der ihm allerdings auch nicht mehr Privatsphäre bot, weshalb er sich weigerte, ihn als Büro zu bezeichnen. Außerdem ließ sich aus irgendeinem Grund die Klimaanlage nicht regulieren. Es war entweder eiskalt oder unerträglich heiß. Heute waren es frische neunzehn Grad, was dazu führte, dass Sara Mori sich während der gesamten Prozedur ständig fröstelnd die Arme rieb und Pellegrini damit ganz nervös machte.

Die Protokolle der Geschwister, die minutiöse Aufarbeitung der Geschehnisse am Montagabend kosteten ihn Stunden. Die gute Nachricht war immerhin, dass sie dank der Aussagen der Freunde ausschließen konnten, dass Giulio Mori später am Abend noch einmal in Ivan Pescatoris Wohnung zurückgekehrt war. Auch die Überprüfung seines Handys ergab keine Unstimmigkeiten zu seinen Aussagen oder gar neue Erkenntnisse.

Saras autonome Gruppe erwies sich rasch als totes Ende. Sie war zwar noch eingeschrieben, jedoch seit Wochen nicht mehr an der Universität in Pisa gewesen, da sie den Kampf gegen Alessandro wichtiger – und persönlicher – nahm. Entsprechend hatte sie wenig Kontakt zu ihren Leuten, und Pellegrini hielt es für sehr unwahrscheinlich, dass einer von ihnen von Ivan Pescatori wusste, geschweige denn ein plausibles Motiv hatte, außer, dass er ihrem kapitalistischen Feindbild entsprach.

Während Sara Mori ihr Protokoll durchlas, Fingerabdrücke und eine Speichelprobe abgab, winkte Pellegrini einen der zusätzlichen Polizisten zu sich.

»Sergente Torriani, richtig?« Er musste zu dem athletischen jungen Mann aufblicken.

»Zu Diensten, Signor Commissario.«

»Gehen Sie sich umziehen, und wenn Sara Mori die Questura verlässt, folgen Sie ihr.«

Der Sergente runzelte fragend die Stirn.

Pellegrini schnaubte unwirsch. »Irgendwas ist da faul. Ich frage mich, ob das Mädchen uns etwas verschweigt. Vielleicht finden Sie etwas heraus. Wie lange haben Sie heute Dienst?«

»Bis achtzehn Uhr, Signor Commissario.«

»Gut. Melden Sie sich eine Stunde vor Feierabend. Dann entscheide ich, ob ich Sie ablösen lasse oder dieses … Experiment abbreche.«

»*Capito.* Geben Sie mir fünf Minuten.«

»Vielen Dank, Sergente Torriani.«

Kaum dass er die Geschwister Mori verabschiedet hatte, kam Spagnoli zu Pellegrini und bestand darauf, dass er an einem Videotelefonat mit den Eltern des Opfers teilnahm. Die schottische Polizei hatte das Ehepaar Pescatori am Vormittag ausfindig gemacht und die schreckliche Nachricht übermittelt. Jetzt wollten sie weitere Details und hatten um ein Gespräch gebeten, was Pellegrini ihnen kaum verübeln konnte, auch wenn es für ihn zu einem mittleren Albtraum wurde.

Die Pescatoris waren in den Highlands unterwegs, der erste, lang geplante Urlaub ohne Kinder. Nun saßen sie in der Ecke eines Pubs und mussten sich von der italienischen Polizei erklären lassen, was ihrem Sohn widerfahren war. Konnte es etwas Qualvolleres geben? Hinzu kam, dass Pellegrini sich bei Videotelefonaten grundsätzlich unbeholfen fühlte. Er konnte auch den Drang vieler junger Menschen nicht nachvollziehen, sich ständig selbst zu fotografieren. Und einem pixeligen Bild zweier Menschen auf einem Monitor sein Beileid auszusprechen war grotesk und unheimlich.

Dottor El Gato meldete sich, konnte jedoch keine neuen Erkenntnisse liefern. Das Opfer hat regelmäßig geringe Mengen Aufputschmittel wie Amphetamine genommen und hatte zum Tatzeitpunkt 0,3 Promille Alkohol im Blut sowie Reste von Acetylsalicylsäure. Die Beule am Kopf hat gegebenenfalls zur Ohnmacht geführt, aber keine weiteren Folgen gehabt, was Giulio Mori endgültig entlastete. Für die Aufklärung half es ihnen nicht weiter.

Pellegrini hatte Cunego zu Danbi Jeong geschickt, um sie ein weiteres Mal zu verhören. So hatten sie immerhin erfahren, dass sie sicher war, die Wohnungstür offen stehen gelassen zu haben. Weiterhin beharrte sie allerdings darauf, dass im Angebot bei Airbnb eine andere Hausnummer gestanden hatte, und da Pescatori sie am Bahnhof abgeholt hatte, hatte sie nie darauf geachtet, welche Ziffer am Hauseingang zu lesen war. Cunego fand tatsächlich zwei Vermietungsprofile: Die Anbieter waren einmal Sara und Ivan Pescatori mit der Adresse

Via dei Mille 11 und einmal nur sein Name mit der richtigen Hausnummer 9. Sara Mori versicherte glaubhaft, nichts davon gewusst zu haben. Sie kamen zu dem Schluss, dass Pescatori wohl einen Vorteil darin gesehen hatte, dass nicht ein alleinstehender Mann, sondern ein Paar Gastgeber war. Oder er wollte etwas Verwirrung stiften, damit niemand merkte, wie oft er die Wohnung vermietete. Wenn sie nicht noch einen Gast fanden, mit dem Pescatori Probleme bekommen hatte und der an jenem Montagabend zurückgekommen war, um ihn zu töten, blieb die Vermietung in Pellegrinis Augen eine kleine Sache.

Am späten Mittag hatten die IT-Experten das Passwort von Pescatoris Laptop entschlüsselt, und Pellegrinis Team wühlte sich durch Abertausende Bilddateien, ohne etwas zu finden, das mit der Tat in Verbindung zu stehen schien. Einzig ein Ordner, in dem Pescatori Fotos von Aktionen gegen Alessàndro gesammelt hatte, erregte kurz ihre Aufmerksamkeit. Da war die erwähnte Attacke mit eimerweiser gelber Farbe auf die Volta-Statue, einige Transparente an Brückengeländern, ein Auto, vermutlich vor dem Büro der Agentur, bei dem man die Luft aus den Reifen gelassen hatte. Alle Aktionen beschränkten sich darauf, Aufmerksamkeit zu erregen, oder waren vergleichsweise harmlose Sachbeschädigungen. Es gab keine Hinweise auf den oder die Täter.

Sollte es unter den Bildern Material geben, mit dem man jemanden erpressen konnte, so mussten sie tiefer graben. Eine deprimierende Aussicht, weil sie noch immer nicht wussten, wonach sie suchten. Nach wie vor bestand auch noch die Möglichkeit, dass Pescatori einen Ausflug in eins der Casinos in der Umgegend gemacht hatte. Die Aussage von Giulio Mori, er habe leidenschaftlich gern Poker gespielt, hatte seine Schwester bestätigt. Er sei bevorzugt ins Casino von Mendrisio gefahren.

Pellegrini hielt Pescatoris plötzlichen Reichtum für die heißeste Spur. Doch er musste allen Hinweisen nachgehen. Und inzwischen nervte es ihn gehörig, dass er immer mehr alternative Erklärungen fand, sobald er versuchte, eine Möglichkeit auszuschließen.

Und so verging der weitere Tag mit mühseliger Recherche, bis ein Anruf am frühen Nachmittag Pellegrini aus dem Bürotrott riss. Verwundert blickte er auf die Nummer. Seine Schwester Alessandra rief ihn so gut wie nie an. Sofort beschlich ihn ein ungutes Gefühl.

»*Pronto*, Lexi.«

»Marco, tausend Mal Entschuldigung, dass ich dich störe, aber es ist wirklich dringend.«

»Ist was passiert?«

»Nein, keine Sorge, es geht allen gut. Nur Carlo sieht das sicherlich anders, wenn ihn nicht jemand innerhalb der nächsten Stunde ins Rathaus bringt.«

Pellegrini schwieg. Er ahnte, was als Nächstes kommen würde.

»Bitte, könntest du ihn fahren?«

»Unmöglich. Er soll sich ein Taxi nehmen.«

»Ausgeschlossen. Du kennst ihn: Das ist eine Familienangelegenheit. Ich diskutiere schon den halben Tag mit ihm. Ich kann hier nicht weg. Valentinas Kleiner ...«

»... ist krank, weiß ich. Ich habe heute Morgen *Mamma* in der Bar getroffen. Aber warum machst du jetzt die Schicht, ich dachte, Paolo wollte kommen?«

»Ist doch jetzt egal, es geht um Carlo. Bitte, Marco!«

Er verdrehte die Augen. Er konnte sich schlecht weigern. Alessandra würde ihn niemals bitten, wenn sie nicht schon alle anderen Möglichkeiten ausgeschöpft hätte.

»*Nonno* ist sogar bereit, mit der Seilbahn runterzukommen. Du müsstest ihn nicht in Brunate abholen, sondern kannst ihn an der Talstation einsammeln.«

»Carlo fährt freiwillig mit der *funicolare*? Ich hätte gewettet, er nimmt sich eher einen Gleitschirm.«

»Da hast du es.«

»Also gut. Ich bin in spätestens einer Viertelstunde an der Piazza.«

»Du bist ein Held, großer Bruder. *Ciao!*«

Wenige Minuten später stieg Pellegrini an der Talstation aus und öffnete die Beifahrertür des Alfa Romeo. Carlo Pellegrini humpelte ihm so schnell er konnte entgegen. Sein Stock klapperte über den Asphalt.

»*Salve*, Marco, mein lieber Junge.« Carlo sah mit seinen wässrigen Augen zu Pellegrini auf und ergriff seine Hände. »Jetzt werde ich sogar mit einem Polizeiwagen gefahren. Dass ich das noch erleben darf.«

Pellegrini schmunzelte nachsichtig und reichte ihm den Arm, um ihm beim Einsteigen zu helfen. »Du hättest ein Taxi nehmen sollen. Dann wäre dir auch die Fahrt mit der Seilbahn erspart geblieben.«

Carlos Miene verzog sich zu tausend Fältchen. Er reichte Pellegrini den Stock und zwinkerte ihm verschwörerisch zu. »Das kommt überhaupt nicht infrage. Wir sind eine Familie, und wir müssen zusammenhalten.« Er ließ sich auf den Sitz fallen.

Pellegrini verstaute den Stock, schlug die Tür zu und setzte sich hinters Steuer.

»Zum Rathaus also. Wieso geht *Papà* nicht zu dem Termin?«, fragte er, nachdem er losgefahren war.

»Er hat genug zu tun. Ich kann das gut übernehmen.«

»Ich dachte, deine Aufgabe besteht darin, im Speisesaal

von Tisch zu Tisch zu wandern und den Gästen *buon appetito* zu wünschen.«

»Und ihnen auf die Nerven zu gehen. Das wolltest du doch sagen, nicht wahr?« Carlo hob mit gespieltem Vorwurf den Zeigefinger.

»Das würde ich nie behaupten, ich habe doch Respekt vor meinem *Nonno*.« Pellegrini lächelte. Das hatte er wirklich, der Mann hatte in seinem Leben einiges durchgemacht. Aber das bewahrte ihn nicht vor wohlwollendem Spott. Der alte Mann nahm ihm das nicht übel, das wusste er ganz genau. Er war aus anderem Holz geschnitzt als sein Sohn Amerigo.

»Ich fürchte, heute bin ich eher deiner Schwester auf die Nerven gegangen«, beklagte Carlo reumütig. »Danke, dass du mich fährst.«

»Was gibt es eigentlich so Dringendes?«

Carlo öffnete den Reißverschluss seiner Jacke und holte einen dicken A4-Briefumschlag heraus. »Ich habe einen Termin bei der Commissione per il Paesaggio.« Der alte Mann klopfte wichtigtuerisch auf den Umschlag.

»Wie bitte? Wo?«

»Ach, mein Junge, das solltest du aber noch wissen. Die Kommission, die prüft, ob sich eine bauliche Veränderung in das Landschaftsbild einfügt. Ja, sie sind streng, die *comaschi*, und das ist auch richtig so.« Er lächelte versonnen.

Wider Willen lachte Pellegrini laut auf. »Das glaube ich jetzt nicht! Wenn ich an die Geschichten denke, die *Papà* über den Umbau des Albergo erzählt, dann wärst du an manchen Tagen am liebsten bewaffnet ins Rathaus geritten und hättest allen Kommissionen und Baubehörden den Garaus gemacht. Speziell die Commissione per il Paesaggio hast du als Inquisition bezeichnet. Ausschließlich dazu da, Hoteliers zu schikanieren und Schmiergelder zu kassieren.«

»Dann weißt du also doch noch, wer das ist«, brummte Carlo beleidigt. »Um dich zu beruhigen: Schmiergeld habe ich keins bei mir.«

»Das möchte ich dir auch geraten haben. Natürlich weiß ich, wer die sind. Ich bin eher verwirrt, was du von denen willst. Worum geht es?«

»Sie sollen einen Antrag prüfen.« Carlo sagte das, als sei sein Anliegen das Selbstverständlichste der Welt.

»Für den Albergo?«

»In gewisser Weise.«

Pellegrini bog auf den Parkplatz nahe dem Rathaus ein. Zu seiner Erleichterung fand er sofort eine Lücke. Er half seinem *Nonno* beim Aussteigen und bot ihm den Arm an, was Carlo dankbar annahm.

In gemächlichem Tempo betraten sie das Gebäude und schlurften über die Gänge.

»Was ist es für ein Antrag?«, versuchte Pellegrini es noch einmal.

»Wirst du noch früh genug erfahren. Jetzt hilf mir bitte, was steht da auf dem Schild?«

»Die Kommission sitzt im zweiten Stock. Da ist der Aufzug.«

In der zweiten Etage ging Carlo schweigend den Gang entlang und studierte aufmerksam die Schilder an den Türen.

»Soll ich mit reinkommen?«, fragte Pellegrini, als sie das richtige Büro gefunden hatten.

»Nein, warte hier. Es dauert nicht lange, hoffe ich.«

Unruhig wanderte Pellegrini den Flur auf und ab, betrachtete die Aushänge an einer Pinnwand, ohne ein Wort von dem aufzunehmen, was er da las. Hoffentlich irrte

Nonno sich nicht und es ging wirklich schnell. Er konnte sein Team nicht ewig allein weitermachen lassen, außerdem würde Sergente Torriani sich sicher bald melden.

Er betrachtete die Tür, hinter der Carlo verschwunden war. Zu behaupten, er wäre neugierig, wäre übertrieben, aber er würde schon gern wissen, um was es ging. Seit der Wiedereröffnung des *Albergo Pellegrini* Anfang der neunziger Jahre hatte es keine baulichen Veränderungen mehr gegeben. Carlos Traum von einem Speisesaal mit Panoramafenster war der Grund für langwierige Auseinandersetzungen mit genau dieser Behörde gewesen, so viel wusste er. Es hatte zwei Jahre gedauert, aber am Ende erhielten sie die Genehmigung und durften den gläsernen Speisesaal an das über einhundert Jahre alte Hotelgebäude anbauen. Die Mühen hatten sich gelohnt, darin waren sich am Ende alle einig.

Der Umbau des alten Gartenhauses hätte noch angestanden, war jedoch über das Planungsstadium nie hinausgekommen, da es zum Zerwürfnis zwischen Marco und seinem Vater gekommen war. Plante die Familie jetzt etwas Neues? Ohne ihm davon zu erzählen?

Nach weiteren endlosen Minuten kam Carlo endlich freudestrahlend aus dem Büro. »Nun ist es auf dem Weg, noch rechtzeitig. Danke, mein lieber Junge!« Er machte eine unbeholfene Verbeugung.

Lächelnd stützte Pellegrini ihn und nickte dem Beamten zu, der kurz zurückwinkte und die Tür des Büros zuzog. »Es freut mich, dass ich helfen konnte, *Nonno*. Aber jetzt verrat mir, worum es geht.«

»Wieso?«

»Findest du nicht, dass es mich etwas angeht?«

»Ganz und gar nicht. Du hast entschieden, dich aus dem Familienbetrieb herauszuhalten.« Carlo grinste listig.

Pellegrini schwieg. Unvermittelt kochte die alte Wut in ihm hoch. »Falsch. Ich halte mich raus, das stimmt. Aber ich habe mich nicht freiwillig so entschieden!«, stieß er mit mehr Bitterkeit hervor, als er beabsichtigt hatte. Denn sein *Nonno* hatte nichts mit dem Streit zwischen Vater und Sohn zu tun – im Gegenteil: Er hatte eher für seinen Enkel Partei ergriffen.

Auch jetzt tätschelte er sofort begütigend Pellegrinis Hand. »Tut mir leid, mein Junge, ich weiß. Aber bitte habe ein wenig Geduld. Ich möchte noch nichts verraten. Es wird ein langer Weg, und am Ende scheitern wir vielleicht an diesen bürokratischen Ungeheuern. Du wirst es rechtzeitig erfahren.« Energisch reckte er das Kinn und marschierte auf den Aufzug zu.

Pellegrini nickte wenig besänftigt. Vielleicht, musste er zugeben, hatte er es sich selbst zuzuschreiben, dass er nicht einbezogen wurde. Jede noch so harmlose Bemerkung konnte sich sofort zu einem Streit auswachsen. Das hatte er erst vor wenigen Wochen wieder erfahren, als er seinem Vater gegenüber angemerkt hatte, dass der Pool allmählich eine Modernisierung vertragen könnte. Außerdem hatte er selbst einen kategorischen Schlussstrich verlangt, als er dem Albergo den Rücken gekehrt hatte. Er stand für das Familienunternehmen nicht zur Verfügung, Ende der Geschichte. Dass er morgens für ein paar Minuten hinter der Theke der *Bar della Funicolare* stand, zählte nicht. Die Bar war nur ein Anhängsel.

Und trotzdem nagte es an ihm, dass die Familie ihn bei dieser offenbar größeren Sache außen vor ließ und sich niemand für seine Meinung interessierte. So verlief die Rückfahrt zur Talstation der Seilbahn in eisigem Schweigen. Falls Carlo darauf gehofft hatte, dass Pellegrini ihn hinauf nach Brunate fuhr, ließ er sich das nicht anmerken.

Ohne zu protestieren, stieg er in die Kabine und winkte zum Abschied.

Pellegrini tat, als bemerkte er es nicht. Er wollte so schnell wie möglich wieder an seine eigentliche Arbeit – die, für die sich immerhin ein paar Menschen interessierten, nicht zuletzt die Angehörigen des Opfers. Es war immer ganz gut, sich ab und zu klarzumachen, für wen man etwas tat und warum.

5

Pellegrini hatte gerade das Großraumbüro betreten und hielt Ausschau nach seinen Ispettori, als Sergente Torriani anrief. »Sara Mori hat sich vor ein paar Minuten mit einem jungen Mann getroffen. Die beiden sitzen hier gegenüber vom Dom und streiten sich.«

»Kommt Ihnen der junge Mann bekannt vor?«

»Er war nicht unter denen, die wir bisher vernommen haben. Dem Aussehen nach ist er einer von diesen Autonomen. Er scheint mir ein paar Jahr älter als Mori zu sein.«

»Bleiben Sie, wo Sie sind. Ich komme. Melden Sie sich, wenn die beiden den Platz verlassen.«

»Soll ich sie festsetzen?«

»Nein. Ich will erst wissen, wer er ist.« Er hatte es doch geahnt. Im Laufschritt verließ er das Büro und rief nach einem Wagen. Nur wenige Minuten später setzte ihn ein Sergente am Piazza Cavour nahe der Uferpromenade ab. Pellegrini rannte in Richtung Dom. Er hatte entschieden, dass es unauffälliger war, wenn er nicht mit dem Polizeiwagen durch die Fußgängerzone donnerte. Es gab neuerdings Fahrradstreifen, die innerhalb der alten Stadtmauern unterwegs waren, aber das half ihm jetzt auch nicht weiter.

Er hätte Sergente Torriani beinahe nicht erkannt. Der lehnte gegen eine der Säulen des Broletto und spielte mit seinem Smartphone. Ein eng um die breiten Schultern sitzendes schwarzes T-Shirt und die verspiegelte Sonnenbrille verliehen ihm den Anstrich eines Türstehers, der sich bei Tage verlaufen hatte. Pellegrini blieb neben ihm stehen und räusperte sich.

Torriani schaute kaum auf. »Zweiter Tisch von rechts, da drüben unter dem roten Sonnenschirm. Keine Sorge, die sind vollkommen mit sich selbst beschäftigt. Inzwischen hat sie sich an seiner Schulter ausgeheult.«

War es nicht verständlich, dass Sara Trost bei einem Freund suchte?

»Bleiben Sie hier und behalten Sie die beiden im Auge.«

»Geht klar.«

Pellegrini schlenderte im weiten Bogen näher an den Tisch heran. Als er nur wenige Meter hinter Sara Mori stand, verstand er, warum Torriani aufmerksam geworden war. Der junge Mann war komplett schwarz gekleidet. Strähnige schwarze Haare sowie mehrere entzündete Piercings und Pickel, die sein Gesicht verunstalteten, erzeugten einen ungepflegten Eindruck. Er hatte einen Stiernacken mit einer Tätowierung, die Pellegrini nicht genau erkennen konnte. Sie wirkte allerdings sehr martialisch. Dagegen sah Sara aus wie eine verkleidete Teilzeit-Anarchistin. Noch bedeutsamer war für Pellegrini allerdings, dass der Fremde große kräftige Hände hatte und er ihm noch dazu von irgendeinem der gefühlt tausend Fotos, die er heute durchgesehen hatte, bekannt vorkam.

Er ging an den Tisch, sprach Sara an, fixierte dabei jedoch ihr Gegenüber. »Mir scheint, dass Sie bei der Aufzählung heute einen Ihrer Freunde vergessen haben, Signorina Mori. Darf ich erfahren, wer Sie sind?«

Die junge Frau sprang auf. Der Mann fluchte, griff nach seinem Glas und schleuderte es Pellegrini ins Gesicht. Der dicke Glasboden traf ihn hart am Wangenknochen, Flüssigkeit spritzte ihm in die Augen. Pellegrini schlug die Hände vors Gesicht und taumelte. Das Glas krachte auf den Boden und zersprang. Um sie herum Geschrei und Gepolter.

Pellegrini wischte sich mit dem Unterarm über die Augen. »Sofort stehen bleiben!« Er sah immer noch verschwommen, versuchte, sich aus dem Durcheinander zu befreien, doch zu allen Seiten versperrten Tische, Stühle oder Menschen den Weg. Pellegrini stolperte nach vorne, warf einen Stuhl zur Seite, als ihn jemand packte.

»Er hat nichts getan, er hat es geschworen! Lassen Sie ihn in Ruhe!« Sara hängte sich mit aller Kraft an seinen Arm.

Pellegrini versuchte sich loszumachen, doch es war bereits zu spät. Der Mann hastete um die nächste Straßenecke. Jetzt konnte er nur hoffen, dass Torriani ihn kriegen würde. Er riss sich endgültig von Sara los und betastete seine schmerzende Wange. Die Haut war aufgeplatzt, blutete aber zum Glück kaum, doch unter der leichten Berührung explodierte der Schmerz und pochte hinauf bis in die Schläfe. Sara stand mit betretener Miene neben ihm.

Er funkelte sie wütend an. »Sieht so aus, als hätten wir es hier mit der weniger friedfertigen Abteilung Ihrer Protestbewegung zu tun, was?«, knurrte er. »Wer war das?«

Sara riss die Augen auf. »Er hat wirklich nichts getan!«

Die Leute um sie herum hatten sich wieder hingesetzt. Natürlich hatte niemand es für nötig befunden, den Flüchtenden aufzuhalten. Stattdessen reckten sie sensationslüstern die Hälse.

Pellegrini packte Sara am Arm, warf einen Stuhl zur Seite und bahnte sich mit dem Mädchen im Schlepptau einen Weg zu den Arkaden vor der Bar, abseits von allzu neugierigen Ohren – wobei es ihm allmählich gleichgültig war, wer von seinen Ermittlungen etwas mitbekam.

»Ich will jetzt und hier hören, wer das ist und was dieser

Schlächter mit der Sache zu tun hat! Lüg mich nicht weiter an, *ragazzina*! Liegt das in der Familie? Ich dachte, Ivan war euer Freund! Dann hilf mir, den zu finden, der ihm das angetan hat!«

Statt einer Antwort schlug die junge Frau mit der Faust gegen seine Brust. Es war eher eine hilflose Geste, kein kraftvoller Schlag, doch Pellegrinis Reflexe waren in Alarmbereitschaft. Er packte sie und drückte ihre Handgelenke gegeneinander, bis sie gequält aufkeuchte.

»Sie tun mir weh!« Vergeblich versuchte sie, sich aus seinem Griff zu befreien.

Pellegrini hielt sie fest. »Ich kann Sie auch in Handschellen abführen lassen, wenn Ihnen das lieber ist.« Ein Blutstropfen rann ihm über die Wange. Er versuchte, es zu ignorieren, genau wie den einsetzenden Kopfschmerz, doch seine Konzentration litt. Vor seinen Augen tanzten schwarze Punkte.

Endlich beruhigte Sara sich und hörte auf, sich zu wehren. »Ich wollte doch nur ... Es war wegen Giulio, er war völlig fertig, hat sich tierisch besoffen.«

Pellegrini ließ sie los. Er lehnte sich gegen die Hauswand, betastete erneut seine Wange und unterdrückte mit Mühe ein Stöhnen. Auf seinen Fingerspitzen glänzte Blut.

Ein Kellner kam auf ihn zu, deutete auf den Tisch und das zerbrochene Glas. »Entschuldigung, aber der Herr hat nicht bezahlt.«

»Dann wenden Sie sich am besten an seine Freundin.« Pellegrini wies auf Sara und angelte mit der anderen Hand seinen Dienstausweis hervor. Der Kellner nickte und hielt ihr auffordernd die Hand unter die Nase.

Sie zischte eine Verwünschung und riss einen Zehneuroschein aus der Hosentasche.

Pellegrini verscheuchte den Kellner mit einer Geste. »Jetzt

noch mal von vorne. Ganz von vorne«, grollte er. »Tun wir so, als ob wir uns heute nicht schon mehrere Stunden in der Questura um die Ohren geschlagen hätten. Ich höre.«

Sie schluckte mehrmals. »Wir waren bei Ivan. Am Montag. Nachdem er sich mit Giulio geprügelt hat. Deswegen waren wir da.«

»Wer *wir*? Ich dachte, Sie hätten im Zug aus Mailand gesessen?«

»Nein.« Sie schaute ihn zerknirscht an. »Ich war schon mittags wieder in Como. Bin schwarzgefahren. Habe Sergio mein *telefonino* geliehen. Der ist schon zu häufig erwischt worden und wollte es nicht noch mal riskieren.«

»Wer ist Sergio? Ihre charmante, Gläser werfende Begleitung?«

»Nein.« Sie grinste schief. »Dem würde ich freiwillig gar nichts leihen. Sie haben schon recht, er ist ein bisschen schwierig.«

Pellegrini merkte auf. Hatte er soeben den Mörder entkommen lassen?

Als hätte sie seine Gedanken gelesen, winkte Sara hastig ab. »Ich meine damit nicht, dass er etwas mit Ivans Tod zu tun hat. Er hat auch gute Gründe, so zu sein, er ist sein Leben lang nur verarscht worden. Er kann kein Vertrauen zu anderen Menschen aufbauen.«

Pellegrini schloss für einige Sekunden die Augen. Das Pochen in seinem Kopf ließ nicht nach.

»Signor?«

Er wandte den Kopf.

Der Kellner hielt ihm ein zerknülltes Geschirrtuch hin. »Hier, kühlen Sie Ihre Wunde. Sie sind ganz blass. Geht es Ihnen gut?«

»Danke. Es geht schon.« Er nahm das feuchte Bündel und presste es auf seine geschwollene Wange.

Sara zog die Unterlippe durch die Zähne und blickte zu Boden. »Kann ich irgendetwas tun?«, fragte sie schüchtern.

»Reden! Sie können endlich reden, zur Hölle!«

»Es war alles so, wie Giulio Ihnen gesagt hat. Wir haben uns am Tempio Voltiano getroffen. Aber als Giulio immer nervöser wurde, habe ich mich irgendwann davongemacht, um nach Ivan zu sehen. Orso ist mit mir gekommen. Er wollte nicht, dass ich abends allein durch die Straßen ziehe. So kann er auch sein.«

»Il Orso? Er nennt sich *Bär*?«

»Sein Künstlername. Kennen Sie seine Tags nicht?«

»Seine was?«

»Tags. Graffiti, die aus einem Wort, einem Kürzel bestehen. Das Wort *Orso*, das Sie in der ganzen Stadt an beinahe jeder grauen Wand sehen.«

»Ein Schmierfink.«

»Es ist seine Art von Protest. Sein Motto lautet: *Alles Graue dieser Wände ist die Fantasie, in der wir leben.* Er will das Graue beseitigen. Deshalb sind seine Tags auch bunt.«

»Wie heißt er richtig? Wo wohnt er?«

»Weiß ich nicht. Mal hier, mal da.« Sara hielt inne, betrachtete weiterhin konzentriert den Boden. »Er hat mich nur begleitet, mehr nicht. Die Tür stand sperrangelweit offen, als wir bei der Wohnung ankamen. Orso hat auf der Galerie gewartet. Ivan hat was gegen ihn.«

»Kann ich nachvollziehen. Hat er ihm auch mal ein Glas ins Gesicht gedonnert?« Pellegrini drückte den provisorischen Eisbeutel gegen seine Wange.

»Ivan will nicht akzeptieren, dass wir nicht mehr zusammen sind. Zwischen Orso und mir läuft nichts, aber seine Existenz genügt, dass Ivan eifersüchtig ist – na ja, das beruht auf Gegenseitigkeit.« Ohne es zu merken, sprach auch sie von Ivan Pescatori, als lebe er noch.

»Offenbar haben Sie sich Sorgen um Ivan gemacht, sonst wären Sie nicht zu ihm gegangen«, bemerkte Pellegrini.

Sie ging nicht darauf ein. »In Ivans Wohnung war alles genau so, wie Giulio beschrieben hat. Das Wohnzimmer war ein Schlachtfeld. Keine Ahnung, wie die das gemacht haben. Ivan lag im Bett. Er war bei Bewusstsein, und ich habe ihm Aspirin gegeben. Ivan wollte partout nicht, dass ich einen Arzt rufe. Ich glaube, ihm war das alles peinlich. Er hat jedenfalls gemeint, er wäre morgen wieder okay.«

»Signor Commissario!« Torriani kam schnaufend angelaufen. Er war allein.

Pellegrini fluchte leise.

Der Sergente schüttelte den Kopf. »Ich hatte ihn beinahe. Aber dann ist er in ein Kaufhaus rein und hinten wieder raus und hat mich abgehängt. Ich habe die Kollegen alarmiert. Ich fürchte aber, unsere Chancen sind eher gering. Der macht das nicht zum ersten Mal.« Er stutzte. »Was ist passiert? Sie sind ganz blass.«

Pellegrini winkte ab. Er gestand es sich nur ungern ein, aber ihm war schwindelig. »Lassen Sie nach dem Kerl fahnden. Möglicherweise handelt es sich um den Mörder.«

Sara machte entsetzt einen Schritt zurück und verschränkte die Arme. »Er war es nicht! Ich bin mir absolut sicher!«

Pellegrini verengte die Augen zu schmalen Schlitzen. »Geben Sie ihm ein Alibi?«

»Wir haben uns voneinander verabschiedet, nachdem ich in der Wohnung war. Aber er sagt, er war es nicht.«

»Signorina Mori, Ihr Bekannter ist gewalttätig, er mochte Pescatori nicht. Er hatte Gelegenheit und ein Motiv: Eifersucht. Oder?«

Sie zuckte mit den Schultern. »Vielleicht.«

»Kümmern Sie sich um die Fahndung, Torriani.«

»Wird erledigt, Signor Commissario.« Der Sergente trat ein paar Schritte zur Seite und begann zu telefonieren.

»Bitte erzählen Sie zu Ende, Signorina. Wie lange waren Sie in der Wohnung?«

»Ich weiß es nicht genau. Es hat sicherlich nicht länger als zehn Minuten gedauert. Nachdem ich mit Ivan gesprochen hatte, war ich beruhigt. Ich habe Giulio nichts gesagt. Er mag es nicht, wenn ich mich einmische.«

»Von wann bis wann waren Sie in der Wohnung?« Pellegrini wurde langsam ungehalten.

»Vielleicht bis Viertel nach neun oder halb zehn? Kurz bevor ich wieder am See war, hat der Dom Viertel vor zehn geläutet.«

»Wie sind Sie überhaupt in die Wohnung gekommen?«

Sara war irritiert. »Habe ich doch vorhin schon gesagt: Die Tür stand offen. Deshalb habe ich sie auch einen Spaltbreit offen gelassen, als ich wieder gegangen bin.«

»Wieso das?«

»Wegen Danbi. Ich habe gesehen, dass der Zweitschlüssel vor dem Spiegel im Flur lag. Ich dachte, sie wäre kurz draußen.« Sie hielt inne und fixierte Pellegrini.

»Was ist?«, herrschte er sie an.

»Sie schwanken, Signor. Soll ich Ihrem Kollegen Bescheid geben?«

Pellegrini konnte sich nicht erinnern, ihr eine Antwort gegeben zu haben, als plötzlich Torriani in seinem Blickfeld auftauchte.

»Darf ich mal sehen? Ich kenn mich ein bisschen mit so was aus.« Fachkundig betastete der Sergente seine Wange.

Stöhnend versuchte Pellegrini ihn abzuwehren. »Es war doch nur ein Wasserglas.«

»Wenn Sie mich fragen, ist der Knochen angeknackst. Sie sollten das röntgen lassen, Signor Commissario.«

»Wozu? Selbst wenn der Knochen gebrochen ist, was nutzt mir diese Erkenntnis?«

»Dann machen Sie wenigstens Feierabend.«

»Kümmern Sie sich bitte darum, dass Signorina Moris korrigierte Aussage aufgenommen wird.«

»Nur wenn Sie zum Arzt oder nach Hause fahren.«

»Verzeihen Sie, Signor, Sie sehen echt scheiße aus«, sagte Sara Mori. »Das wollte ich nicht. Ich bin gegen Gewalt.«

»Das sollten Sie besser mal Ihrem Freund erklären. Aber es beruhigt mich, dass er Ihnen nicht damit imponiert, einen Polizisten angegriffen zu haben.«

»Tut er nicht.« Sie warf auch Torriani einen entschuldigenden Blick zu. Der bemühte sich um eine strenge Miene, doch er schien beeindruckt von Sara Moris kategorischer Aussage.

»Gut«, murmelte Pellegrini. »Ich gehe zur Promenade und rufe mir ein Taxi. Zwei oder drei Stunden Pause sollten reichen.«

»Ich begleite Sie.« Torriani wollte Pellegrini am Arm packen, besann sich aber eines Besseren.

»Ich auch«, fügte Sara hinzu.

Torriani grinste. »Das will ich meinen. Ich nehme Sie gleich mit in die Questura. Und dann erzählen Sie mir für das Protokoll alles, was Sie über diesen Typen wissen.«

Pellegrini war froh, dass er sicher genug auf den Beinen war, um ohne Hilfe bis zur Straße zu gelangen. Mit halbem Ohr hörte er zu, wie seine beiden Begleiter sich über irgendwelche Bands unterhielten. Offenbar teilten sie den gleichen Musikgeschmack.

»Signorina Mori, eine letzte Frage«, wandte er sich noch

einmal an das Mädchen mit den blauen Haaren, ehe er in das wartende Taxi stieg. »Glauben Sie wirklich, dass dieser Orso als Täter nicht infrage kommt?«

Sie zuckte ratlos mit den Schultern. Eine Antwort blieb sie ihm schuldig.

Pellegrini ließ sich direkt vor der Haustür absetzen. Die Wunde pochte, dazu hämmernder Kopfschmerz und Übelkeit. Mühsam schleppte er sich die beiden Stockwerke bis ins Dachgeschoss zu seinem Apartment hinauf.

Auf der Suche nach Schmerztabletten fand er Eisspray. Er konnte sich nicht erinnern, wann er es gekauft hatte oder wofür. Es war seit zwei Jahren abgelaufen und sollte nicht auf offenen Wunden angewendet werden. Er sprühte sich dennoch eine Ladung auf die Wange. Der Schmerz raubte ihm beinahe den Atem. Danach legte er sich ins Bett. Obwohl es in der Wohnung eher stickig war, fröstelte er. Als er die Decke bis ans Kinn zog, dachte er über die Ironie dieser Situation nach. Genauso hatte Pescatori im Bett gelegen. Doch falls ihn jemand erwürgen wollte, musste er die Wohnungstür aufbrechen. Und es gab keinen besten Freund, der ihn am nächsten Morgen entdecken würde. Nach dieser traurigen Erkenntnis erinnerte er sich an nichts mehr.

6

Als Pellegrini aufwachte, war es draußen dunkel. Er glaubte, viele Stunden geschlafen zu haben, doch seine Armbanduhr auf dem Nachttisch zeigte erst kurz nach neun. Stöhnend betastete er die geschwollene Wange. Die Wunde nässte und pochte nach wie vor unerträglich. Immerhin hatten die Kopfschmerzen etwas nachgelassen. Und er hatte Hunger, was er als gutes Zeichen deutete.

Er versuchte, eine bequeme Position zu finden und wieder einzuschlafen, doch vergeblich. Seine Gedanken kreisten um das Opfer und seine potenziellen Mörder, wollten sich jedoch nicht zu einem sinnvollen Bild zusammenfügen. Nach gut zehn Minuten sah er ein, dass es keinen Sinn hatte, länger liegen zu bleiben. Er brauchte dringend etwas zu essen.

Pellegrini stand auf, streifte sich ein rosafarbenes Poloshirt und eine dunkelblaue Jeans über und suchte nach seinem *telefonino*. Er wollte Sergio anrufen und ihn bitten, ihm eine Pizza zum Hintereingang des *Albergo Pellegrini* zu bringen, da er um jeden Preis vermeiden wollte, in seinem Zustand seiner Mutter über den Weg zu laufen. Er fand es zusammen mit dem Haustürschlüssel auf der Ablage neben der Haustür. Er drückte alle Knöpfe, doch nichts passierte. Frustriert starrte er auf das Gerät, bis er begriff, dass der Akku leer war. Kopfschüttelnd kehrte er zurück in den Wohnraum seines Apartments, umrundete das Ecksofa und ging zu einem breiten Tresen, der eine Küchenzeile optisch vom Rest abtrennte. Dort schloss er das

Handy an. Den Blick in den Kühlschrank sparte er sich. Er wusste, dass dort außer ein paar Flaschen Tonicwater, Mangochutney und Tomatenmark nichts zu finden war.

Nachdem er mehrmals überprüft hatte, dass er seinen Schlüssel dabeihatte, verließ Pellegrini das Haus. In den Albergo zu gehen, wagte er nicht, aber wenn er Glück hatte, war Paolo in der Bar. Dort bekam er wenigstens eine Handvoll Nüsse oder Chips.

Die frische Luft lichtete ein wenig den Nebel in seinen Gedanken, dafür wurde der Kopfschmerz durch die Bewegung wieder stärker. Bevor er die *Bar della Funicolare* betrat, spähte er von der Straße ins Innere. Erleichtert atmete er auf, als er seine Schwester sah. Sie würde bei seinem Anblick nicht gleich befürchten, der Angriff der Klonkrieger habe begonnen.

»*Madonna mia*, Marco! Wie siehst du denn aus?«

Was aber nicht bedeutete, dass sie ohne besorgte Fragen auskam.

»*Salve*, Lexi. Es sieht schlimmer aus, als es ist.« Er unterdrückte den Impuls, nach der Wunde zu tasten, und ging auf die Bar zu. Der Carabiniere Emilio Folisi saß in Jeans und T-Shirt vor einem Glas Weißwein am Tresen und las die *Gazzetta dello Sport*. Er verzog das Gesicht zu einer mitfühlenden Grimasse, enthielt sich aber eines Kommentars, wofür Pellegrini ihm sehr dankbar war.

Er wandte sich an seine Schwester, die bereits ein sauberes Handtuch ausgebreitet hatte und Eiswürfel daraufschaufelte.

»Ist Sergio in der Hotelküche? Kannst du mir eine Pizza besorgen?«

»Wenn du hier die Stellung hältst?« Sie verdrehte die Enden des Handtuchs zu einem kompakten Paket und reichte es ihm. »Ohne umzukippen?«

»Mir hat heute Nachmittag so ein Idiot ein Wasserglas ins Gesicht geschleudert. Ich habe aber vorhin ein paar Stunden geschlafen. Es geht mir schon wieder besser«, log er. »Ich brauche vor allem etwas zu essen.« Das entsprach der Wahrheit.

»Gib mir zehn Minuten.« Alessandra verschwand im Durchgang hinter der Theke.

Dankbar presste Pellegrini das Handtuch gegen seine Wange. Er ging hinter die Bar und goss sich ein Glas Weißwein ein.

»Prügelei?«, fragte Folisi und prostete ihm zu. »Falls du Schmerzmittel nimmst, solltest du auf den Alkohol besser verzichten.«

»Misslungenes Verhör. Und du? Hast du kein Zuhause?«

»Felicitas ist mit Don Volpe unterwegs. Erinnerst du dich? Sie engagiert sich seit letztem Jahr für diese Gruppe, die Frauen hilft, die von ihren Ehemännern verprügelt werden. Oder Schlimmeres.« Folisis Miene verzog sich erneut schmerzhaft. »Der Bedarf ist erschreckend.«

Pellegrini nickte. Er hatte, häufiger als ihm lieb war, mit Fällen häuslicher Gewalt zu tun.

»Felicitas hat vor gut zwei Stunden einen Anruf bekommen: Eine Frau, die von ihrem Freund im Streit gewürgt wurde, bis sie fast bewusstlos war. Sie konnte aus der Wohnung fliehen. Don Volpe beziehungsweise die Kirche hat vor ein paar Monaten ein leer stehendes Haus in Civiglio zur Verfügung gestellt. Dort bringen sie die Frau jetzt für ein paar Nächte unter.«

Pellegrini fiel nichts ein, was er dazu sagen könnte. Er lehnte sich gegen die Theke, drückte das Handtuch gegen die Wange und genoss die betäubende Wirkung der Eiswürfel. Wenig später bediente er ein französisches Pärchen, das sich an einem der vier winzigen Tische am Fenster niedergelassen hatte und den Tag mit einem Aperitivo ausklingen ließ. Dann kam auch schon Alessandra mit einer dampfenden Pizza zurück.

»Margherita mit Mozzarella di Bufala, Basilikum und Kapern. Den Knoblauch hat Sergio weggelassen. Er war der Meinung, das könntest du deinen Ispettori nicht zumuten. *Buon appetito.*« Sie schob ihm außerdem eine Packung Schmerzmittel über die Theke.

Obwohl er Hunger hatte, wurde Pellegrini von dem Geruch beinahe wieder übel, und er war erleichtert, dass Sergio im Sinne seiner Mitarbeiter gehandelt hatte. Knoblauch hätte er jetzt nur schwer ertragen. Er setzte sich neben Folisi an die Theke und begann zu essen.

»Sind die für mich?« Er wies auf die Packung.

»Ich gehe nicht davon aus, dass du Schmerzmittel zu Hause hast.«

»Du kennst mich gut. Deshalb bist du auch meine Lieblingsschwester.«

»Idiot.« Alessandra lachte, klaute ihm eine Pizzaecke und biss hinein. »Ich bin deine einzige Schwester. Und ich würde sagen, wir sind quitt. Danke noch mal, dass du *Nonno* heute Mittag gefahren hast.«

»Keine Ursache. Aber er hat mir nicht verraten, was er wollte.«

»Guck mich nicht so an, Marco, ich habe keine Ahnung. Er macht ein fürchterliches Gewese, und am Ende gibt es wieder Krach mit *Papà*. Wetten?«

»Nein, da halte ich nicht gegen.«

Donnerstag, 17. Mai

I

Um kurz nach neun Uhr am nächsten Morgen verließ Pellegrini gemeinsam mit Spagnoli die Questura. Er fühlte sich vollkommen erschlagen. Immer wieder hatte er sich im Schlaf auf die verletzte Gesichtshälfte gelegt und war von einem stechenden Schmerz aufgewacht, der von der Wunde durch den Kopf in seinen Körper zog.

Zugleich verstärkte sich der Eindruck, in den letzten Tagen höchst unproduktiv gewesen zu sein. Immerhin konnte er seinen Kopfschmerz mit den Ibuprofen, die Alessandra ihm gegeben hatte, im Zaum halten. Die entsetzten Blicke der Kollegen wegen seiner angeschwollenen und rot-blau verfärbten Wange ignorierte er, so gut es ging. Er hatte sich selbst erschrocken, als er am Morgen in den Spiegel geschaut hatte, und lieber auf die Rasur verzichtet, um der offenen Wunde nicht mit Rasierschaum zu nahe zu kommen. Außerdem war er auf direktem Wege mit dem Taxi in die Questura gefahren, damit er niemandem begegnete – insbesondere nicht seiner Mutter. Von Sara Moris Bekanntem fehlte jede Spur. Die Fahndung lief auf Hochtouren und war inzwischen auf die Nachbarländer ausgedehnt worden.

Frustriert blickte Pellegrini sich auf dem Parkplatz der Questura um. »Welches Auto?«

Spagnoli lachte. »Woher soll ich das wissen? Du hast die Schlüssel abgeholt. Kannst du überhaupt fahren?«

»Geht schon.« Er hielt den Autoschlüssel in die Höhe und drückte auf die Fernbedienung. Einer der beiden hellblauen Alfa Romeo blinkte auf. Sie stiegen ein und machten sich auf den Weg zum Büro von Alessándro.

»Was haben wir übersehen, Claudia?«, begann Pellegrini, während er durch den ruhigen Vormittagsverkehr lenkte. »Was übersehen wir immer noch? War es wirklich Eifersucht? Dieser Orso mag am Rande der Gesellschaft leben, aber irgendwie passt das alles nicht zusammen. Der Zeitpunkt, diese unnötige Brutalität – das wirkt auf mich nicht plausibel.«

»Wenn du einen Beweis für seine Brutalität brauchst, musst du nur in den Spiegel schauen.«

»Ich bin Polizist, das hat er auch ohne Uniform erkannt. Ich bin ein Feind, und ich habe ihn bedroht. Pescatori hat friedlich in seinem Bett geschlafen. Das kann man nicht vergleichen.«

Spagnoli seufzte. »Es fällt mir schwer, ein Muster zu erkennen. Aber vielleicht gibt es gar keins, und Pescatori ist doch Opfer eines zufälligen Raubmordes.«

»Ein Raubmörder, der irgendwie ins Haus gelangt und in die Wohnung spaziert ist? Um dann, statt die teure Kamera und andere Wertgegenstände mitzunehmen, den Bewohner erwürgt und mit leeren Händen wieder von dannen zieht?«

Spagnoli lachte gequält. »Klingt reichlich an den Haaren herbeigezogen. Wobei du die Ducati vergessen hast. Ich bin gespannt, ob Cunego den Schlüssel findet.«

Bevor sie die Questura verlassen hatten, war Cunego mit zwei Kollegen aufgebrochen, um Pescatoris Wohnung erneut auf den Kopf zu stellen. Der verschwundene blaue Schlüssel gab ihnen Rätsel auf.

»Wenn der Schlüssel der Grund war«, fasste Pellegrini zusammen, »müssen wir nur den finden, der zum einen überhaupt von der Ducati wusste und zum anderen auch

Kenntnis davon hatte, wo sie sich befindet und dass er genau diesen Schlüssel benötigt. Und der außerdem die Gelegenheit nutzen konnte, dass Danbi Jeong bei ihrem überstürzten Aufbruch die Tür offen stehen gelassen hat.«

Spagnoli schwieg. Diese Konstruktion befriedigte sie beide nicht, es war unnötig, das auszusprechen.

»Konzentrieren wir uns jetzt erst einmal auf Alessàndro. Bitte wiederhol noch einmal alles, was du gestern in Mailand erfahren hast.«

»Nichts.«

»Die Langfassung.«

»Marco, muss das sein?«

Ein scharfer Seitenblick ließ sie auf dem Beifahrersitz zusammensacken. Pellegrini hatte dieses Verhalten, das sie manchmal ganz unvermittelt an den Tag legte, noch nie begriffen, aber er hatte auch noch nie das Bedürfnis verspürt nachzufragen – denn am Ende war das der einzige Grund: ihn zu einer Nachfrage zu provozieren.

Grummelnd zog Spagnoli ihr Handy aus der Tasche, in das sie Notizen eintippte.

»Ich habe mit Dottor Danilo Costa gesprochen. Sein Kollege heißt Alberto Canotti. Er ist Mechatroniker und promoviert an der Universität in der Forschungsgruppe *Physik für Umwelt, Gesundheit und Gesellschaft* über spektrale Lumineszenzemission von Silizium. Frag mich jetzt nicht, was das bedeutet. Ich habe nachgefragt, aber die Antwort nicht verstanden. Es hat irgendwas mit der Energieausbeute der Photovoltaik-Module zu tun. Danilo Costa ist Physikingenieur. Er beschäftigt sich mit hochpassivierenden Beschichtungssystemen. Dazu hat er mir ein Poster mit lauter Diagrammen und chemischen Formeln gezeigt, das ich abfotografiert habe, falls du es ganz genau wissen willst.« Sie hielt ihm ihr *telefonino* vor die

Nase, aber er zog es vor, sich auf den Straßenverkehr zu konzentrieren.

»Diese beiden haben zusammen mit Alessändro ein Start-up gegründet, eine Gesellschaft mit beschränkter Haftung.«

»So ist es. Gesellschafterin und Geschäftsführerin ist wiederum diese Susanne Gassner aus Zürich. Das Unternehmen ist in Mailand als Alessändro s.r.l. eingetragen, ruht aber zurzeit. Hast du dir eigentlich mal die Webseite angesehen?«

»Bisher nicht. Sollte ich?«

Spagnoli winkte ab. »Ich denke nicht, dass es etwas bringt. Aber schaden kann es nicht, wenn du mal einen Blick darauf wirfst. Im Grunde ist dort das gesamte Marketingpaket noch einmal zusammengefasst. Aber vielleicht entdeckst du etwas, das mir entgangen ist.«

»*Capito*. Mach ich später. Weiter.«

»Wenn die Fertigung der Alessändro-Hives, wie sie ihre Photovoltaik-Module nennen, erst einmal startet, wären knapp ein Dutzend Wissenschaftler aus halb Europa dabei.«

»Und warum starten sie nicht?«

»Laut Costa ist noch nicht genug Geld zusammengekommen, aber Genaueres weiß er nicht. Er wirkte auf mich sehr entspannt, sagte, so etwas ziehe sich eben hin. Er ist festangestellter Dozent und hält Grundlagenvorlesungen zur Physik der regenerativen Stromerzeugung.« Spagnoli wischte mehrmals über ihr Display. »Costa ist erst seit wenigen Monaten dabei, Canotti von Anfang an. Wie lange genau, wusste Costa nicht. Er ist zurzeit auf einer Tagung in Stockholm, kommt erst nächsten Mittwoch wieder. Soll ich einen Termin mit ihm vereinbaren?«

Pellegrini knurrte ungehalten. »Ich hoffe doch sehr, dass wir den Täter bis dahin gefunden haben. Aber vielleicht kannst du mit ihm telefonieren. Hast du seine Kontaktdaten?«

»Nein, aber die finde ich leicht heraus. Wird erledigt.« Spagnoli tippte sich eine Notiz ein.

»Was ist denn jetzt das Neue und Andersartige an den Hives im Gegensatz zu normalen Photovoltaik-Modulen? Sie wollen das irgendwie mit einem Speicher kombinieren, aber ich habe nicht verstanden, wie das funktionieren soll.«

»Das habe ich nicht gefragt.« Spagnolis Ton wirkte patzig.

Pellegrini schwieg vielsagend.

»Doch, ich habe daran gedacht, Commissario«, ergänzte sie nach einer Weile gereizt. »Aber ich hätte die Erklärung ohnehin nicht kapiert. Costa ist ein netter Kerl, und er hat sich wirklich Mühe gegeben, aber er verlor sich immer wieder in Einzelheiten, faselte von Halbleitern, Mikrokristallen und Schichtspeichern. Außerdem ist ja alles hochgeheim. Wenn ihre Idee wirklich so bahnbrechend ist, werden sie einen Teufel tun, sich darüber detailliert auszulassen.«

»Das stimmt.« Pellegrini lächelte versöhnlich und bog auf den Parkplatz des Business Centers ein. »Schon gut, Claudia, mir würde es kaum anders ergehen. Ich bekomme mit Mühe ein paar physikalische Grundlagen zusammen.«

»Wie viel *caffè* muss investiert werden, um einen Pellegrini in Gang zu bringen?«

Pellegrini parkte den Wagen und blickte zu ihr. »Siehst du da vorne diese überdimensionale Tasse? Da muss eine Bar sein. Lass uns erst etwas essen. Ich verhungere.«

»Kaum erwähnt man in deiner Anwesenheit *caffè*, musst

du deine Energiereserven aufladen? Lassen wir den Wagen hier stehen?«

»Natürlich. Falls dieser Sini aus dem Fenster guckt, schadet es nicht, wenn er ein wenig nervös wird.«

Sie betraten die Bar, und Pellegrini erlaubte sich zu schweigen, bis der heiße *caffè* mit einer vorzüglichen festen Crema und ein Tramezzino Caprese vor ihm standen. Ohne Remoulade, sondern mit Pesto zwischen den Weißbrotscheiben, wie er zufrieden feststellte. Die Kombination von Mozzarella und Remoulade war in seinen Augen eine geschmackliche Todsünde, aber die Bars in der Innenstadt boten es erschreckend häufig an, vielleicht, um es den Touristen recht zu machen.

Nach dem Imbiss stellten sie sich vor die Bar in den Schatten, damit Spagnoli Gelegenheit hatte zu rauchen, während Pellegrini eine kleine Flasche Wasser trank.

Er räusperte sich. »Bis jetzt war unser Plan, die Liste der Interessenten und Investoren in Empfang zu nehmen und uns ein noch genaueres Bild davon zu machen, was Pescatoris Aufgaben bei Alessăndro waren. Wenn uns, wovon wir ausgehen, die Antworten nicht zufriedenstellen, werden wir den Laden auseinandernehmen. Der Verdacht, Pescatori könnte sie erpresst haben, liefert uns hoffentlich einen ausreichenden Grund, dass die Staatsanwaltschaft der Durchsuchung zustimmt.«

»So weit.« Irritiert schaute Spagnoli ihn an. Das hatten sie vorhin alles genauso in der Questura besprochen, aber Pellegrini war diese Zusammenfassung wichtig, um seine Gedanken zu ordnen.

Er zeigte mit dem Finger auf sie. »Jetzt sag mir ehrlich: Wie groß schätzt du die Chancen ein, dass wir etwas finden?«

»Ehrlich?«

»Bitte.«

»Null Prozent.«

»Warum?«

Spagnoli zog genüsslich an ihrer Zigarette. »Wenn ich an deren Stelle wäre und den Mord verübt hätte, weil dieser kleine Student zu viel wusste, würde ich zusehen, dass alles belastende Material verschwindet. Dazu hatten sie von Montagabend bis jetzt Zeit. Genug, würde ich vermuten.«

»In der Regel gehen Verbrecher ja davon aus, dass sie nicht erwischt werden. Diese grandiose Selbstüberschätzung, sich klüger anzustellen als alle anderen, ist sehr häufig ein Teil ihrer kriminellen Persönlichkeit.«

»Commissario Marco Pellegrini, Profiler der Polizia di Stato.« Spagnoli grinste.

Pellegrini ignorierte diese Spitze. »Aber ich gebe dir recht, es ist schon viel Zeit vergangen. Zusätzlich fehlt mir ein Ansatz. Was könnte Pescatori herausgefunden haben? Dass das Geld, was der eine oder andere investiert, nicht aus legalen Quellen stammt? Möglich, aber wenig wahrscheinlich. Dazu müsste er Zugang zu den Daten der Investoren haben, nicht zu Alessăndros Büchern. Genau wie wir. Das kriegen wir nie durch.«

»Da nach unserem Wissensstand noch keine Bauanträge für das Testcenter oder die Fabrik gestellt wurden, nicht einmal inoffizielle Anfragen, können wir Schmiergelder an Politiker vermutlich auch ausschließen.«

»Sagen wir, es ist nicht sehr wahrscheinlich, wenn auch nicht komplett ausgeschlossen.« Pellegrini verzog den Mund zu einem zaghaften Lächeln. »Aber jetzt lass uns nicht weiter darüber nachdenken. Geh mal von der anderen Seite heran: Nehmen wir an, bei Alessăndro läuft wirklich alles sauber. Welche Möglichkeiten böten sich dennoch für eine Erpressung?«

Spagnoli runzelte die Stirn und schüttelte den Kopf.

»Du hast es eben selbst gesagt, Claudia, ohne dass du es gemerkt hast: Ivan Pescatori könnte Geld dafür kassiert haben, dass er keine wertvollen technischen Details veröffentlicht.«

»Du meinst, er hat damit gedroht, geheime Erkenntnisse auszuplaudern?«

»Das ergäbe ein schönes Motiv, findest du nicht? Hier geht es um viel Geld.«

»Ja.« Sie zögerte ein wenig, doch dann nickte sie entschieden. »Nicht nur um Geld. Für die beiden Ingenieure geht es zusätzlich um ihre Reputation. Ich werde ihnen noch mal auf den Zahn fühlen.«

Sie liefen zurück zum Büro von Alessándro. Beiläufig bemerkte Pellegrini einen schwarzen Tesla Model S mit Schweizer Nummernschild. Ob das Paride Sinis Auto war?

»Hast du die Alibis der beiden Wissenschaftler überprüft?«, fragte er Spagnoli.

»Natürlich. Canotti ist bereits Montagvormittag zu der Tagung nach Stockholm aufgebrochen. Costa hat mir dessen Facebook-Profil mit lauter Fotos gezeigt, er hat sich mit Kollegen getroffen. Costa selbst war Montagnachmittag bei der Disputation einer Doktorandin. Sie hat bestanden, und der gesamte Fachbereich hat bis spät in die Nacht gefeiert. Auch davon gibt es Fotos ohne Ende und knapp ein Dutzend Zeugen.«

Sobald sie den Aufzug betraten, schwiegen sie. Pellegrini verspürte ein unruhiges Kribbeln im Nacken. Auf einmal hing viel mehr von dem Gespräch ab als noch wenige Minuten zuvor.

Wieder empfing Paride Sini sie allein in seinem weitläufigen Büro. Pellegrini stellte Ispettrice Spagnoli vor, und sie erntete ein übermäßig charmantes Lächeln, das sie ebenso herzlich erwiderte. Sie konnte erstaunlich gut den Typ Frau mimen, der sich gern auf die joviale Art solcher Männer einließ. In Wahrheit schüttelte es sie vermutlich innerlich vor Ekel, dazu kannte Pellegrini sie gut genug. Im Fall von Sini konnte er es ihr nicht verdenken.

Sie überließ dem Commissario das Gespräch und schlenderte im Raum herum, schaute sich den Endlosfilm auf den Monitoren an und untersuchte die kleinen Modelle im Planschbecken. Dabei entging ihr kein einziges Wort der Unterhaltung, darauf konnte Pellegrini sich verlassen.

»Wir sind gekommen, um die Liste abzuholen«, eröffnete er das Gespräch.

Sini lächelte und machte mit beiden Armen eine große Geste. »Selbstverständlich. Warten Sie, ich habe Ihnen einen Ausdruck vorbereitet.« Schwungvoll umrundete er den Empfangstresen. »Was ist passiert, Commissario Pellegrini? Sie haben sich doch nicht geprügelt?«, fragte er dabei im Plauderton.

Pellegrini unterdrückte den Impuls, den Schorf auf seiner Wange zu betasten. »Dienstunfall.«

»Das wäre ein Grund, warum ich Ihren Job niemals machen wollte. *Too dangerous.* Ah, hier ist die Liste.« Er hielt ein paar Zettel in die Höhe. »Ich muss Ihnen allerdings etwas gestehen: Sie ist nicht vollständig. Ich habe Ihnen vorgestern ein vorschnelles Versprechen gemacht. Dottoressa Gassner hat mich darauf hingewiesen, dass die Herausgabe gegen den Schutz der persönlichen Daten verstoßen könnte.« Er überreichte Pellegrini den Ausdruck. »Wir haben Ihnen hier zusammengestellt, was wir herausgeben dürfen, und den Rest geschwärzt.«

Pellegrini blätterte. Das war doch wohl ein schlechter Scherz: Bis auf ein paar Ziffern bestanden die Spalten nur aus schwarzen Balken. »Wie schade. Da werden wir die Kollegen der Staatsanwaltschaft bemühen müssen, eine Beschlagnahmung Ihrer Daten anzuordnen.«

Sinis Miene erstarrte. »Gibt es denn einen Verdacht? Ich verstehe nicht ...«

»Den Verdacht, Signor Sini, können Sie hier und jetzt zerstreuen.« Pellegrini hob die Stimme. »Das ist bisher alles ein großes Durcheinander. Welche Investitionen planen Sie genau?«

Sini straffte die Schultern. »Es geht um ein Gesamtvolumen von knapp siebzig Millionen Euro. Davon gehen zwanzig Millionen in die Forschung, der Rest ist Startkapital für den Bau der Produktionsstätten der Hives. Nur dass wir uns richtig verstehen: Das wird zu Beginn keine große Produktion, das technische Equipment ist teuer, das bekommen Sie nicht auf dem Flohmarkt.« Er lachte über seinen eigenen Witz, während Pellegrini nach wenig Sätzen von diesem Wichtigtuer schon wieder die Nase voll hatte.

»Wenn es läuft, werden wir Zug um Zug weiter investieren und ausbauen. Bisher sind gut zwanzig Millionen zugesagt. Wir sind zuversichtlich, dass wir noch in diesem Jahr die Bauanträge stellen können.«

»Warum haben Sie das nicht früher getan? So etwas zieht sich doch hin? Werden Ihre Investoren nicht ungeduldig?«

»Sie wissen von den Protesten?«

Pellegrini nickte, aber innerlich stutzte er. Proteste? Plural?

»So etwas kann sich schnell hochschaukeln.« Sini lehnte sich mit der Hüfte gegen den Tresen und verschränkte die Arme. »Sie müssen dazu Folgendes wissen: Nicht alle Menschen, die Geld investieren, sind gewissenlose Heuschrecken. Wir haben von Beginn an klargemacht, dass wir ein Projekt planen, an dem alle partizipieren können. Wir folgen der Ethik des *Green Investment*. Speziell in diesem Markt hat Italien im europäischen Vergleich einiges aufzuholen, und wir bieten die Chance dazu. Wenn Sie so wollen, sind unsere Investoren die Guten.« Sini zeichnete mit den Fingern Anführungszeichen in die Luft. »Diejenigen, die ihr Geld zum Wohle der Allgemeinheit anlegen – und daran auch verdienen, aber was ist schlecht daran, wenn sie damit weiterhin Gutes tun?« Er hielt ein paar Sekunden inne, doch Pellegrini hatte keine Lust, sich in eine moralische Diskussion verwickeln zu lassen.

Sini räusperte sich und fuhr fort: »Noch bewegt sich der Protest im kleinen Rahmen. Ein Camp von ein paar *ragazzi* am Seeufer, ein kritischer Blog. Doch wenn wir nicht aufpassen, wird daraus eine große Bewegung.« Sini beschrieb mit der Hand einen Halbkreis.

Pellegrini konnte die Geste nicht deuten, aber sie schien auch keinen tieferen Sinn zu haben. Aus den Augenwinkeln beobachtete er, wie Spagnoli wieder zu ihnen schlenderte, scheinbar damit beschäftigt, sich noch einmal den Film anzusehen.

»Wir arbeiten bereits daran, die Bedenken der Menschen und der Politik zu zerstreuen«, fuhr Sini lächelnd fort. »Wir planen in den nächsten Monaten eine umfassende Informationskampagne. Die *comaschi* und das gesamte Umland können von Alessǎndro profitieren. Einst war Como führend in der Textilindustrie, der Produktion von Seide. Die Zeiten sind vorbei, es werden immer mehr Leute entlassen. Wir schaffen neue Arbeitsplätze. Es wird Zeit, dass Como wieder an Bedeutung gewinnt. *Technology is the future.*«

Spagnolis *telefonino* klingelte. Nach einem kurzen Blick auf das Display eilte sie aus dem Büro. Pellegrini sah, wie sie hinter der Scheibe auf dem Flur auf und ab lief, während sie telefonierte.

Er wandte sich wieder Sini zu. »Zurück zu Ihrem Gesamtpaket. Warum dieses Büro in Como? Hier passiert nichts, oder habe ich etwas verpasst?«

»Habe ich Ihnen das nicht vorgestern erklärt?«

»Erklären Sie es mir noch einmal.« Es kam vor, dass dieselbe Frage zu verschiedenen Antworten führte. Er hielt Sini dafür zu durchtrieben, aber einen Versuch war es wert.

»Es ist ein Showroom. Wie schon einmal erläutert: Es geht um die Geschichte. Die Verbindung der Persönlichkeit Alessandro Voltas mit unserer Idee würde nirgendwo anders funktionieren. Er ist unsere Galionsfigur. Dazu ist der Comer See bei den Amerikanern als Reiseziel nicht unbekannt.« Sini machte wieder eine ausladende Geste, mit der er den Empfangsbereich mit Monitor und Drucker einbezog. »Außerdem ist es mein Arbeitsplatz. Ich weiß, was Sie jetzt sagen werden: Ich könne mich auch in eine Bar setzen, ich bräuchte nicht mehr als ein Smartphone und einen Laptop. Aber was so etwas anbelangt, bin ich ein sehr konservativer Mensch. Hier mache ich meine Arbeit, und außerhalb dieses Büros habe ich mein Privatleben.«

»Sie erwähnten amerikanische Investoren.«

»Das ist korrekt. Der größte Teil des Geldes kommt aus den USA.«

»Warum gibt es dann kein Büro in Übersee?«

»Wir haben selbstverständlich darüber nachgedacht, eines in Kalifornien zu eröffnen. Aber zum einen ist Dottor Costa, einer der beiden Wissenschaftler, fest in dieser Gegend verwurzelt.« Sini lächelte.

Pellegrini winkte ab. »Wieder eine Ihrer Geschichten? Die vom italienischen Ingenieur, der seine Heimat vor der ökologischen Katastrophe retten will? *Capito.*«

»Sie sollten über eine Karriere im Marketing nachdenken.«

»Weiter!«

»Nun, zum anderen gibt es ganz pragmatische Gründe. Die Köpfe hinter Alessändro sind zwei Schweizer und ein Italiener. Hier kennen wir die Gesetze, die Geldströme, die Möglichkeiten und Grenzen. Warum in Übersee etwas komplett neu aufbauen? Wir investieren hier, schaffen Arbeitsplätze. Das politische Klima in Norditalien ist sehr günstig für solche Vorhaben.«

Stimmte das? Wenn man an die Protestler am Seeufer dachte, sah das anders aus, doch Sini sprach von der politischen Ebene.

»Wir veranstalten Videokonferenzen mit Interessenten und versenden digitale Informationsmaterialien. Das geht schnell, ist modern und vor allem ökologisch. Der persönliche Kontakt ist heutzutage obsolet.« Sini lächelte entschuldigend. »Geben Sie zu, dass Sie es inzwischen begriffen haben, Signor Commissario: Alessändro ist nur Kulisse. Wir stellen die Bühne zur Verfügung, auf der die Akteure, also die Ingenieure, auf die Geldgeber, also das Publikum, treffen. Im Grunde sind wir überflüssig, aber ohne uns geht es auch nicht.«

Pellegrini nickte, konnte sich nicht entscheiden, ob er von dieser Offenheit angewidert oder beeindruckt sein sollte. Nüchtern betrachtet hatte Sini recht, aber er fühlte sich zum Mitwisser einer Täuschung gemacht – wobei er nicht einmal sicher war, ob es wirklich eine war. Diese gesamte Sache stank zum Himmel, und es nervte ihn, dass er den Finger nicht in die Wunde legen konnte. Auf jede Frage hatte Sini eine Antwort.

So oder so, er würde die Durchsuchung veranlassen, sobald er aus diesem Büro – nein, *Showroom* – raus war.

Schon allein, um die Selbstgefälligkeit seines Gegenübers ein wenig zu erschüttern. Er würde auch Cunego bitten, die drei Personen zu überprüfen, sicherheitshalber.

»Wo waren Sie eigentlich Montagabend, Signor Sini?«

»Wie aufregend, werde ich jetzt verdächtigt?« Sini schien das alles auch noch lustig zu finden.

»Die Frage ist reine Routine.« Pellegrini kam sich vor wie in einem schlechten Krimi.

»Susanne und ich waren in Zürich auf einer Vernissage.«

»Bis wann?«

»Vielleicht bis neun Uhr abends? Ich weiß es nicht mehr genau, aber wir haben danach ein Taxi zu ihr nach Hause genommen. Ich würde Ihnen zu gern die Bilder der Überwachungskameras zukommen lassen. Jeder, der das Haus betritt, wird gefilmt, aber die Aufnahmen werden nach vierundzwanzig Stunden gelöscht. Der Datenschutz, Sie verstehen?«

»Selbstverständlich. Aber die Taxifahrt ließe sich bei Bedarf überprüfen.«

»Natürlich.«

Pellegrini hätte ihm am liebsten das bedauernde Lächeln aus dem Gesicht geprügelt. Er neigte normalerweise nicht zu Gewaltausbrüchen, aber dieser Kerl war jenseits des Erträglichen.

»Für den Rest des Abends gibt es keine weiteren Zeugen.« Sinis Lächeln wurde anzüglich.

Pellegrini verkniff sich mit Mühe eine Antwort.

Nach ein paar Sekunden fuhr Sini fort: »Corrado Benini ist am Montag nach Paris aufgebrochen, um potenzielle Geschäftspartner zu treffen. Von dort ist er Dienstagmorgen in aller Frühe nach Edinburgh geflogen. Wir erwarten ihn heute Nachmittag zurück. Auch wenn ich vorhin sagte, dass wir im Sinne der ökologischen *values* Ressourcen sparen, wo es nur geht: Es lassen sich nicht alle Kundenbesuche vermeiden. *That's the name of the game.*«

»Ich danke Ihnen für Ihre Kooperation, Signor Sini. Wir melden uns wieder.« Und zwar mit einem Team, das jedes Staubkorn in dieser Agentur unter die Lupe nehmen würde.

Pellegrini gab Sini die Hand und verließ den Raum. Mit einer Geste bat er Spagnoli, die ihn ungeduldig erwartete, zu schweigen, bis sie im Aufzug standen.

»Das war Cunego, und direkt danach ein Anruf aus der Questura. Cunego hat den Kaufvertrag für die Ducati gefunden. Demnach hat Pescatori hundertsechzigtausend Euro angezahlt und will den Rest in vier Raten bis Ende des Jahres zahlen.«

»Soll das heißen, dass er gar nicht so viel Geld hatte, wie wir gedacht haben?«

»Es kommt noch besser: Die Kollegen haben endlich die Daten seiner beiden Bankkonten erhalten: Ivan Pescatori hat am Donnerstag vor zwei Wochen an einem Pokerturnier in Mendrisio teilgenommen und achtzigtausend Euro gewonnen. Zwei Monate zuvor schon einmal sechzigtausend Euro. Die restlichen zwanzigtausend Euro kommen leicht über Vermietung, den Nebenjob und gegebenenfalls kleinere Gewinne zusammen, die er in bar mitgenommen haben könnte. Beide Konten haben zusammen noch ein Guthaben von rund viertausend Euro. Ausreichend für die nächsten Wochen, selbst bei Pescatoris Lebensstil, möchte ich meinen.«

»Das glaube ich nicht!« Pellegrini lehnte sich gegen die Aufzugwand und fluchte leise.

Spagnoli nickte grimmig.

»Gut.« Pellegrini wischte sich mit Daumen und Zeigefinger über die Augenbrauen. »Aber das heißt nur, dass er eine Menge Geld hatte. Das bedeutet nicht, dass er nicht noch mehr haben wollte. Um das Motorrad komplett zu bezahlen, fehlen noch – wie viel?«

»Siebzigtausend.«

»Genau. Und wer weiß, vielleicht hat er diese fixe Idee mit dem Bauernhof doch noch nicht begraben. Laut Mori war Pescatori am Tatabend aufgekratzt und geheimniskrämerisch. Da lief was. Hat Cunego den blauen Schlüssel gefunden?«

»Negativ.«

Die Aufzugtüren öffneten sich, und sie traten hinaus.

»Sag Cunego, er soll die drei Personen von Alessăndro überprüfen«, sagte Pellegrini. »Susanne Gassner, Paride Sini, Corrado Benini. Du hängst dich noch mal an die beiden Wissenschaftler aus Mailand. Pescatori war vergangenen Freitag bei ihnen und hat sie fotografiert. Am Wochenende macht er seine erste Tour mit einem sündhaft teuren Motorrad, und Montag ist er tot. Irgendwo muss es einen Zusammenhang geben.«

»Heißt das, dass wir uns auf Alessăndro konzentrieren?«

»Wir legen den Schwerpunkt auf Sini und seine Machenschaften, ja. Die Verhöre der Freunde und die Suche nach den Gästen gehen trotzdem weiter.« Er machte eine kurze Pause, bis sie im Auto saßen und losfuhren. »Am Ende war es doch ein Kumpel, der einfach neidisch war und an dem Abend zufällig vorbeikam. Wir geben keine der anderen Spuren auf, bevor wir sie nicht eindeutig ausschließen können.«

2

Zurück in der Questura kostete es Pellegrini nur einen kurzen Anruf bei Galimberti, und er hatte seinen Durchsuchungsbeschluss. Der Staatsanwalt schien ihm gar nicht richtig zugehört zu haben, wirkte völlig geistesabwesend. Es war beinahe gruselig, wie sehr Galimbertis Gemütszustand seine Arbeit vereinfachte. Aber wenn der Preis dessen Gesundheit war, wollte Pellegrini lieber auch zukünftig stundenlang diskutieren, bis er die erforderliche Unterstützung erhielt.

Kurz darauf kehrte Spagnoli mit vier Kollegen in Uniform im Schlepptau zu Alessãndro zurück. Paride Sini würde sicherlich nicht erfreut sein, sie so bald wiederzusehen. Wenn er ehrlich zu sich war, erhoffte Pellegrini sich wenig davon. Der Beschluss galt für das Büro in Como. Es war davon auszugehen, dass die relevanten Unterlagen in Zürich lagerten und die Durchsuchung keine neuen Erkenntnisse ergab. Aber er wollte sich die Chance nicht entgehen lassen, auf Sinis Laptop Informationen zu finden, die ihm für die Aufklärung seines Falles vielleicht nicht weiterhalfen, den Behörden in der Schweiz aber ausreichenden Verdacht lieferten, gegen Alessãndro vorzugehen. Es war ein Strohhalm, aber keiner, den er bereit war zu missachten, wenn er danach greifen konnte.

Die Temperatur in seiner Glasecke belief sich heute auf vierundzwanzig Grad. Er ließ die Tür offen stehen, zog sein Jackett aus und krempelte die Hemdsärmel hoch. Bedauernd schaute er aus dem Fenster in den blauen Himmel. Das Wetter war exakt der Choreografie vom Vortag gefolgt: Nach einem nassen Start am Morgen war der Rest des Tages so, wie es sich für den Frühling gehörte: sonnig und mit dem Versprechen auf einen langen, milden Abend.

Aber es half nichts. Was Sini über sich und seine Arbeitsweise gesagt hatte, traf auch auf Pellegrini zu: Manche Dinge erledigte er am liebsten am Schreibtisch. Außerdem mochte zwar die Klimaanlage nicht funktionieren, und die Büromöbel waren aus den frühen Achtzigern, aber der Internetzugang war schnell und zuverlässig, und dazu hatte der Monitor eine vernünftige Größe.

Und genau das brauchte er jetzt. Er wollte sich den kritischen Blog anschauen, den Sini erwähnt hatte. Außerdem hatte er Spagnoli versprochen, sich die Website von Alessándro anzusehen. Dort erfuhr er allerdings nichts, was er nicht schon wusste: Es gab eine Broschüre mit reichlich vielen Bildern zum Herunterladen, die Filme, die er von seinen Besuchen bereits kannte, und eine Menge marketinggeschwängerte inhaltsleere Phrasen, in denen es um nicht weniger ging, als die Welt vor unzureichender Energieversorgung und einem Klimakollaps zu retten.

Pellegrini schaute wieder aus dem Fenster. Er hatte kürzlich über das Abschmelzen der Gletscher in den Alpen gelesen. Wenn er Kinder hätte, würden diese die Alpen eisfrei erleben. Um das Jahr 2100 sollte es so weit sein. Letzten Herbst war er mit Franca auf einer Hütte am Albignasee in Graubünden gewesen. Sie waren überrascht, wie weit sich der Albignagletscher seit ihrem letzten Besuch nur wenige Jahre zuvor zurückgezogen hatte. Der Hüttenwirt hatte ihnen Fotos aus den letzten zwanzig Jahren sowie eine alte Aufnahme vom Anfang des 20. Jahrhunderts gezeigt. Die Bergwelt war bei Weitem nicht so unveränderlich, wie sie den Anschein erweckte. Einst reichte das Eis bis hinunter nach Chiavenna, wo es eindrucksvolle Gletschermühlen hinterlassen hatte. Auch der Comer See war letzten Endes eine Hinterlassenschaft der Eiszeit. Das sei der Lauf der Dinge, hatte der Hüttenwirt gesagt, und am Ende würde die Natur irgendwie klarkommen. Aber die Geschwindigkeit, mit der die Schmelze derzeit voranschritt, machte ihm dennoch Sorgen. Dabei hatte er auf das aktuelle Foto getippt. Dem konnte Pellegrini schlecht widersprechen.

Wenn also hinter den ganzen Marketingphrasen wirklich eine gute Idee stand, was war gegen die Arbeit von Alessãndro einzuwenden?

Pellegrini rief die Seite für das Testcenter auf. Wie Andrea Lorenzo ihm bereits berichtet hatte, zeigten mehrere Computeranimationen, wie sich die Macher das Testcenter vorstellten. Der Perspektive nach waren die Bilder irgendwo östlich im Bereich der *Villa Olmo* aufgenommen: Der Betrachter blickte auf die Altstadt von Como, auch der dreißig Meter hohe Turm des Mahnmals für die Gefallenen, an dem er am Mittwochmorgen mit Giulio Mori gesessen hatte, war deutlich zu erkennen. Und das Testcenter selbst? Pellegrini lehnte sich zurück und wippte mit dem Drehstuhl hin und her. Er fand es zu seiner eigenen Überraschung gar nicht so schlimm.

Der Entwurf entsprach der Form, die Sini ihm bereits als Modell in dem Planschbecken präsentiert hatte. Eine sechseckige Basis, die auf sechs Stelzen hoch über dem Wasser schwebte. Darüber wölbte sich eine halbkreisförmige Kuppel, deren spiegelnde Oberfläche wiederum aus schwarzen Waben bestand, vermutlich Photovoltaik-Module beziehungsweise die Alessãndro-Hives.

Widerwillig stellte Pellegrini fest, dass ihm der Entwurf gefiel. Er mochte es, wie sich die Reflexion der Hügel auf dem Wasser in den spiegelnden Waben fing und brach, wie sich das Grau-Grün mit dem Blau der Seeoberfläche und des Himmels vereinte. Und das war nur eine Animation, wie würde dieser Effekt in der Realität ausfallen?

Um das Gebäude herum waren verschiedene Zonen abgeteilt, was Pellegrini ein wenig an Austernzuchtbänke auf dem Atlantik erinnerte. Schwimmende Wege aus schwarzen Waben führten zu einer Treppe, ähnlich einer Gangway auf dem Flughafen. Auf den Wegen und Treppen waren Menschen abgebildet, woraus sich ableiten ließ, dass die Wege ungefähr fünf Meter breit waren.

Er fand die Idee gar nicht so schlecht. Wer den Comer See und sein Ufer kannte, wusste, wie schlecht es um Bauland bestellt war. Wenn Alessăndro keinen alten Palazzo kaufen wollte, um ihn abzureißen oder zu sanieren, würden sie so etwas kaum in Ufernähe verwirklichen können. Und dass ein Forscher ständig zwischen seinem Büro und der Testanlage auf dem See hin und her pendelte, war auch unpraktikabel.

Das Gebäude schien etwas überdimensioniert zu sein, aber das konnte daran liegen, dass es nicht ganz fachgerecht in das Bild hineinmontiert war. Ob das auch Pescatoris Werk war?

Pellegrini durchsuchte die Seite, fand jedoch außer dem Vermerk, dass die Rechte der Fotos bei Alessăndro lagen, keine weiteren Angaben. Im Impressum war Ivan Pescatori als Urheber einiger Fotos genannt, dazu die Adresse der Kanzlei von Dottoressa Susanne Gassner in Zürich.

Nachdenklich klopfte Pellegrini sich mit dem Zeigefinger gegen die Lippen, während er nach dem Blog suchte, den Sini erwähnt hatte. Er fand die Website der Protestbewegung, auf der Sara Mori als Kontaktperson angegeben war. Schon nach wenigen Klicks fand er zwei weitere Blogs, wobei es sich bei einer Seite lediglich um eine Weiterleitung auf die andere handelte. Inhaltlich erfuhr er nichts Neues. Der Bau des Testcenters wurde als Verschandelung des Sees und heuchlerische Geldmacherei bezeichnet.

Spagnoli betrat das Büro. »Da bin ich schon wieder. Wir haben alles mitgenommen, viel war es allerdings nicht. Sini haben wir für heute freigegeben, aber er wirkte nicht sehr glücklich.«

Pellegrini winkte sie heran. »Lies mal.«

Sie beugte sich über seine Schulter und hob die Augenbrauen. »›Touristischer Super-GAU‹? Findest du, dass die recht haben?«

»Totaler Unsinn! Da fallen mir eine ganze Menge anderer Beispiele ein. Im Gegenteil: Man könnte das touristisch in mehrfacher Hinsicht nutzen, indem man die Nachhaltigkeit für die Region betont und Ökotouristen anspricht. Oder ein familiengerechtes Infomuseum einrichtet. Du weißt schon, wo die Kinder alles anfassen und ausprobieren können. Man könnte sogar eine Ökosteuer erheben, die man den Hoteliers abknöpft. Ich bin sicher, das würde funktionieren.«

»Bringt uns das weiter? Wer betreibt diese Seite?«

»Warte. Hier wird auf eine Facebook-Seite verlinkt.« Und erneut erschien ein Gruppenbild von den Leuten um Sara Mori, das er bereits von der ersten Seite kannte. »Hinter allem stecken Sara Mori und ihre Gruppe. So kommen wir nicht weiter.« Pellegrini stieß frustriert den Atem aus.

»Aber die Facebook-Seite hat über viertausend Unterstützer seit Anfang Februar.«

»Ist das viel?«

»Ich finde das sehr ordentlich für eine lokale Organisation.«

»Kannst du versuchen, mehr darüber herauszufinden?«

»Alles, was du möchtest.«

In solchen Situationen war Pellegrini froh, dass er in der Position war, Dinge delegieren zu dürfen. Er stand auf. Viel länger hielt er es in diesem Ofen nicht mehr aus. Vergeblich versuchte er, sich das klebrige Hemd vom Rücken zu zupfen. Mit Grausen dachte er an den Sommer und fragte sich, mit welchen Temperaturen die Klimaanlage sie dann überraschen würde.

»Lass uns rausgehen. Hat Sini sonst noch was gesagt?«

»Nein, nichts. Ehrlich gesagt glaube ich immer noch nicht, dass wir was finden. Aber versuchen sollten wir es.«

»Denkst du an die Ingenieure? Wenn ich mich richtig erinnere, ist einer der beiden der Ideengeber. Finde heraus, wer von beiden und wie der Kontakt zu Alessăndro zustande kam.«

»Wird gemacht.«

»Dann möchte ich alles über den Stand der Baupläne wissen: Wo soll die Produktionsstätte hin, wie groß? Wer ist der Architekt? Selbst wenn es sich nur um Entwürfe handelt, irgendwer muss sich das ausgedacht haben. Zu blöd, das hätte Sini uns auch sagen können, aber der wird jetzt kaum noch kooperieren.«

»Architekt, Produktionsstätte.« Spagnoli tippte im Gehen Notizen in ihr *telefonino*.

»Ist Cunego zurück aus der Wohnung? Hat er was gefunden?«

»Ja. Aber er wollte das mit dir persönlich besprechen.«

Pellegrini hob die Augenbrauen.

Spagnoli lächelte schief. »Vielleicht hat er Pescatoris Pornosammlung entdeckt. Über so was spricht man nicht mit einer Frau.«

»Warum sollte mich das interessieren, wenn es nichts mit dem Fall zu tun hat?«

»Das musst du ihn selbst fragen.«

Pellegrini brummte ungehalten, beließ es aber dabei.

»Ich habe ihm jedenfalls ausgerichtet, dass er die drei Alessándros durch die Datenbanken jagen soll. Er will dir Bescheid geben, sobald er ein Ergebnis hat.«

»Gut.«

Sie traten hinaus in den Innenhof. Wie aus dem Nichts hatte Spagnoli bereits eine Zigarette im Mund und zündete sie an. »Von den dreiundvierzig Namen auf der Liste haben wir inzwischen bis auf zwei Personen alle erreicht«, berichtete sie nach einem Blick auf ihr Handy. »Wir haben mit neunundzwanzig gesprochen, der Rest ist einbestellt. El Gatos Team hat bisher zwölf Personen zweifelsfrei zuordnen können. Außerdem haben wir Kontakt mit drei Gästen aufgenommen. Ein Ire, ein Franzose und eine Deutsche.« Sie zog an ihrer Zigarette. »Es ist mühselig.«

»Ich weiß. Tut mir leid, aber es muss sein.«

»Bei den Gästen kommen Sprachprobleme hinzu. Mein Englisch ist echt nicht gut genug.«

»Nicht? Das solltest du ändern. *A language is a window to the world.* Wie hast du vorhin Sinis Geschwätz verstanden?«

Spagnoli lachte. »Das ging noch. Ja, ich werde mir einen Kurs suchen, schaden kann es nicht. Du hast jedenfalls leicht reden.«

Pellegrini wedelte abwehrend mit der Hand. »Englisch fliegt mir zu, ich kann dir nicht sagen, warum. Mein Spanisch ist sicher nicht besser als deins, und mein Französisch ist beschämend. Darüber macht meine Schwester sich immer lustig. Sie behauptet, ich würde in Frankreich verhungern, weil meine Aussprache so katastrophal ist.«

»Wie gemein.«

»Wie Frauen so sind.«

»Sind sie?«

Er schwieg, denn da war er wieder, dieser kaum wahrnehmbare aggressive Unterton, den Spagnoli bei solchen Bemerkungen anschlug. Als ob er einer der größten Chauvinisten der Welt sei. Dabei kannten sie einander gut genug, sie müsste einschätzen können, dass er das nicht so meinte. Manchmal würde er schon gern wissen, woher das kam, aber gerade jetzt hätte er sich lieber die Zunge abgebissen als nachzufragen.

Sie schien einzusehen, dass sie keine Antwort bekommen würde, nickte schweigend, zog noch einmal an ihrer Zigarette und entsorgte den Stummel in einem ehemaligen steinernen Vogelbecken, das ein Kollege angeschleppt und mit Sand gefüllt hatte, seitdem im gesamten Gebäude absolutes Rauchverbot herrschte.

»Ich mache noch ein bisschen weiter.«

»Ich komme nach.«

Pellegrini blickte ihr hinterher. Für seinen Geschmack schwang da viel zu oft dieses Mann-Frau-Ding mit. War es komplizierter, mit einer Frau zusammenzuarbeiten, oder machte er es unnötig kompliziert? Oder lag es doch an Spagnolis Persönlichkeit? Er schüttelte den Kopf über sich selbst. Er tat sein Bestes, es sollte ihm egal sein, was sie von ihm dachte. Es gab nur eine Frau, bei der ihm das nicht egal war.

Spontan zog er sein Handy aus der Tasche und tippte: *Wann kommst du an? Soll ich dich vom Flughafen abholen?*

Francas Antwort kam nur Sekunden später: *Morgen um 10:35, Malpensa.*

Er zögerte. Dann wählte er ihre Nummer. Sie drückte ihn nach dem zweiten Klingeln weg. Enttäuscht steckte er das *telefonino* ein und ging zurück ins Büro.

Auf der Treppe vibrierte es in seiner Tasche.

Sorry! Langweiliges Meeting, aber telefonieren wäre doch zu auffällig. Bin ab acht im Hotel. Baci! F.

Es kostete Pellegrini Mühe, sich einzugestehen, wie erleichtert er war. Einen Augenblick lang hatte er befürchtet, er wäre gerade noch gut genug, den Chauffeur für sie zu spielen. Das wäre zwar eigentlich nicht ihre Art, aber dennoch.

Er bat Cunego ins Büro und ließ sich über die Durchsuchung von Pescatoris Wohnung Bericht erstatten. Der Ispettore schien pikiert, weil Pellegrini die Tür offen stehen ließ – nicht nur, weil die Luft inzwischen die Temperatur eines Pizzaofens erreicht hatte, sondern auch, weil Pellegrini keinen Grund sah, das Gespräch in unnötiger Heimlichkeit zu führen.

»Wir haben eine interessante Sache gefunden, Commissario.« Cunego breitete mehrere Hochglanzmappen auf dem Schreibtisch aus. »Das sind Exposés von Immobilien im Valchiavenna. Bergbauernhöfe. Offenbar war Pescatori an Objekten in der Gegend interessiert. Auf seinem Laptop haben wir auch die entsprechende Mail-Korrespondenzen mit den Maklern gefunden.«

Pellegrini schlug eine der Mappen auf. Was er sah, passte zu dem, was er über Pescatori wusste. Ein großzügiges Anwesen, das zweihundert Jahre alte Wohnhaus luxuriös saniert, und das alles für rund 1,5 Millionen Euro. Ob er gehofft hatte, Sara Mori damit zu überzeugen? Entsprach das ihren Vorstellungen von einem Leben im Einklang mit der Natur?

»Wie konkret waren Pescatoris Pläne? Wissen wir das?«, fragte Pellegrini, während er weiterblätterte. Die Angebote waren alle in einer ähnlichen Preisklasse.

Cunego tippte auf zwei Mappen. »Bei diesen hat er Besichtigungstermine für nächste Woche angefragt.« Er schüttelte den Kopf. »Erst das Motorrad und jetzt das. Er war sicher, dass er bald eine größere Summe Geld in den Händen halten würde.«

Pellegrini nickte. »Entweder hatte er ein unschlagbares System beim Pokern oder eine andere Geldquelle. Was nicht gegen unsere Theorie spricht, dass er vorhatte, Alessàndro zu erpressen, im Gegenteil. Nur fehlt uns nach wie vor ein Indiz, was er gegen die Agentur in der Hand hatte. Sonst noch was?«

»Nein, das war alles.«

»Gute Arbeit. Mach weiter.«

Cunego sammelte die Unterlagen ein und ging. Nachdenklich blickte Pellegrini ihm nach. Er hatte sein Lob ernst gemeint, die Unterlagen waren interessant. Aber warum hatte Cunego Spagnoli nichts davon erzählt, sondern machte so einen dienstbeflissenen Zirkus daraus?

Zwischendurch meldete sich Lorenzo, dass er im Stau von Mailand nach Como feststeckte. Aus der gemeinsamen Ruderpartie wurde nichts, was Pellegrini nicht im Geringsten bedauerte. Sie verabredeten sich stattdessen zum Abendessen in der *Trattoria da Alfredo*.

Pellegrini übernahm mehrere vollkommen sinnlose Gespräche mit Freunden von Ivan Pescatori. Um halb sechs blickte er sich im Großraumbüro um. Fabio Cunego, Claudia Spagnoli, die beiden Frauen und ein Mann in Zivil, die sie bei der Beweisaufnahme unterstützten, sowie Sergente Torriani und ein weiterer uniformierter Kollege, die noch dabei waren, die beiden spärlichen Kartons Aktenordner von Alessàndro zu sichten.

Alle Gesichter waren grau, die Augen lagen tief in den Höhlen, die Bewegungen waren schleppend. Es war weder das Arbeitspensum noch die Art der Aufgaben. Es war die Tatsache, dass sie nichts gefunden hatten, das sie weiterbrachte. Und dass nichts darauf hindeutete, dass sie bei den noch bevorstehenden Gesprächen auf etwas stoßen würden.

Pellegrini klatschte in die Hände. »Gehen Sie bitte nach Hause. Ich danke Ihnen, Sie haben gute Arbeit geleistet. Wir machen morgen weiter. Schönen Feierabend.«

Spagnoli erhob sich nur widerwillig, doch er ließ nicht mit sich reden.

Pellegrini schlenderte in Richtung Altstadt, als sein Handy klingelte.

»*Pronto*, Andrea. Kannst du es nicht erwarten, mich zu sprechen?«

»Mein Süßer, du wirst auf mich verzichten müssen, und daran bist du selbst schuld. Du hast mir einen Haufen Arbeit gemacht.«

»Ich verstehe kein Wort.«

Lorenzos tiefes Lachen schallte ihm entgegen. »Hast du kurz Zeit?«

»Jede Menge. Ich wurde soeben versetzt.«

»Muss ein schlechter Mensch sein, wer tut so was?«

»Er wird seine Gründe haben.«

»Hat er, verlass dich darauf. Ernsthaft, kann sein, dass ich gleich sofort auflegen muss. In spätestens einer Stunde steht eine Razzia an, wir warten nur noch auf die Papiere, dann geht es los.«

»Nun erzähl schon, Andrea. Was ist passiert?«

»Während ich in Mailand meine Zeit verschwenden durfte, indem ich mir anhöre, was für ein Versager ich bin und dass ich ein Team von Stümpern und Vollidioten leite, hat ebendieses Team begonnen, ein Netz groß angelegter Geldwäsche zu entwirren. Erinnerst du dich an die beiden unvermieteten Wohnungen in der Via dei Mille?« Er erwartete keine Antwort, sondern sprach gleich weiter. »Mit der illegalen Vermietung als Ferienwohnung werden Steuern hinterzogen, aber es kommt noch viel besser. Die Wohnungen waren offiziell doch vermietet, aber nicht bewohnt.«

»Das verstehe ich nicht.«

Lorenzo lachte. »Es ist gar nicht so schwer. Die Wohnungen gehören einem Unternehmen, das einen ganzen Haufen Wohnungen verwaltet. Das meiste davon ganz legal, es gibt Mieter, die ihre Wohnung nutzen und Miete bezahlen. Diese Mieten werden als Einnahmen versteuert, die Angestellten bezahlt, alles gut. Aber dann gibt es die eine oder andere Wohnung, für die Miete bezahlt wird, ohne dass es einen Mieter gibt.«

Pellegrini begriff. »Schwarzgeld. Irgendwer überweist Geld, das aus illegalen Quellen stammt, als Miete. Die Verwaltung übernimmt es in den legalen Kreislauf, und das Geld ist gewaschen.«

»Das ist nur die Spitze des Eisbergs. Meine Leute haben inzwischen siebzehn ungenutzte Wohnungen identifiziert. Diese Wohnungsgesellschaft gehört keinem Unbekannten, und jetzt haben wir hoffentlich genug gegen ihn in der Hand, um ihn hochzunehmen.«

»Das klingt nach einer großen Sache.«

»Das kannst du laut sagen. Nach allem, was wir bisher wissen, kam vor knapp zwei Jahren jemand auf die Idee, die Wohnungen als Ferienwohnungen anzubieten, um den Anschein zu erwecken, dass wirklich jemand dort lebt. Gar nicht dumm, denn eine leer stehende Wohnung in guter Lage wirkt irgendwann verdächtig.«

»Und so habt ihr sie entdeckt?«

»Es ist doch immer dasselbe Spiel, diese Typen können den Hals nicht vollkriegen. Da gaukeln sie uns vor, hier wären ein paar harmlose Privathaushalte, die ihre Sofas anbieten, so wie dein toter Student. Das war unser Ansatzpunkt, und als wir den hatten, führte ein Name zum nächsten. Konten und Geld von einem Haufen Giovannis, Alessias und Luigis, die nicht existieren. Eine Person hatte sogar für drei Wohnungen Miete gezahlt.«

»Gute Arbeit, Andrea.«

»Du wirst der Einzige sein, der das sagt. Die Mailänder werden mich morgen fragen, warum wir nicht früher daraufgekommen sind. Und ich werde ihnen sagen, dass wir es einem Mord und einem dummen Zufall zu verdanken haben, dass wir überhaupt darauf gestoßen sind. Ganz diplomatisch und durch die Blume, versteht sich.«

»Läuft das nicht immer so?«

»Du weißt das, ich weiß das. Aber zugeben darf man es nicht.«

Pellegrini nickte versonnen, während er die Altstadt hinter sich ließ und auf das Seeufer zuhielt, ohne recht zu wissen, wo er hinwollte.

»Marco? Bist du noch dran?«

»Ja, ich habe nur noch mal über deine Worte nachgedacht. Da ist viel Wahres dran.«

»Hör kurz zu, ich muss dir noch was sagen. Ich bin ab Ende Mai für ein paar Monate weg.«

»Weg? Wohin?« Pellegrini war erschrocken. Ihre beruflichen Wege kreuzten sich nur selten, und auch privat sahen sie sich nicht sehr häufig, aber auf die wenigen Treffen würde er nur ungern verzichten.

»Ich habe es satt, ständig der Trottel zu sein, der alles falsch macht. Hat vielleicht auch mit meiner privaten Situation zu tun. Meine Frau gibt mir die Schuld, meine Tochter hasst mich, mein Sohn tut so, als ob ihn das alles nichts angeht. Ich möchte etwas Sinnvolles tun. Ich habe für den Einsatz vor Lampedusa auf einem unserer Schiffe angeheuert.«

»Lampedusa? Du willst aufs Mittelmeer?«

»Flüchtlinge sicher ans Land bringen, Schleusern das Geschäft versauen. Ein paar Leben retten, klingt doch sinnvoll, oder nicht?«

Pellegrini war am Ufer angekommen. Er blickte auf den See, der sanft plätscherte. Manche behaupteten ja, das Mittelmeer sei auch nur eine Badewanne, aber für die Menschen, die in winzigen Schlauchbooten von Nordafrika übersetzten, war es oftmals tödlich.

Er schauderte. »Das ist sehr sinnvoll, Andrea. Aber pass auf dich auf, bitte.«

»Du kennst mich doch. Ist erst mal nur für ein paar Monate.« Etwas klapperte im Hintergrund, Stimmen erhoben sich. »Marco, ich muss los. Ich melde mich morgen. *Ciao!*« Er hatte aufgelegt.

Pellegrini steckte das *telefonino* in die Innentasche seines Jacketts. Und was hatte er Sinnvolles vorzuweisen? Er riss sich zusammen. Selbstzweifel brachten ihn nicht weiter. Er blickte hinüber zu den Gebäuden des Ruderclubs *Canottieri Lario*. Er hatte dort noch einen Spind. Er könnte sich einen Einer leihen und ein paar Runden drehen. Vielleicht war es Zeit.

3

Nur eine halbe Stunde später hatte er sich laut fluchend in seine seit Jahren ungenutzte und inzwischen zu enge Sporthose gezwängt, ein Trikot übergeworfen und ein Skiff zum Ufer gezogen. Die junge Frau, die ihm den sportlichen Einer überlassen hatte, als er seinen Mitgliedsausweis vorzeigte, hatte er noch nie gesehen. Umgekehrt hatte sie ihn zum Glück ebenfalls nicht gekannt. Das war Pellegrini mehr als recht. Hätte einer seiner früheren Teamkollegen hinter der Rezeption gestanden, hätte er auf dem Absatz kehrtgemacht. Er wollte nicht gefragt werden, wie es ihm nach Lucas Tod ergangen war. Das war der Grund, warum er so lange nicht hier gewesen war, obwohl er den Sport, die Bewegung zuweilen schmerzlich vermisste.

Er stieß sich vom Ufer ab und ruderte ein paar Züge, bevor er sich richtig in Position brachte. Die Haltung war ungewohnt und doch vertraut. Er lockerte ein letztes Mal die Schultern. Dann packte er zu und ruderte los. Von einem weiteren Einer und einer Vierermannschaft abgesehen hatte er den See für sich allein. In weniger als zwei Stunden musste er zurück sein, da es sonst zu dunkel wurde. Aber für den Anfang war das mehr als genug. Die Strafe für seinen Ausflug würde morgen in Gestalt eines gehörigen Muskelkaters folgen.

Eine Weile gab Pellegrini sich ganz der regelmäßigen Bewegung hin. Das frühere Training machte sich bemerkbar, als ob sich seine Muskeln daran erinnerten, was sie vor Jahren einmal gelernt hatten. Mit höherem Pulsschlag begann die Wunde auf seiner Wange zu pochen, aber der Schmerz blieb erträglich. Schon bald raste das Skiff über die glatte Wasseroberfläche. Das Ufer wurde kleiner, sein Anblick verschwamm.

Pellegrinis Gedanken verselbstständigten sich. Er dachte an Luca, natürlich, an wen sonst? Wie viele Stunden hatten sie gemeinsam in Booten gehockt? Hunderte Male waren sie in freundschaftlichem Wettkampf gegeneinander gerudert und noch häufiger miteinander in Zweiern oder Vierern. Viele Jahre waren sie mit Sandro Falcone und Umberto Cantù ein Viererteam gewesen, im Amateurbereich nahezu unschlagbar. Luca war die tragende Säule des Erfolgs gewesen, hätte es um ein Haar ins Nationalteam geschafft. Doch es kam anders.

Pellegrini verdrängte den Gedanken, wollte sich auf den Fall konzentrieren. Hier irgendwo würde das Testcenter stehen, vielleicht ruderte er gerade mitten durch die abgeteilten Zonen, die an Austernbänke erinnerten. Noch war es eine Idee, nicht mehr als eine Fata Morgana, die in ein Landschaftsbild montiert war.

Ein Kommentar von Paride Sini ging ihm immer wieder durch den Kopf. Die Agentur sei nur eine Kulisse, hatte er gesagt. Pellegrini legte sich in die Riemen. Seine Schultern ächzten unter der ungewohnten Belastung. Schweiß rann ihm über die Schläfen. Noch ein paar Züge, und er musste eine kurze Pause einlegen. Das Blut pochte durch seine Adern. Er lächelte unwillkürlich. Er hatte ganz vergessen, wie gut das tat.

Schnaufend lehnte er sich nach vorne und wischte sich mit dem Unterarm über die Stirn. Das Skiff trieb langsamer über die spiegelnde Wasseroberfläche. Er blickte nach links in Richtung des östlichen Ufers, über dem sich Brunate erhob, sein Heimatdorf. Er glaubte, die gläserne Fassade des Speisesaals zu erkennen, jenen gewagten, in den Fels gehauenen Traum Carlo Pellegrinis. Eigentlich war er viel zu weit weg, um sie wirklich zu sehen, es musste Einbildung sein. Was gäbe er darum, jetzt dort oben zu sein. An seinen ältesten Traum wagte er nur noch selten zu denken. Sein wahrer Sehnsuchtsort war immer die Küche gewesen. Dort, wo er sich von seinem Vater, in einer exzellenten deutschen Hotelküche zum Meisterkoch ausgebildet, hatte sagen lassen müssen, dass er selbst niemals ein guter Koch sein könne, weil ihm die Ausbildung fehlte. Zehn Jahre Amerigo über die Schulter zu schauen war nicht genug. Und für das Management reichte dann plötzlich nicht einmal mehr seine Ausbildung in der Schweiz. Nichts war genug.

Es war unerheblich.

Pellegrini begann wieder zu rudern.

Das kleine Mädchen fiel ihm ein, die Begegnung in der Seilbahn. Ob er die Verbrecher auf den elektrischen Stuhl brächte, hatte sie ihn gefragt. In Zusammenhang mit einem anderen Fall hatte er mal über diese Hinrichtungsart recherchiert. Genau wie bei der Einführung der Guillotine in Frankreich hatte man eine »humane« Hinrichtungsmethode im Sinn gehabt. Es war gut gemeint, aber das Ergebnis menschenverachtend.

Auch Alessändro war gut gedacht. Was würde dabei herauskommen? Was blieb, wenn er hinter die Kulisse schaute?

Pellegrini erschrak zu Tode, als er ein Geräusch vernahm, das hier nicht hingehörte. Sein *telefonino* lärmte in der Rückentasche seines Trikots.

Fluchend ließ er die Ruder los.

»*Pronto!*«

»Commissario? Claudia hier. Störe ich?«

Komische Frage, sie befanden sich schließlich immer noch in einer Ermittlung. Dennoch hatte Pellegrini für den Bruchteil einer Sekunde ein *Und wie!* auf den Lippen.

»Natürlich nicht. Was gibt es?«

»Es ist nichts Dringendes. Können wir auch morgen früh besprechen.«

»Jetzt hast du angerufen, also raus mit der Sprache.« Er rieb sich die rechte Schulter. Sie schmerzte jetzt schon.

»Die Spur nach Mailand ist ein totes Ende. Ich habe sämtliche Mitarbeiter der Forschungsgruppe durch die Datenbanken gejagt. Nichts Auffälliges, keine Verbindung zu Pescatori, nichts.«

»Schade – auch wenn wir es ja schon geahnt haben.« Er seufzte. »Bist du etwa wieder in der Questura?«

»Ja. Mir lässt das keine Ruhe. Ich will was finden.«

»Du brauchst auch mal eine Pause.«

»Eine Sache ist allerdings interessant.« Sie ignorierte seine Bemerkung. »Ich habe gerade noch einmal mit Costa telefoniert. Den habe ich ganz gehorsam gefragt, was so Besonderes an den Alessändro-Hives ist. Und: Er wusste es nicht.«

»Wie bitte? Hatte Sini nicht gesagt, er solle die Leitung des Testcenters übernehmen? Der hat sich einen Scherz erlaubt.«

»Ganz und gar nicht. Er ist darüber selbst einigermaßen empört, gab jedoch zu, dass er verstehen könne, wenn sie zunächst niemanden einweihen wollten. Es schlügen zwei Herzen in seiner Brust, so formulierte er es. Als Wissenschaftler befürwortet er, dass solches Wissen zugänglich und verfügbar sein solle. Aber die Leute von Alessändro kämen nun einmal aus der Wirtschaft, hätten ihre Gewinne im Auge und würden deshalb ihren Wissensvorsprung schützen. Was legitim sei und die Sache mit dem allgemein zugänglichen Wissen in der Forschung ohnehin häufig Wunschdenken.«

»*Capito*. Aber noch mal: Irgendwann müssen sie ihn doch einbeziehen?«

»Das soll passieren, sobald die Finanzierung steht. Das tut sie noch nicht, wissen wir ja. Solange übt er sich in Geduld. Er ist scharf darauf, in einem gut ausgestatteten Testcenter forschen zu können, aber bis dahin gibt er sich mit seinem Job an der Uni zufrieden.«

»Und das Unternehmen, das sie gegründet haben? Die Alessándro s. r. l.?«

»Ruht, wie erwähnt. Er hat den Entwurf eines Arbeitsvertrags vorliegen, den beide Parteien unterschreiben, sobald es losgeht.«

Pellegrini ließ das *telefonino* sinken und starrte ins Leere. »Es klingt alles plausibel. Irgendwo muss doch ein Haken an der Sache sein.«

»Wie bitte? Du warst gerade so leise.«

»Nichts.« Er hielt das Handy wieder ans Ohr »Ich habe mit mir selbst gesprochen.«

»Fällt dir an der ganzen Sache nichts auf?« Spagnoli klang völlig aufgekratzt.

»Was denn?«

»Es ist alles so ultrageheim, und nicht einmal die Internen werden eingeweiht. Hältst du es dann für plausibel, dass eine studentische Hilfskraft ohne Weiteres über etwas stolpert, das sie nicht wissen soll?«

»Willst du mir jetzt auch noch dieses Motiv zerreden?« Pellegrini verdrehte die Augen. Spagnoli hatte ja recht, Teufel noch mal.

»Außerdem konnte mir bisher niemand sagen, wer hinter der Idee steckt. Canotti weiß etwas mehr darüber, sagt Costa. Aber auch er hat sich das Ganze nicht ausgedacht.

Er ist noch auf dieser Konferenz, aber ich habe kurz mit ihm telefoniert. Die Hives sind nicht seine Idee. Es hat, meinte er, noch nicht einmal direkt etwas mit seinen Forschungen zu tun, er müsste sich komplett einarbeiten, aber ihn reizen die Freiräume und die Bezahlung, deshalb wäre er bereit dazu.«

»Aber wenn er sich diese Hives nicht ausgedacht hat, wer dann?« Besorgt schaute Pellegrini in den Himmel. Es wurde schneller dunkel, als er erwartet hatte.

»Keine Ahnung. Diese Gassner oder der Sini jedenfalls nicht. Und Corrado Benini kommt laut seiner Visitenkarte ebenfalls aus der Wirtschaft und ist kein Ingenieur.«

»Stimmt. Versuch das morgen herauszufinden. Lass es für heute gut sein.«

»Ich kümmere mich drum.«

»Danke!« Er steckte das Handy in die Rückentasche und ruderte zurück ans Ufer. Sobald er sich nicht mehr bewegte, begann er zu frieren.

Spagnoli hatte recht: Wenn alles so geheim war, würden sie kaum Unterlagen im Kopierer liegen lassen, über die Pescatori hätte stolpern können. Es gab ohnehin kaum Unterlagen. Die Ausbeute aus dem Büro in Como war mehr als dürftig, hauptsächlich Informationen über Interessenten, Verträge mit Investoren, der Mietvertrag für das Büro, einige Rechnungen. Die wirklich interessanten Papiere lagerten wie vermutet bei Dottoressa Gassner in Zürich.

Plötzlich bezweifelte Pellegrini, dass es überhaupt weitere Unterlagen gab. Vielleicht gab es gar nichts zu finden. Es war eine scheinbar gute Idee – und mehr nicht.

Pellegrini hielt mitten im Ruderzug inne.

War das die Lösung?

Sini hatte ausdrücklich gesagt, einer der beiden Ingenieure wäre der Ideengeber gewesen.

Er rief Spagnoli an. »Bist du ganz sicher, dass weder Costa noch Canotti die Idee zu den Hives hatten?«

»Wie meinst du das? Dann wüssten sie doch Näheres, oder nicht? Nein, ich bin ganz sicher. Costa ist erst seit ein paar Monaten dabei, er kann kaum eine Idee liefern, *nachdem* sie vermarktet wurde. Und Canotti hat ausdrücklich gesagt, es wäre nicht sein Forschungsgebiet. Er weiß nicht einmal, was sie konkret von ihm erwarten.«

»Hast du zufällig schon nach dem Architekten für das Testcenter recherchiert?«

»Ja. Das wollte ich dir morgen berichten.« Ihre Stimme klang verwirrt. »Ich habe nichts gefunden. Keinen Architekten, keinen Designer, nichts. Stattdessen ein Stockfoto von einem Besucherzentrum auf einem See in Kanada, das diesem angeblichen Entwurf erstaunlich ähnelt. Das wollte ich morgen noch einmal gründlich prüfen.«

»Ich würde einen größeren Geldbetrag darauf verwetten, dass du nichts findest. Weil es weder einen Architekten noch eine Planung gibt. Oder gab es irgendwelche Unterlagen, die darauf hindeuten?«

»Nein. Sie sagten ja, dass sie ganz am Anfang stünden, oder?«

»So weit am Anfang, dass ich mich frage, ob sie überhaupt jemals etwas umsetzen wollten ...«

»Wie meinst du das?«

»Die Idee ist weit genug ausgearbeitet, um Investoren davon zu überzeugen, Startkapital zur Verfügung zu stellen. Und wenn genug Geld zusammengekommen ist, machen sie sich damit aus dem Staub.«

»Anlagenbetrug?«

»Wenn es so ist, kam ihnen dieses Protestcamp sehr gelegen. Vielleicht haben sie vor den Geldgebern die Sache noch ein wenig aufgeblasen, damit sie die Füße stillhalten.«

»Glaubst du, dass Pescatori all das herausgefunden hat?«

»Er war am Freitag in Mailand zu einem Fotoshooting mit Costa und Canotti. Vielleicht ist ihm da bewusst geworden, dass die beiden keine Ahnung haben, obwohl er sie ständig als Alessǎndros kluge Köpfe präsentiert. Vielleicht hat er gedroht, das Ganze auffliegen zu lassen.«

»Zwanzig Millionen Euro sind bisher zusammen. Das wäre ein Grund, jemanden zu ermorden, oder?«

»Was hatte eigentlich die Überprüfung von Gassner, Sini und Benini ergeben?«

»Damit hast du Cunego beauftragt.«

»Bleib, wo du bist. Ich melde mich wieder.« Er machte ein paar Ruderschläge, damit er weiter ans Ufer trieb, und wählte Cunegos Nummer. Beim dritten Anlauf kam er durch.

»Commissario? Warte, ich bin im Auto unterwegs. Hier sind überall Tunnel, der Empfang ist sehr schlecht. Ich bin auf dem Weg nach Varenna.«

»Dann fahr irgendwo rechts ran und ruf mich zurück.«

Mit aller Kraft ruderte er Richtung Ufer und hoffte, dass Cunego nicht allzu weit von der nächsten Ausfahrt entfernt war. Die ss36 von Lecco nach Varenna war eine Schnellstraße, da konnte er nicht mal eben am Straßenrand parken – zumindest hoffte Pellegrini, dass sein Ispettore nicht vor lauter Übereifer auf so eine absurde Idee kam.

Bis dahin musste Spagnoli wohl oder übel warten. Er hatte schon ein schlechtes Gewissen, dass sie noch arbeitete, während er sich seinem Freizeitvergnügen hingab. Er war fast am Ufer, als Cunego sich meldete.

»Aber du stehst jetzt hoffentlich nicht mitten auf der Schnellstraße, oder?«

»Ich war kurz vor Varenna. Was kann ich tun?«

»Die Überprüfung von Gassner, Sini und Benini, was hat die ergeben?«

Cunego murmelte etwas Unverständliches.

»Ja?«

»Noch nichts bisher.«

»Wie meinst du das?«

»Ich habe sie noch nicht überprüft.«

»Warum nicht?« Pellegrini sprach lauter als nötig. Zum Glück war weit und breit niemand.

»Ich dachte, es hätte Zeit bis morgen.«

»Wie bitte? Hatten wir nicht gesagt, dass wir uns vor allem auf Alessändro konzentrieren?«

Cunego holte Luft. »Ich habe nicht mehr daran gedacht. Claudia hatte mir das irgendwann zwischendurch zugeworfen. Ganz nebenbei. Total unprofessionell.«

»Wie bitte? Sie hat dir meine Anweisungen weitergegeben! Was ist daran unprofessionell?«, donnerte Pellegrini.

»Wie hätten Sie es denn gern, Signor? Ein handgetipptes Memo mit zwei Durchschlägen? Von mir unterzeichnet? Spinnst du?« Er schlug sich mit der Faust auf den Oberschenkel. »So was zu vergessen ist unprofessionell! Mach dir Notizen! Diktier es in dein *telefonino*!«

Cunego blieb stumm.

Pellegrini hätte am liebsten das Handy ins Wasser geworfen. »Ich brauche Leute, auf die ich mich verlassen kann, verstehst du das? Ich kann es mir nicht leisten, euch hinterherzurennen!« Er wartete gar nicht erst, welche Ausflüchte Cunego hervorbrachte, sondern unterbrach das Gespräch und rief Spagnoli an. »Überprüf die drei. Jetzt!«

»Geht klar.« Keine Nachfrage, keine Diskussion, kein Speichellecken. Er sollte Spagnoli bei Gelegenheit unbedingt sagen, wie sehr er ihre Arbeit schätzte.

Er stopfte das Handy in die Rückentasche und ruderte wütend die letzten Meter. Das würde Konsequenzen für Vice Ispettore Fabio Cunego haben, das schwor er sich. Und wie auf Bestellung begann seine Wange wieder zu pochen.

Spagnoli meldete sich, als er gerade dabei war, das Skiff an Land zu ziehen. »Sini und Gassner sind unauffällig. Corrado Benini, achtundvierzig Jahre, zweimal verheiratet, eine Bewährungsstrafe wegen einer Prügelei. Mehrere Anzeigen wegen häuslicher Gewalt. Unter anderem soll er eine Exfreundin gewürgt haben.« In Spagnolis Stimme schwang ein triumphierendes Lächeln mit.

»Wo wohnt er?«

»Hauptwohnsitz ist in der Schweiz, in Bellinzona. Er hat aber in der Via Oltrecolle ein Apartment.«

»Und die nächste Lüge. Laut Sini arbeitet er in Zürich bei der Gassner. Da hat er morgens aber eine ganz schön weite Anfahrt.«

»Meinst du, das ist unser Mann?«

»Zumindest sollten wir uns dringend mal mit ihm unterhalten.«

»Ich habe heute Abend nichts vor, Commissario. Machen wir einen Ausflug in die Schweiz?«

»Gib mir eine halbe Stunde, dann bin ich bei dir.«

Pellegrini schaute zum Clubhaus. Ob er jemanden fand, der das Skiff zurückbrachte? Es gäbe berechtigten Ärger, wenn er das Boot einfach hier liegen ließ.

Das nächste Telefonklingeln unterbrach ihn in seinen Überlegungen.

»Schon wieder ich. Soeben ist in Ninos Werkstatt der stille Alarm ausgelöst worden. Jemand hat versucht, die Ducati zu stehlen.«

»Kannst du mich abholen? Ich bin am *Canottieri*.«

»Komm zur Straße. Bin sofort da.«

Pellegrini rannte zu seinem Spind. Irgendwo musste noch ein alter Jogginganzug sein, den er überziehen konnte. Zum Umziehen hatte er keine Zeit mehr. Er fand eine hellgraue Hose mit einigen Rostflecken und ein Sweatshirt mit Kapuze. Die nassen Wasserschuhe ließ er an.

Er würde sich im Hintergrund halten, den Einbruch konnten die zuständigen Kollegen abwickeln. Aber er musste wissen, wer sich an die Ducati heranmachen wollte. Er wünschte sich fast, dass es Corrado Benini war, und die Chancen standen gar nicht schlecht.

4

Nach weniger als fünf Minuten sah er ein einzelnes Licht auf ihn zukommen, begleitet von einem Brummen wie von einem wütenden Schwarm überlauter Insekten. Spagnolis Yamaha, wie wunderbar.

Die Ispettrice hielt direkt vor ihm.

»Schickes Outfit.« Sie grinste.

»Fahr vorsichtig. Es ist schon dunkel.« Pellegrini nahm den Helm entgegen und setzte sich hinter Spagnoli. Er hatte gehofft, sie würde mit einem Polizeiwagen kommen, aber jetzt war nicht der richtige Zeitpunkt für Diskussionen. Sie gab Gas, kaum dass er sein Bein über den Sitz geschwungen hatte. Als sie kurze Zeit später auf den Hof der Werkstatt fuhren, wurden sie bereits von Blaulicht und einem gereizten Nino Cacciatore empfangen. Mehrere Flutlichter machten die Nacht zum Tage.

Pellegrini ging auf die beiden Polizisten zu, die an ihrem Wagen standen. Einer der beiden sprach ins Funkgerät.

»Commissario Pellegrini. Was ist hier los?«

Der Sergente blickte ihn verwundert an, entschied sich aber dafür, Pellegrinis derangiertes Aussehen nicht zu kommentieren. »Der Alarm wurde vor knapp einer halben Stunde ausgelöst. Nach Angaben des Besitzers ist nichts gestohlen worden. Der Einbrecher ist mit einem Auto auf der Flucht.«

»Haben Sie ihn gesehen?«

»Das war Corrado Benini. Ein Kunde!«, unterbrach Nino Cacciatore sie und spuckte bei dem letzten Wort aus. »Er wusste ganz genau, wie er an die Boxen kommt. Er hat einen Schlüssel und ist für die App registriert. Der Alarm ist nur losgegangen, weil ich die Box nach Ihrem Besuch, Signor Commissario, umprogrammiert habe. Sie war leer, wie ich Ihnen versprochen hatte. Er hätte die Ducati keinesfalls bekommen. Trotzdem ist das mehr als ärgerlich!«

Pellegrini runzelte konzentriert die Stirn. »Corrado Benini. Sind Sie ganz sicher?«

Nino nickte wütend. »Das schwöre ich Ihnen auf die Bibel, wenn Sie wollen.«

Pellegrini blickte zu Spagnoli.

»Bingo«, sagten sie beide gleichzeitig.

Er fuhr zu den Polizisten herum. »Wieso steht ihr hier, wenn er auf der Flucht ist?«

»Es sind schon ein Wagen und zwei Motorräder hinter ihm her. Er ist Richtung Grenze unterwegs, aber da wird er nicht rüberkommen. Am frühen Abend ist ein LKW samt Anhänger auf der A9 mitten in die Grenzstation gekracht. Gab einen ziemlichen Aufruhr, die Kollegen dachten schon, es wäre ein terroristischer Anschlag. War aber nur ein junger Bursche, der zu blöd zum Fahren war.«

Pellegrini wandte sich an Spagnoli. »Was würdest du tun?«

»Ich würde Richtung Porlezza fahren und dann versuchen, über den Grenzübergang nach Lugano durchzukommen.«

»Wie lange ist er schon unterwegs?«

Der Polizist zuckte mit den Schultern. »Höchstens zwanzig Minuten.«

»Geben Sie den Mann in die Fahndung. Vorsicht, er ist als gewalttätig bekannt.«

»Ist bereits geschehen, Signor Commissario.«

»Danke.« Pellegrini nickte Spagnoli zu. »Ich will den Kerl persönlich kriegen, bevor er über die Grenze ist.«

Sie lächelte vielsagend und zog den Helm über den Kopf. Rasch setzte er sich hinter sie und konnte eben noch vermeiden, sich am glühend heißen Auspuffrohr ein Loch in die Hose zu sengen. Er setzte den Helm wieder auf. Die Welt war auf einmal gedämpfter. Erinnerungen kehrten zurück. Er drängte sie energisch aus seinem Kopf. Dafür war jetzt keine Zeit.

»Halt dich fest.«

Der Ruck beim Anfahren warf ihn nach hinten, bevor er die Haltegriffe packen konnte. Automatisch umschlang er Spagnolis Taille und zuckte sofort wieder zurück.

»*Oddio*, Marco, hast du noch nie zu zweit auf einem Motorrad gesessen? Jetzt pack schon zu! Ich werde dich nicht wegen sexueller Belästigung anzeigen.« Spagnoli brüllte gegen den Lärm des Motorrads an, dass Pellegrini sie kaum verstand.

»In jedem anderen Kontext wäre es eine«, schrie er zurück.

»Das entscheide immer noch ich. Und ich will dich nicht vom Asphalt kratzen. Du bist ein guter Chef.«

Das ließ Pellegrini verstummen. Er klammerte sich an ihre Hüften, während sie krachend von einem Gang in den nächsten schaltete. Nur gefühlte Sekunden später verschluckte sie der Tunnel der ss340, und sie rasten in Richtung Moltrasio am westlichen Seeufer entlang.

Kaum dass sie den Tunnel verlassen hatten, flogen alte Villen, Verkehrsinseln und frisch für den Sommer bepflanzte Blumenrabatten an ihnen vorüber. Straßenlaternen mit gelben Lichtern und beleuchtete Fenster flimmerten wie Sternschnuppen. Zur rechten Seite breitete sich jenseits der Leitplanken der See wie ein blaues Samttuch

aus. Ein Anblick, der Pellegrinis Herz zu jedem anderen
Zeitpunkt höherschlagen ließe. Jetzt war es eher das ra-
sante Tempo, das seinen Puls unangenehm zum Pochen
brachte. Zum Glück war die Straße nicht so stark befahren,
wie Pellegrini erwartet hatte, aber immer noch voll genug,
um Spagnoli zu einigen riskanten Überholmanövern zu
provozieren. Jedes Mal fühlte sich sein Magen an wie auf
einer Achterbahnfahrt.

Einmal machte Pellegrini die Augen zu und wartete auf
den Augenblick, in dem sie durch die Leitplanke krachten
und kopfüber in den See segelten. Aber außer dass Spagnoli schimpfend abbremste und wieder Gas gab, passierte
nichts. Allerdings blieb ihm der Geruch von verbranntem
Gummi lange in der Nase. Kurz vor Argnegno setzte die
Ispettrice den Blinker und zog nach links in eine kleine
Straße.

Pellegrini keuchte auf. »Wo fährst du hin?«, schrie er
nach vorne.

»Abkürzung.«

»Willst du durchs Val d'Intelvi? Bist du wahnsinnig?«

»Es ist wirklich kürzer. Wenn er über Menaggio gefahren
ist, haben wir eine Chance, ihn bei Porlezza einzuholen.«

»Vorausgesetzt, wir überleben das!«

»Halt dich einfach weiter fest.«

Eins musste Pellegrini ihr lassen: Serpentinen fahren
konnte sie. Und sie schien die Strecke gut zu kennen, zumindest gab es keinen Moment, in dem sie zu spät bremste.
Orangefarbene Plastikbänder, mit denen an einigen Stellen
zerfetzte Leitplanken notdürftig gesichert waren, zeugten
nur allzu deutlich davon, dass dies keine Selbstverständ-
lichkeit war.

Irgendwann fluchte Spagnoli lauthals. »Wer bezahlt eigentlich die Strafzettel für zu schnelles Fahren?«

Pellegrini hatte Mühe, sie zu verstehen. »Wieso?«, brüllte er.

»Wir sind gerade geblitzt worden. Diese Mistkerle von der Polstrada fotografieren von hinten, so kriegen sie auch Motorradfahrer.«

»Wir sind im Einsatz, das regeln wir schon. Aber für *Mistkerle* werde ich dich bei den Kollegen verpfeifen. Ich habe noch ein paar Kontakte, weißt du?«

»Was? Ich habe so ein Pfeifen in den Ohren. Der Fahrtwind!«

Trotz aller Anspannung lachte Pellegrini.

Sie jagten weiter die kurvige Straße entlang, bis sie das Ufer des Luganer Sees erreichten und Porlezza durchquerten. Pellegrini hatte jegliches Zeitgefühl verloren, konnte nicht abschätzen, ob sie mit dieser Abkürzung wirklich Zeit gewonnen hatten. Und dann, kurz hinter dem Ortsausgang von Cressogno, machte Claudia eine Vollbremsung. Sie standen mitten in einem Meer von Blaulicht. Pellegrini hatte im ersten Moment Mühe, sich zu orientieren. Ein Krankenwagen rauschte heran und überholte sie mit ohrenbetäubendem Sirenengeheul. Ein zweiter hielt gerade mitten auf der Straße.

Die Reste eines Fiat Doplo und ein dunkelblauer Porsche 911 mit Schweizer Kennzeichen standen am Straßenrand. Der Porsche schien abgesehen von einem verbeulten Kotflügel und einem breiten Kratzer über die gesamte Seite unbeschädigt. Der Fiat war dagegen nur noch ein Haufen Metall und Plastik.

Der Anblick ließ Pellegrinis Herz einen Schlag aussetzen. Wenn das Auto so aussah, bedeutete das meistens für die Insassen nichts Gutes.

»Ich glaube, das war's.« Spagnoli suchte sich einen Platz am Straßenrand und stellte den Motor ab.

Ein uniformierter Polizist kam auf sie zu und bedeutete ihnen mit einer Geste zu verschwinden. Pellegrini wollte in seine Tasche greifen, um seinen Dienstausweis zu zücken, als ihm auffiel, dass er ja nur Sweatshirt und Jogginghose trug. Er fluchte leise. Er hatte alles, sogar seine Dienstwaffe, im Ruderclub gelassen. Und er hatte den Spind nicht einmal abgeschlossen. Zum Glück wusste niemand davon.

Spagnoli setzte den Helm ab und schüttelte den Kopf. »Die Straße wird da vorne mörderisch eng. Ziemlich dämlich, hier zu versuchen, über die Grenze zu kommen, wenn du mich fragst.«

»Wie ich schon sagte: Viele Verbrecher sind erschreckend dämlich.«

Der Polizist kam näher und machte eine weitere herrische Geste, um sie zu vertreiben.

Pellegrini hob beschwichtigend die Hand. »Commissario Pellegrini, Polizia di Stato, Como. Das ist meine Kollegin Ispettrice Spagnoli.«

Sie reichte dem Polizisten ihren Ausweis, den er entgegennahm.

Pellegrini wies auf den Porsche. »Der Fahrer des Porsche hat vermutlich vorhin versucht, in Como ein Motorrad zu stehlen.«

Der Polizist grinste schief. »Ich weiß. Wir waren seit Como hinter ihm her. In Lenno hatten wir ihn fast. Aber dann hat er beinahe eine Gruppe Touristen umgefahren, das hat uns ausgebremst. Die Motorradstreife war dann ab Porlezza an ihm dran. Er wollte hier rechts ab und hoch in die Berge, keine Ahnung, warum. Beim Abbiegen ist er mit dem Fiat zusammengekracht.«

»Gab es Verletzte? Was ist mit dem Fahrer?«

»Der Fahrer scheint unverletzt, soll aber in Begleitung

ins Krankenhaus gebracht werden. Im Fiat war ein älteres Ehepaar unterwegs. Sie sind verletzt, mehr kann ich dazu nicht sagen.«

»Vielen Dank, Sergente.«

»Nicht dafür.« Er gab Spagnoli ihren Ausweis zurück, tippte mit zwei Fingern an die Schläfe und ging.

Pellegrini knurrte wütend. »Ich hatte gehofft, Benini sofort in die Finger zu kriegen. Jede Stunde, die jetzt vergeht, gibt Sini und dieser Gassner die Möglichkeit zur Flucht.«

»Dann sollten wir dem Krankenwagen folgen und ihn sofort vernehmen, sofern uns die Ärzte das erlauben.«

»Ja. Und in die Questura und Haftbefehle für Sini und Gassner ausstellen lassen.« Das würde noch eine lange Nacht. Sehnsüchtig dachte Pellegrini an das abgesagte Abendessen mit Lorenzo. Aber dafür stand der Fall vor der Auflösung.

Ihm wurde schummrig. Immer noch liefen überall Polizisten umher. Ein Abschleppwagen rollte aus Richtung Porlezza heran und fügte dem Blinken der Blaulichter ein grellgelbes Blitzen hinzu.

»Claudia, schau, ob du an Beninis Sachen kommst, vielleicht haben sie seine Papiere oder sein *telefonino* im Auto gelassen.«

Er brauchte dringend etwas Zeit für sich.

»Mach ich, Commissario.«

Mit wackeligen Knien trat Pellegrini an das Geländer und blickte auf den See. Er umfasste mit beiden Händen die Leitplanke und lehnte sich weit vor, obwohl ihm der Anblick der steil abfallenden steinernen Böschung noch mehr schwindeln ließ. Das war nicht gut. Vermutlich war sein Kreislauf durcheinander, er hatte seit Stunden nichts getrunken. Dann die ungewohnte körperliche Belastung. Und die Motorradfahrt, das war nichts für seine Nerven.

Und vor allem die Erinnerungen, die plötzlich mit aller Macht auf ihn einstürmten. Dieses Mal konnte er die Bilder nicht verdrängen. Damals war es eine ganz ähnliche Situation gewesen. Er stand kurz vor der Beförderung zum Vice Commissario bei der Polstrada.

»Signor Commissario? Alles in Ordnung?« Der Sergente, der zuvor mit ihnen gesprochen hatte, stand plötzlich neben ihm.

Pellegrini quälte sich ein Lächeln ab. »Ich war nur in Gedanken.«

»Zigarette?«

»Danke.« Einmal war keinmal. Er war niemandem Rechenschaft schuldig. »Wie heißen Sie?«

»Lucio Deghi, Signor Commissario.«

»Ich war vor einigen Jahren auch bei der Polstrada. Ich habe viel mit Valentino Deghi zusammengearbeitet.«

Deghi grinste. »Die meisten glauben, er sei mein Vater, aber Valentino ist mein Cousin. Er ist gut fünfzehn Jahre älter als ich.«

»*Capito.*« Pellegrini inhalierte den Rauch. Die Zigarette schmeckte furchtbar. Nach zwei bis drei Zügen wurde es besser, doch die Frage, warum er sich das antat, blieb. Was gut so war. Sie lenkte ihn ab.

Deghi schaute hinab auf den See. »Letzte Woche erst gab es wieder einen Unfall, der nicht so glimpflich ausgegangen ist. Am Dienstag, als es so heiß war, erinnern Sie sich? Eine Motorradfahrerin. Sie fuhr nicht zu schnell, aber sie ist auf geschmolzenem Asphalt weggerutscht.«

Pellegrini nickte. »Deswegen habe ich aufgehört. Ich konnte den Anblick solcher Unfälle nicht mehr ertragen.«

»Kann ich gut verstehen.«

Pellegrini starrte auf den See, wünschte sich, Deghi würde ihn allein lassen, und fürchtete sich zugleich davor.

Jeder, der bei der Polstrada arbeitete, kannte das: Diese Bilder, die einem von solchen Unfällen im Kopf blieben. Man steckte es weg, wieder und wieder, rettete sich in die Routine, stumpfte ab – was gut und richtig war, sonst hielt man es nicht aus. Bis dann eines Tages der Unfall passierte, der alles veränderte.

Luca Camerone und er hatten sich im Alter von zehn Jahren, unmittelbar nachdem Pellegrinis Familie aus Deutschland nach Brunate gekommen war, kennengelernt und waren seitdem unzertrennlich gewesen. Sie hatten über zwanzig Jahre ihres Lebens gemeinsam verbracht, Schule, Wehrdienst, Sport. Pellegrini war nach seinem Scheitern im Familienbetrieb bei der Polstrada gelandet, und Luca schlug sich so durch, nachdem ein Skiunfall seine Karriereaussichten als Profiruderer beendet hatte. Und dann kam der Morgen, an dem Pellegrini zugetragen wurde, dass der ihm bekannte Signor Camerone unter Verdacht stand, als Kurierfahrer im großen Stil Drogen zu schmuggeln. Derselbe Tag endete an einem Steilhang wie diesem hier. Die Leitplanke hatte nicht verhindern können, dass Lucas Transporter die Uferböschung hinabstürzte. Sie hatten ihn mit zwei Polizeiwagen verfolgt, waren sofort zu Hilfe geeilt, hatten Feuerwehr und Krankenwagen verständigt.

Bis heute sah Pellegrini vor sich, wie der Wagen ins Schleudern kam, die Leitplanke durchschlug und nach unten stürzte. Funken stoben auf, als Metall auf Felsen schlug. Der Kleintransporter, ein weißer Fiat Ducato, fing Feuer. Pellegrini und seine Kollegin kletterten hinterher, versuchten, sich der Fahrerseite zu nähern. Luca war angeschnallt und bewusstlos. Bevor sie zu ihm vorgedrungen waren, explodierte etwas im Laderaum. Sie versuchten es dennoch.

Das Nächste, woran sich Pellegrini erinnerte, war der Anblick des blauen Himmels. Er lag rücklings auf der Straße, ein Sanitäter hockte neben ihm. Um ihn herum dasselbe hektische Blaulicht wie heute, nur dass es helllichter Tag war. Dazu überall Menschen, alle rannten, gestikulierten und redeten, bis es in Augen und Ohren schmerzte. Und der Geruch. Der Transporter hatte neben seiner normalen Fracht, Plastiktonnen mit gebrauchtem Pflanzenfett, kiloweise Kokain und reines Haschisch geladen gehabt. Und ein Mensch, der verbrennt, lernte Pellegrini an jenem Nachmittag, verbreitete dasselbe zarte Aroma wie gegrilltes Schweinefleisch.

»Commissario?« Spagnoli näherte sich.

Pellegrini wandte sich um.

Deghi hob grüßend die Hand und ging davon.

»Seit wann rauchst du?«

Pellegrini ließ die Kippe fallen und zertrat sie. Spagnoli konnte nicht ahnen, dass er gerade gedanklich in die Vergangenheit gereist war. Das hier war eine andere Zeit, ein anderer Ort, sogar ein anderer See. Luca war im Norden des Comer Sees verunglückt, sie befanden sich dagegen am Ostzipfel des Luganer Sees.

»Es ist Corrado Benini. Sie haben mir sein Portemonnaie und die Fahrzeugpapiere überlassen.« Spagnoli hielt ihm die Zigarettenpackung hin.

»Eine reicht, danke.«

»Außerdem den blauen Schlüssel. Er wollte sich das Motorrad holen. War es das? War das das Motiv?«

Pellegrini straffte die Schultern und wandte sich endgültig der Straße und seiner Ispettrice zu. »Finden wir es heraus.«

5

Corrado Benini wirkte, das musste Pellegrini sich eingestehen, durch und durch sympathisch, gar nicht der Schlägertyp, den er erwartet hatte. Eine gepflegte Erscheinung, drahtige Figur, rasierter Schädel, verwegenes Cowboylächeln. Er war unauffällig gekleidet: hellblaues Hemd, enge Jeans, teure Sneakers. Einer der Typen, die zu Dutzenden tagsüber in den Büros arbeiteten und abends vor den Bars und Restaurants standen. Das Einzige, was den Eindruck störte, war die Halskrause, die die Ärzte ihm wegen des Verdachts auf Schleudertrauma verpasst hatten.

Seine Akte sprach eine andere Sprache. Drei Festnahmen wegen Körperverletzungen nach Prügeleien, eine davon gefolgt von einer mehrmonatigen Bewährungsstrafe. Mehrere Anzeigen wegen häuslicher Gewalt, die allesamt später fallen gelassen wurden. Und das waren nur die Fälle, die der Polizei bekannt waren. Pellegrinis Erfahrung nach änderten solche Menschen sich nur selten. Wenn Benini dreimal erwischt worden war, hieß das, dass er zehn- oder hundertmal häufiger davongekommen war. Und was hinter den geschlossenen Türen von Beninis Wohnung vor sich ging, wollte er sich nicht einmal vorstellen. Immerhin hatte er laut Akte keine Kinder.

Sie durften ihn aus dem Krankenhaus in die Questura bringen lassen. Pellegrini kam gerade noch dazu, der Staatsanwaltschaft die Verhaftung mitzuteilen, als auch schon ein Anwalt auftauchte, der nur auf Beninis Anruf gewartet zu haben schien.

»Mein Mandant wird sich zu Ihrem Verdacht, er habe etwas mit dem Mord an diesem Studenten zu tun, äußern«, erklärte er, kaum dass er das Verhörzimmer betreten hatte.

Pellegrini erhob sich und wurde sich seiner verschwitzten Sportkleidung unangenehm bewusst, da der Anwalt im schwarzen Anzug vor ihm stand. Immerhin war er einen halben Kopf größer und ein paar Jahre älter. Das musste reichen, um sich die Autorität nicht untergraben zu lassen. Er reichte dem Anwalt mit hochmütiger Miene die Hand. »Commissario Pellegrini, Polizia di Stato. Und Sie sind?«

»Dottor Gregorio. Hier meine Karte.«

Statt die Visitenkarte zu nehmen, setzte Pellegrini sich und wies mit einer nachlässigen Handbewegung auf den leeren Stuhl neben Benini, der mit übereinandergeschlagenen Beinen auf der anderen Seite des Tisches saß. Der Anwalt nickte Ispettrice Spagnoli zu, die wortlos zurücknickte. Sie war nur als zweites Paar Augen und Ohren anwesend.

»Ich höre«, knurrte Pellegrini, bemüht, sich seine aufkommende Ungeduld nicht anmerken zu lassen.

Der Umgang des Anwalts mit seinem Klienten ließ keinen Zweifel daran, dass die beiden sich nicht zum ersten Mal in einer solchen Situation befanden. Sie waren gut aufeinander eingespielt. Im schlimmsten Fall hatten sie sogar diesen Termin umfassend vorbereitet, möglicherweise sogar gemeinsam mit Gassner und Sini. Sie hatten damit rechnen müssen, dass es nur eine Frage der Zeit war, bis die Polizei ihre Scharade durchschaute. Aber statt sich zu stellen, hatten sie Katz und Maus gespielt, denn es bestand doch immer noch die Aussicht, dass sie davonkamen.

Benini beobachtete gelassen, wie Dottor Gregorio sich geziert auf den Stuhl setzte und ein ledergebundenes Notizbuch sowie einen silber glänzenden Kugelschreiber aus seiner Aktentasche nahm.

Pellegrini verschränkte die Arme und schwieg ebenfalls. Benini schien zu erwarten, ein zweites Mal zum Sprechen aufgefordert zu werden, doch den Gefallen tat er ihm nicht. Eine Weile sagte niemand etwas. Das Schweigen wurde unangenehm. Pellegrini unterdrückte den Impuls, seine Sitzposition zu wechseln. Endlich flackerte ein Hauch Unsicherheit in den Augen des Täters auf, und er wandte sich seinem Anwalt zu, der ihm zunickte.

Benini atmete einmal tief durch. »Ich gebe zu, am Montagabend zu Ivan Pescatori gegangen zu sein.«

»Wann genau?«

»Das kann ich nicht genau sagen, vielleicht so gegen 22 Uhr?«

»Und weiter.«

»Ivan hat meinem Geschäftspartner Paride Sini gedroht, unseren Investoren Lügen über uns zu erzählen. Ich wollte mit Ivan darüber sprechen und ihn von diesem Vorhaben abbringen. Ich habe ihm meinerseits gedroht, ihn bei der Polizei wegen Erpressung anzuzeigen. Da wurde er handgreiflich, und ich habe mich gewehrt. An den genauen Ablauf erinnere ich mich nicht mehr.«

Pellegrini hatte aufmerksam zugehört. Kaum dass Benini geendet hatte, lächelte er ihn müde an. »Sie glauben doch nicht im Ernst, dass Sie damit durchkommen.«

»Das ist alles, was wir dazu zu sagen haben«, warf Dottor Gregorio sofort ein.

Pellegrini sagte nichts. Beninis Aussage war weit mehr, als er erwartet hatte. Offenbar hatte dieser aalglatte Mistkerl nach der Durchsuchung des Showrooms verstanden, dass Alessändro aufzufliegen drohte, und nun wollte er seinen Kopf aus der Schlinge ziehen.

»Wie lange waren Sie in der Wohnung?«

»Keine Ahnung. Ich habe nicht darauf geachtet.«

»Ihr Geschäftspartner Paride Sini hat angegeben, dass Sie an dem Abend auf dem Weg nach Paris waren.«

»Ein Missverständnis, Signor Commissario. Mein Termin in Paris war geplatzt. Da ich meinen Flug nach Edinburgh ab Paris gebucht hatte, bin ich am Dienstagmorgen in aller Frühe aufgebrochen.«

»Was ist mit der Ducati? Sie wollten das Motorrad stehlen.«

Der Anwalt senkte hastig den Kopf, doch Pellegrini war das überraschte Zucken um die Mundwinkel nicht entgangen. Davon hatte ihm sein Klient offenbar nichts erzählt.

Die beiden tauschten einen Blick, dann rollte Benini genervt mit den Augen. »Keine große Sache, Signor Commissario. Ivan hatte mir die Schlüssel gegeben, damit ich eine Runde drehen konnte.«

»Wie bitte? Er hat Ihnen die Schlüssel gegeben?«

»Sowohl den zu der Box, in der die Ducati stehen sollte, als auch die Zündschlüssel. Ich wollte sie mir fürs Wochenende leihen. Kann doch nicht ahnen, dass Nino die Maschine umparkt und ich einen Alarm auslöse. Glauben Sie wirklich, ich wäre so blöd, mir Ivans Motorrad zu holen, wenn ich etwas mit seinem Tod zu tun hätte? Nein, ich hätte die Maschine nächste Woche zurückgebracht.«

»Und wann gedachten Sie, ihm die Schlüssel zurückzugeben?«

Benini gewann an Selbstsicherheit. »Keine Ahnung. Vielleicht hätte ich sie ihm in den Briefkasten geworfen. Ich kenne niemanden von Ivans Familie. Ehrlich gesagt habe ich so weit nicht geplant.« Er zog die Mundwinkel nach unten. »Sie müssen mir schon glauben, dass ich Skrupel hatte, das Motorrad zu leihen. Aber die Verlockung war zu groß, und davon, dass ich auf einen Ausflug verzichte, wird Ivan auch nicht wieder lebendig.«

»Wie war denn Ihr Verhältnis zu Ivan Pescatori? Seit wann kennen Sie sich?«

»Sie werden lachen, tatsächlich haben Ivan und ich uns in Ninos Werkstatt kennengelernt. Er hat erzählt, dass er gern fotografiert, und Paride Sini hatte ein paar Tage zuvor davon gesprochen, dass wir ein paar gute Bilder bräuchten. *Ein Bild sagt mehr als tausend Worte*, meinte er. Sie haben ihn getroffen, Sie kennen sein Pathos. *Pictures* für die *story*.« Er malte Anführungszeichen in die Luft.

»Wie haben Sie von der Ducati erfahren?«

Benini lächelte. »Ivan hat es mir erzählt, was sonst? Er war ein notorischer Angeber, wollte immer mehr und besseres Zeug als alle anderen haben.«

»Offen gestanden fällt es mir schwer zu glauben, dass jemand einem Bekannten eine Spritztour mit einem Hunderttausende Euro teuren Motorrad erlaubt.«

»Beweisen Sie das Gegenteil.« Benini lehnte sich zurück.

»Warum sind Sie geflohen, wenn Sie nichts zu verbergen haben?«

Benini grunzte. »Kurzschlusshandlung. Ich habe nicht nachgedacht. War natürlich dumm, ich hätte es an Ort und Stelle erklären sollen.«

»Weil Sie nicht nachgedacht haben, liegen nun zwei Menschen schwer verletzt im Krankenhaus!«

Benini hob herausfordernd den Kopf. »Unfälle passieren täglich. Wussten Sie, dass das Risiko, bei einem Autounfall ums Leben zu kommen, zigmal höher ist, als einem terroristischen Anschlag zum Opfer zu fallen?«

»Sie erwarten nicht ernsthaft Verständnis von mir für Ihr rücksichtsloses Verhalten, oder?«, erwiderte Pellegrini kalt.

Benini hatte immerhin so viel Anstand, den Kopf zu senken. Allmählich kroch Zorn in Pellegrini hoch. Benini hatte ausreichend Erfahrung mit der Polizei, um sich aus dieser Sache herauszuwinden. Das Schlimme war, dass es stimmte: Sie mussten ihm beweisen, dass er sich den Schlüssel ohne Pescatoris Einverständnis angeeignet hatte. Es war möglich, dass Pescatori nach Sara Moris Besuch noch einmal aufgewacht war und Benini eine Spritztour angeboten hatte. Unwahrscheinlich, aber möglich.

Außerdem war der Motorraddiebstahl die geringere Sache. Viel wichtiger war, Benini den Mord nachzuweisen.

»Zurück zu Montagabend, Signor Benini.« Pellegrini tippte auf den Tisch. »Sie haben ausgesagt, dass Sie an dem Abend der Tat bei dem Opfer waren, um mit ihm zu sprechen.«

»Richtig. Er hat mich angegriffen, ich habe mich gewehrt.«

»Erläutern Sie mir bitte noch einmal, was Pescatori vorhatte und von was genau Sie ihn abbringen wollten.«

Benini beugte sich vor und faltete die Hände wie zum Gebet. »Er wollte den Investoren erzählen, dass der Bau des Testcenters vorläufig nicht geplant ist.«

»Wieso ist das eine Lüge?«

»Wir wollten dieses Jahr noch mit den Planungen beginnen. Paride hatte vor, Sondierungsgespräche mit Behörden und Politikern aufzunehmen.«

Das war genau die Hinhaltetaktik, die Pellegrini vermutete. Alessǎndro war ein Luftschloss. Es war nie beabsichtigt, die Pläne wirklich in die Tat umzusetzen. Die Idee sollte ein paar Leuten das Geld aus der Tasche ziehen. Alles war so weit ausgearbeitet, um glaubwürdig zu erscheinen. Mehr nicht. Es gab keine neuartigen Solarmodule, keine Speicher, kein Testcenter. Ohne es zu wollen, hatte Sini selbst ihm mit seiner Aussage, Alessǎndro sei nur eine Kulisse, den entscheidenden Hinweis gegeben. Das war es, was Pescatori herausgefunden haben musste: dass hinter der Fassade nur leere Versprechungen warteten.

»Warum denken Sie, die Investoren hätten Pescatori geglaubt?«

»Nun, es gab bereits Unruhe unter den Geldgebern. Das Protestcamp und die kritische Stimmungsmache im Internet haben unseren Zeitplan massiv verzögert.«

Pellegrini interpretierte das ganz anders: Der Protest und die sich daraus ergebenden Schwierigkeiten waren ein dankbarer Anlass, die Investoren weiter hinzuhalten.

»Es hätte«, fuhr Benini fort, »zumindest einen erheblichen und unnötigen Aufwand bedeutet, die Leute wieder zu beruhigen, Sie verstehen.«

»Nein. Erklären Sie es mir.«

Benini seufzte dramatisch. »Pescatori hätte unnötig Staub aufgewirbelt. Manche der Geldgeber wurden bereits ungeduldig. Ich wollte einfach nicht riskieren, dass sie abspringen.«

In dem Moment, in dem die ersten Raten der Investoren auf das Konto der Agentur eingegangen wären, hätten sie sich aus dem Staub gemacht, da war Pellegrini sich inzwischen sicher. Vermutlich hatten sie aber auch schon jetzt gut davon profitiert.

Benini wurde sicherer, je länger er sprach. »Außerdem ist Erpressung auch kein Kavaliersdelikt, da stimmen Sie mir doch zu? Ich wollte dem jungen Kerl ein wenig die Flügel stutzen. Wir verstehen uns ganz gut. Verzeihung, wir haben uns gut verstanden.«

»Sie haben meine Frage, wie lange Sie sich kannten, noch nicht beantwortet.«

Es folgte eine weitere theatralische Geste: Benini hob den Kopf und überlegte mit halb geschlossenen Augen. »Ungefähr ein Jahr, vielleicht ein paar Wochen mehr oder weniger. Es war im Frühjahr, die Motorradsaison hatte gerade wieder angefangen.«

»Sini hat angegeben, dass Sie und Pescatori sich nur ein einziges Mal begegnet sind, und zwar bei einem Fototermin in Zürich.«

Benini stutzte und lachte dann deutlich zu laut. »Da muss er sich vertan haben.«

»Signor Benini, hat einer der beiden, Paride Sini oder Susanne Gassner, Sie zu Pescatori geschickt, um ihn zu töten?«

»Aber nein, was für ein Unsinn!« Benini strahlte weiterhin Sicherheit aus, doch Pellegrini bemerkte, dass die Tonlage seiner Stimme sich leicht verschoben hatte. Vielleicht ein kleines Anzeichen, dass er befürchtete, sie könnten etwas gegen ihn in der Hand haben.

»Wann und warum hat Pescatori Sie angegriffen?«

»Anfangs war er ganz friedlich. Dann sagte er etwas davon, dass wir ihm eine ganze Menge schuldig seien. Ich widersprach. Da wurde er wütend.«

»Sie haben ihn gewürgt.«

Benini senkte den Kopf. »Ich weiß es nicht. Möglicherweise. Ich hatte mich nicht ganz unter Kontrolle. Es tut mir aufrichtig leid, und ich übernehme die Verantwortung für mein Handeln.«

Er würde mit den Konsequenzen leben müssen, dafür wollte Pellegrini sorgen. Äußerlich gab er sich weiterhin ungerührt, innerlich kochte er inzwischen vor Wut.

»Wo waren Sie, als der Streit begann?«

»Im Wohnzimmer.«

»Was passierte dann?«

»Wie gesagt …« Benini machte mit der flachen Hand eine kreisende Bewegung vor seinem Gesicht. »Blackout.«

»Wieso haben Sie keine Kampfspuren am Körper? Keinen Kratzer, nicht einmal einen blauen Fleck?«

»Mit Verlaub, Signor Commissario, Ivan war eine halbe Portion. Er konnte mir nichts anhaben. Ich bereue zutiefst, dass ich meine körperliche Überlegenheit ausgenutzt habe.«

»Wie lange haben Sie ihn gewürgt?«

»Ich erinnere mich nicht, ihn gewürgt zu haben.«

»Sie neigen zu Gewalt. Wir haben Ihre Akte vorliegen.«

»Ich bedaure das.«

»Sofern Sie ihn gewürgt hätten, wie lange?«

»Keine Ahnung.«

»Wie kam Pescatori ins Schlafzimmer?«

»Das weiß ich nicht.«

»Ich denke, das reicht, Commissario Pellegrini!«, fuhr Dottor Gregorio scharf dazwischen. »Mein Mandant erinnert sich nicht, und er bereut aufrichtig den Tod eines Menschen, den er gernhatte. Er ist bereit, die Konsequenzen für das Verhalten zu tragen, welches Sie ihm nachweisen werden. Alle weiteren Schritte können Sie der Staatsanwaltschaft überlassen. Wir werden uns jetzt über die Kaution unterhalten, und dann war es das für Sie.«

Pellegrini lächelte dünn. Immerhin das hatte er bereits mit Dottor Galimberti besprochen, während sie auf Beninis Anwalt gewartet hatten. »Der Haftbefehl ist bereits ausgestellt, Signor Benini wird nicht auf Kaution freigelassen, ich bedaure. Der Tatverdacht ist hinreichend. Und es besteht nach wie vor Fluchtgefahr. Ihre bisherige Biografie deutet darauf hin, dass Sie gewalttätig sein können. Die Rechtsmedizin hat Belege dafür, dass Pescatori über mehrere Minuten bis zum Tode gewürgt wurde und dass der Täter mit hoher Präzision und«, Pellegrini stockte kurz, »Sachkenntnis vorgegangen ist. Und zwar zweifelsfrei an seinem im Bett liegenden Opfer und ohne Gegenwehr.«

Beninis selbstsichere Fassade wäre beinahe zusammengebrochen. Er schaute auf Pellegrini und dann zu seinem Anwalt. Danach hatte er sich wieder unter Kontrolle. Er verschränkte die Arme. »Dazu sage ich nichts.«

»Müssen Sie nicht. Sie haben zugegeben, dass Sie zur Tatzeit dort waren. Wir haben Würgemale und werden Ihnen nachweisen, dass diese zu Ihren Händen passen. Das ist ein guter Anfang. Die Rechtsmedizin ist heutzutage eine bewundernswert exakte Wissenschaft.« Er nickte dem Anwalt zu. »Natürlich nicht exakt genug, als dass Sie nicht noch eine alternative Erklärung finden werden. Fangen Sie schon einmal an zu suchen. Ich wünsche Ihnen viel Erfolg.«

»War es klug, den Anwalt herauszufordern?«, fragte Spagnoli vorsichtig, als sie gemeinsam über den Flur zu Pellegrinis Büro gingen.

»Nein. Das war kleinmütig und dumm. Aber ich wollte ihm etwas zum Nachdenken geben. Jeder weitere Versuch, Benini zu verhören, wäre von diesem Geier zerhackt worden.« Er rieb sich mit Daumen und Zeigefinger über die Augen. »Meistens habe ich nichts gegen Rechtsanwälte. Aber solche wie dieser Gregorio sind eine auf zwei Beinen wandelnde Pest.«

Spagnoli brummte zustimmend. »Zum Glück hat Benini keinen Strumpf oder Ähnliches benutzt.«

»Da ist sie wieder, diese übersteigerte Selbstsicherheit, nicht wahr? Benini scheint mir ein roher Mensch zu sein, es würde mich nicht wundern, wenn sich während der Verhandlung weitere Gewalttaten in seiner Biografie finden. Überlassen wir das den Anwälten. Wir haben den Täter, das zählt.« Er bemerkte, dass sie mit ihrem Schlüsselbund spielte, und nickte ihr freundlich zu. »Der Fall ist gelöst. Gut gemacht, Ispettrice Spagnoli. Wann ist der nächste Lehrgang?«

Sie lachte. »Willst du mich loswerden?«

»Nein. Ich hoffe, dass du weiterhin gute Arbeit machst und an deiner Karriere arbeitest.«

Sie wandte sich hastig ab und verabschiedete sich, doch Pellegrini war nicht entgangen, wie stolz sein Lob sie machte. Er verkniff sich ein Lächeln. Zum ersten Mal hatte er es geschafft, sie in Verlegenheit zu bringen.

Ihm fiel die Vespa im Hof ein. Die letzte Seilbahn hinauf nach Brunate würde er nicht mehr erreichen. Genau für solche Gelegenheiten hatte er die Vespa damals angeschafft, aber fast nie gefahren. Vermutlich würde sie nach all der Zeit nicht einmal mehr anspringen. Vielleicht könnte er Spagnoli bitten, sie wieder fahrtüchtig zu machen. So verließ Pellegrini die Questura zu Fuß und ging zurück zum Ruderclub, um seine Kleidung aus dem Spind zu holen und diesen Tag endlich zu einem guten Ende zu bringen.

Epilog

Freitag, 18. Mai

Marco Pellegrini gähnte verstohlen hinter vorgehaltener Hand, während er mit den Augen die Passagiere absuchte. Es war spät geworden, und er hatte schlecht geschlafen. Immerhin kam er fast ohne Schmerztabletten aus. Allerdings war es unerträglich voll in der Ankunftshalle von Malpensa, und er fürchtete, dass der Lärm die Kopfschmerzen wieder verstärken würde, wenn er noch länger warten musste. Ungeduldig sah er auf die Uhr, ehe er eine vertraute Gestalt in der Menge erblickte. Francas Schritte waren beschwingt, unbeschwert. Ihr Trolley hüpfte hinter ihr her, als hätte er ein Eigenleben. Sie trug die blonden Haare kinnlang und damit kürzer als beim letzten Mal, das er sie gesehen hatte. Normalerweise fielen sie ihr ständig in die Stirn, jetzt aber wurden sie von einer Sonnenbrille zurückgehalten. Ihre lockere weiße Seidenbluse mit dem bunten Schal und die knielange enge Chino sahen nach Sommer aus. Am liebsten hätte Pellegrini sie gepackt und mit dem nächsten Flieger an irgendeinen Strand entführt.

Sie strahlte, als sie auf ihn zukam, kurz stutzte und ihn dann auf die linke Wange küsste. Viel zu freundschaftlich für seinen Geschmack.

»Marco! Schön, dass es geklappt hat.« Sie trat einen Schritt zurück und musterte ihn kritisch. »Du siehst müde aus. Und hast du dich geprügelt?« Vorsichtig streifte sie mit den Fingerspitzen über die Wunde. Seine Wange war immer noch tiefblau.

Er zuckte zurück, machte dabei eine wegwerfende Handbewegung. Ihre kurze Berührung jagte ihm eine Gänsehaut über den Rücken. »Es waren ein paar lange Tage und kurze Nächte. Es tut mir leid, dass ich mich gestern Abend nicht mehr gemeldet habe.«

Er griff nach ihrem Trolley, und sie hakte sich bei ihm unter. »Ich weiß, dass du deine Gründe hast. Was war es dieses Mal?«

»Ein Mord an einem Studenten. Gestern Abend haben wir den Mörder verhaftet. Zwei potenzielle Mitwisser oder sogar Auftraggeber sind auf der Flucht und werden mit internationalem Haftbefehl gesucht.«

»Ich habe darüber im Internet gelesen. Das ging schnell, oder? Alle Achtung.« Sie zwinkerte ihm verschwörerisch zu. »War Galimberti zufrieden?«

»Ich hoffe doch. Allerdings hat der gerade andere Dinge im Kopf. Es geht das Gerücht um, er wäre krank und ginge vorzeitig in den Ruhestand.«

»Nein, das ist ja schrecklich.«

Pellegrini nickte.

Nebeneinander schlenderten sie durch die Ankunftshalle. Er war froh, wenn er endlich hier herauskam.

Verstohlen blinzelte er zur Seite. Sie waren beinahe gleich groß, wenn Franca sehr hohe Absätze trug, überragte sie ihn sogar. Heute trug sie Sneakers, und dennoch hatte sie diesen eleganten Schwung in jeder Bewegung. Es tat allein schon gut, sie anzusehen. Ihr Anblick verursachte ein nervöses Prickeln, wie bei einem frisch verliebten Teenager.

Sie schien seinen Blick zu bemerken und lächelte plötzlich. »Dieser Fall hat dir nicht gutgetan, das merke ich dir an.«

»Na ja.« Er versuchte, sich gelassen zu geben. »Es ist

schon eine morbide Arbeit, die einen an so manchen menschlichen Abgrund führt.«

»Warum machst du sie dann?«

»Weil ich nichts anderes kann?«

»Ach Marco, das ist eine Lüge!« Sie lachte und boxte ihm leicht in die Seite. »Du hast eine Ausbildung an einer der besten Hotelfachschulen der Welt. Nur ein Wort, und ich bringe meinen Chef morgen dazu, dich einzustellen.«

Er blieb stehen und zog sie an sich. Er spürte, dass sie sich steif machte, und rechnete damit, dass sie sich ihm entziehen würde, aber dieses Mal ging er das Risiko ein. »Damit du am einen Ende der Welt bist und ich am anderen? Nein. Jetzt sehen wir uns wenigstens ab und zu hier. Ich habe dein Lachen vermisst.«

Sie gab ihm einen Kuss auf den Mund und schob ihn sanft von sich. Eine für ihre Verhältnisse freundliche Abfuhr, die ihn hoffen ließ.

Sie neigte den Kopf. »Kochst du heute Abend für mich?«

»Wenn du willst? Dann müssen wir aber einkaufen. Wo übernachtest du?«

»Deine Mutter hat mir ein Zimmer mit Seeblick versprochen.«

»Mein Apartment hat auch Seeblick. Bleib bei mir.«

»Na gut. Ausnahmsweise ist das ein Angebot, das ich nicht ablehnen kann.« Sie lachte fröhlich.

Pellegrini grinste zufrieden und führte Franca zum Smart Cabrio seiner Mutter. Sie war, wie zu erwarten, hellauf entzückt gewesen, als er ihr erklärt hatte, warum er ihren Wagen leihen wollte.

»Schick. Ist der neu? Deiner?«

»Aber nein. An der Parkplatzsituation hat sich nichts geändert. Entweder ich ziehe um, oder ich verzichte weiterhin auf ein eigenes Auto.«

»Umziehen? Untersteh dich!«

»Ich denke nicht dran, keine Sorge.«

Sie stiegen ein.

Pellegrini öffnete das Dach. »Aber er ist neu, mit Elektroantrieb. *Mamma* hat sich schweren Herzens nach zweiundzwanzig Jahren von ihrem Fiat Uno getrennt.«

»*Capito*. Übrigens habe ich mit deiner Mutter morgen Vormittag einen geschäftlichen Termin. Und sie hat mich für Montagabend zum Familienessen eingeladen.«

»Ich weiß.« Er versuchte, unbeteiligt zu klingen. Immerhin: Wenn Franca bis zum Familienessen blieb, fanden sie vielleicht am Wochenende etwas Zeit füreinander. »Aber von dem Termin wusste ich nichts. Worum geht es?«

»Vielleicht hat sie dir nichts gesagt, weil es dich nichts angeht.« Grinsend setzte Franca ihre Sonnenbrille auf und ordnete mit den Fingern ihr Haar.

Pellegrini versuchte, nicht beleidigt zu wirken, und fuhr los.

»Nun schmoll nicht, Marco. Es war deine Entscheidung, dich aus dem Albergo herauszuhalten.«

Er seufzte. »Das stimmt natürlich. Meine ganz und gar freiwillige Entscheidung.«

»Es muss doch nicht für immer sein. Inzwischen ist einige Zeit vergangen. Vielleicht kommt dein *Papà* noch zu der Einsicht, dass er seinen Sohn gern im Betrieb hätte.«

»Ja, vielleicht.« Pellegrini dachte an den letzten Streit vor ein paar Wochen, über seine, wie er dachte, harmlose Bemerkung über die Modernisierung des Pools.

»Was würdest du von einem Infinity Pool halten?«, fragte er.

»Das wäre großartig!« Selbst erschrocken über ihren spontanen Ausruf senkte sie ihre Stimme. »Ernsthaft. Der kleine Park im Steilhang ist wie geschaffen dafür. Statt nur auf den See zu schauen, könnten wir die Illusion erzeugen, direkt in den See zu schwimmen. Das würde dem Albergo ein tolles Alleinstellungsmerkmal geben. Das könnten wir wundervoll vermarkten.« Sie machte eine weitschweifende Geste.

»Ist zu teuer, lohnt sich nicht.« Pellegrini fiel sehr wohl auf, dass sie *wir* gesagt hatte. Da war er, der alte Geist, der sie vor so vielen Jahren zusammengeführt hatte, ehe sie an Amerigo Pellegrini gescheitert waren.

»Meinst du das ernst? Habt ihr Angebote eingeholt?« Sie lehnte sich erwartungsvoll zu ihm.

»Ist auch Blödsinn. Wegen so was zahlt doch keiner der Stammgäste mehr fürs Zimmer. Nein, mit so einem Quatsch sollte man gar nicht erst anfangen. Gerade in den heutigen Zeiten ist das Risiko viel zu groß.«

»Ach so.« Fort war all ihr Esprit. Sie biss sich auf die Unterlippe. »Schade.«

»Ja.«

»Es tut mir leid für dich.«

»Es ist eben so.«

»Trotzdem kann es sich irgendwann ändern.«

»Mein Vater entscheidet. Insofern bin ich doch neugierig, was meine Mutter mit dir besprechen möchte. Als ob ihr beiden etwas ändern könntet.« Dann fiel ihm noch etwas ein. »Aber es geht nicht um den Pool, oder?«

»Nicht, dass ich wüsste.«

»Oder hat es etwas damit zu tun, dass ich *Nonno* am Mittwoch zur Commissione per il Paesaggio chauffieren musste?«

»Davon weiß ich ebenfalls nichts, ich schwöre.« Franca stupste ihm gegen den Oberschenkel. »Ich bin deine Verbündete, vergiss das nicht.« Sie klatschte in die Hände. »Was hältst du davon: Wir fahren morgen Mittag nach

Sormano rauf und gehen an der Sternwarte spazieren. Vielleicht lasse ich ja ein paar unvorsichtige Bemerkungen fallen?«

Pellegrini lächelte. Franca konnte sehr verschwiegen sein, und sofern es sich tatsächlich um einen beruflichen Termin mit Marta Pellegrini handelte, könnte sie sich mit ihrem Berufsethos herausreden. Daher musste ihm ihr Zugeständnis fürs Erste genügen, denn es war mehr, als er zu hoffen gewagt hatte.

Er fädelte sich in den dichten Verkehr ein.

»Gibt es Neuigkeiten bei dir?«, wechselte Franca das Thema.

»Nein. Claudia ist Ispettrice und hat sich großartig entwickelt. Dagegen ist es mit dem Neuen schwieriger, Fabio Cunego. Ich fürchte, ich habe ihn etwas überfordert. Er hat in den letzten beiden Tagen mit über achtzig Leuten gesprochen und mehr als zwanzig erkennungsdienstlich behandelt. Dabei hat er den Überblick verloren. Ich werde versuchen, ihn beim nächsten Mal enger zu führen.«

»Ich meinte nicht deinen Job ...«

»Andrea wollte mich zum Rudern überreden. Er geht bald für ein paar Monate nach Lampedusa.«

»Das passt zu ihm. Er wird seine Sache dort gut machen.«

»Da bin ich mir sicher.«

»Hat er es geschafft?«

»Was meinst du?«

»Dich zu überreden? Wart ihr rudern?«

Er warf ihr einen Blick zu. »Ich war gestern allein auf dem See.« Er stockte. »Der Fall hat ein paar Erinnerungen geweckt.«

Franca presste die Lippen aufeinander und schüttelte langsam den Kopf. Sie war klug genug, nichts zu sagen. Er hatte ihr in all den Jahren nach Lucas Unfall keine Chance gegeben, an ihn heranzukommen, hatte alles mit sich allein ausgemacht.

»Wer war der Tote?«, fragte sie nach einer Weile.

»Ein Student, unschuldige zweiundzwanzig Jahre alt.«

Franca verzog das Gesicht.

»Ein merkwürdiger Bursche, wenn du mich fragst. Er schien süchtig nach Geld und Statussymbolen, nie zufrieden mit dem, was er hatte. Er hat bei einer Agentur gearbeitet, die angeblich eine neue Idee für die Gewinnung von Sonnenenergie vermarkten wollte.«

Franca nickte nachdenklich. »Mein Chef denkt darüber nach, wie wir bei unseren Touren Flüge reduzieren könnten. Ich wäre durchaus bereit, mehr mit dem Zug zu fahren. Aber das Verrückte ist, dass Fliegen nicht nur schneller geht, sondern auch noch günstiger ist. Ich verstehe eigentlich gar nicht, warum. Das kann nicht wirtschaftlich sein, oder?«

Pellegrini lachte. »Woher soll ich das wissen?« Er wurde ernster. »Ich fand die Idee, die Pläne dieser Agentur interessant. Leider waren es Luftschlösser. Eine große Lüge, um gutgläubigen Investoren das Geld aus der Tasche zu ziehen. Hast du schon mal von *Green Investment* gehört?«

»Na klar, das war vor ein paar Jahren ein ziemlicher Hype. Inzwischen ist Ernüchterung eingetreten, da viele Unternehmen ökologische Projekte nutzen, um ihr Image aufzupolieren, und weniger, weil sie darin eine Notwendigkeit sehen. Ich habe letztes Jahr eine Hotelkette begutachtet, die sechs komplett nachhaltig wirtschaftende Häuser eröffnet hat. Hat mich ziemlich beeindruckt. Leider gibt es noch zu wenige davon.«

»Alessándro wurde ebenfalls als ökologische Investition vermarktet. Einer der Geschäftsführer hat mir in blumigen Worten erklärt, dass sie sich speziell an Geldgeber richten, die nicht nur Profit, sondern auch ökologische Verantwortung im Sinn hätten. Daher ist es schon schade, dass gar nichts dahintersteckt, außer die Investoren zu betrügen.«

»Wenn sie damit Erfolg hatten und diese ökologisch orientierte Zielgruppe angesprochen haben, ist ihr Spiel umso perfider.«

»Wieso noch perfider? Ja, es ist schade, dass dieses Projekt nicht verwirklicht wird. Aber formal ist und bleibt es Betrug, eine Straftat. Die Schweizer Kollegen ermitteln.« Pellegrini ahnte bereits, worauf Franca hinauswollte.

»Aber ist es nicht ein Unterschied, ob ich einen Menschen, der beste Absichten hat, um sein Geld betrüge, oder einen, der gierig und rücksichtslos auf seinen Vorteil bedacht ist?«

Pellegrini lächelte. »Diebstahl ist Diebstahl. Als Polizist steht es mir nicht zu, diese moralische Unterscheidung zu machen.«

»Aber der Marco, den ich kenne, würde eher mit Robin Hood sympathisieren als mit einem Investmentbanker, der mit gewissenloser Zockerei die kleinen Leute um Milliarden gebracht hat.« Franca sah ihn erwartungsvoll an.

Er schüttelte langsam den Kopf. »Ich habe gelernt, dass die Realität nie so einfach, nicht schwarz oder weiß ist.«

»Deine übliche Ausrede statt einer Antwort.«

»Du weißt, dass ich recht habe. Was wäre, wenn Ivan Pescatori seine Erpressung durchgezogen hätte und erwischt worden wäre? Hätten wir nicht gegen ihn ermitteln sollen, nur weil Alessándro eine viel größere Schweinerei fabriziert? Ist Erpressung, um sich persönlich zu bereichern, besser als Betrug? Ich finde nicht. Ein Unrecht macht ein anderes Vergehen nicht richtiger. Und dabei bliebe ich sogar, wenn das Mordopfer mit dem Geld für sich und das Mädchen, das er liebte, einen Bauernhof oben in den Bergen gekauft und Bio-Hühner gezüchtet hätte.«

Franca lehnte den Kopf zurück und starrte auf die Straße. Pellegrini spürte, wie sich schon wieder der unsichtbare Graben zwischen ihnen auftat. Er, der rationale Grübler, der sich ungern festlegte, stets versuchte, Gefühle aus solchen Betrachtungen herauszuhalten. Sie, die zwar auf beruflicher Ebene knallhart verhandeln konnte, aber nicht zögerte, für ihre Überzeugungen einzustehen und ihre moralischen Wertvorstellungen mutig vertrat. Er beneidete sie insgeheim darum, wünschte sich manches Mal, er könnte ihren Ansichten aus vollem Herzen folgen. Doch am Ende fand er immer etwas, das ihn zweifeln und widersprechen ließ, ob die Dinge so lagen, wie sie glaubte.

Er konzentrierte sich auf den Verkehr.

Es gab eine Ausnahme, bei der es genau umgekehrt war, bei der Pellegrini zutiefst fühlte, dass es für ihn nur eine Möglichkeit, keine Alternative gab, während Franca sich unstet gab und nicht festlegen wollte.

Er hatte es ihr noch nie gesagt. Weil er Angst vor einer Antwort hatte, die er nicht hören wollte. Zögernd streckte er seine Hand aus und berührte ihr Knie. Schon diese zarte Geste versetzte sein Innerstes in Aufruhr.

Franca legte ihre Hand auf die seine und drückte sie sanft. »Schon gut. Ich bin froh, dass es Menschen wie dich gibt, Marco. Du machst das gut.«

Zärtlich umschlang sie seine Finger. Er warf ihr einen Blick zu, solange es der Verkehr erlaubte, und erwiderte ihr Lächeln. Das genügte ihm. Für heute.

Weitere Kampa Bücher stellen wir Ihnen auf den
folgenden Seiten vor. Das Gesamtprogramm finden Sie auf:
www.kampaverlag.ch

Wenn Sie zweimal jährlich über unsere Neuerscheinungen
informiert werden möchten, schreiben Sie uns bitte an:
newsletter@kampaverlag.ch oder Kampa Verlag,
Hegibachstrasse 2, 8032 Zürich, Schweiz

KAMPA VERLAG

»Der Comer See ist der schönste Ort der Welt.«
George Clooney

Vier Fälle für Marco Pellegrini

Ein Espresso für den Commissario
Pellegrinis erster Fall

Der tote Carabiniere
Pellegrinis zweiter Fall

Der Commissario und ein altes Geheimnis
Pellegrinis dritter Fall

Biblioteca criminale
Pellegrinis vierter Fall

»Wunderschönes italienisches Flair, Atmosphäre
und ein sehr sympathischer Commissario.«
Cornelia Hüppe / RBB, Berlin

Wenn Ihnen dieses KAMPA POCKET
gefallen hat, gefällt Ihnen vielleicht auch der
Lesetipp auf der gegenüberliegenden Seite.

Schicken Sie uns bitte Ihren LIEBLINGSSATZ
aus einem Kampa Pocket, bei einer Veröffent-
lichung auf unseren Social-Media-Kanälen
bedanken wir uns mit einem Buchgeschenk:
lieblingssatz@kampaverlag.ch